# EL AUTOBÚS

Sonia López Souto

Para Elena
Entre nosotras, sobran las palabras
Gracias por todo
Amigas como tú sólo se encuentran una vez en la vida
Me siento afortunada de contar contigo en la mía

# SOBRE LA AUTORA

Sonia López Souto nació en Galicia en Enero de 1979. Es conocida principalmente por sus libros y relatos narrados en Escocia.

Descubrió su pasión por la lectura a los 12 años, cuando su madre le regaló su primer libro para leerlo por placer y no por obligación. Esa pasión fue la impulsora de que comenzase a escribir a la temprana edad de 15 años.

Casi todas sus obras están ambientadas en Escocia, un lugar del que asegura estar enamorada por sus increíbles paisajes y su historia cargada de luchas, donde el orgullo y la dignidad de los escoceses prevalecen sobre cualquier otra cosa.

Roba tiempo al sueño para crear historias que hagan soñar a sus lectores. Romántica obstinada, deja fiel reflejo de ello en cada una de sus obras.

# 1

El autobús estaba lleno. Debería haber alquilado un coche para llegar antes o al menos con mayor comodidad pero en el fondo no tenía tanta prisa por hacerlo. Todavía tenía tiempo. Hacía varios años que no visitaba a su familia a pesar de que los separaban apenas 250 kilómetros. Se mantenían en contacto telefónico siempre que podían, para él era suficiente. O lo había sido hasta ese momento. La boda de su hermana no era algo que pudiese obviarse con tanta facilidad. Tampoco es que los estuviese evitando a propósito, los quería mucho. Simplemente le gustaba su vida independiente en Edimburgo.

Paseó su mirada por los asientos buscando uno vacío. Que el conductor arrancase antes de poder sentarse, lo obligó a elegir el primer hueco que encontró. En el asiento de la ventanilla había una muchacha menuda con los ojos cerrados. Le habría pedido permiso para sentarse si no estuviese absorta escuchando música. Los cascos en sus orejas la delataban.

Intentando no molestarla, tomó asiento. Ella ni siquiera se movió. Desde luego estaba bastante concentrada. Dudaba incluso de que hubiese notado su presencia. Minutos después, la oyó cantar en susurros y no pudo evitar sonreír. Seguramente no sabía que podían oírla. Cantaba en inglés pero su pronunciación le instaba a pensar que no era inglesa de nacimiento. Ni escocesa, desde luego. Tal vez una turista. Escocia vivía de ellos. Por un momento estuvo tentado de avisarla pero tenía una voz bonita.

La estudió con detenimiento. No estaba excesivamente delgada pero tenía unas bonitas curvas, al menos podía intuirlas. Al estar sentada era difícil asegurarlo. Lo que sí podía atestiguar eran sus espléndidos pechos. Uno podía perderse en ellos y no lamentarlo.

Apartó la vista de ellos y continuó con su escrutinio. No parecía muy alta, no como él que apenas podía meter las piernas en el hueco entre los asientos. Otra razón para haber elegido el coche en lugar del autobús. Pero no le importó. La voz de la muchacha era recompensa suficiente para sus apretadas piernas.

No podía verle los ojos, estaban cerrados, pero las largas pestañas le rozaban las mejillas cada vez que los movía bajo los párpados. Tenía una nariz que encajaba a la perfección en su rostro. Ni grande ni pequeña. Sus labios, en cambio, eran pequeños pero generosos. Parecían tan suaves y dulces que invitaban a saborearlos. Tuvo que apartar también la vista de ellos al sentir un intenso tirón en la entrepierna. Nunca antes había reaccionado así ante unos simples labios. No tan simples, tuvo que reconocer.

Sus pequeñas y delicadas manos jugaban con el cable de los cascos. Por un momento se quedó hipnotizado con ellas, con aquel exótico baile de enredos y desenredos. No tenía alhaja ninguna que le adornase las manos, tan sólo un reloj en una de sus muñecas y aún así se sentía atraído por ellas. Había algo especial en aquellos nudillos que se hundían al estirar las manos y en la rebeldía de unos poros demasiado visibles pero que, lejos de afearlas, las hacían más increíbles.

Apenas se dio cuenta de que había cambiado de canción mientras las observaba. Española, pensó. Al menos era el idioma en que cantaba y con una excelente pronunciación. Él sólo conocía unas cuantas palabras y pudo distinguir alguna de ellas en la canción. Como había supuesto, era una turista.

En ese momento, la muchacha se enderezó y peinó su cabello con las manos. Abrió los ojos y lo miró. Había sorpresa en su mirada, desde luego no esperaba encontrarlo allí. Un intenso rubor cubrió sus mejillas antes de hablar en un inglés con deje extranjero.

-¿He estado cantando en alto?

-Me temo que sí - le sonrió sin poder evitarlo.

Su sonrojo le parecía adorable. Y adorable era una palabra que no solía utilizar, así que estaba tan sorprendido como ella en ese momento.

-Lo siento - el rojo de sus mejillas se intensificó, si aquello era posible.

-No deberías. Tienes una voz muy bonita.

-Gracias pero eso no me consuela mucho.

-¿Eres española?

-Se nota, ¿no?

Su sincera sonrisa lo deslumbró. Le iluminaba la cara y le confería a sus rasgos un aire de seducción incapaz de ignorar. Si le había parecido bonita con los ojos cerrados, después de verla sonreír le parecía la mujer más atractiva que había visto en mucho tiempo.

-Un poco - carraspeó al notar su voz tan ronca - ¿Estás de vacaciones?

-Algo así. He venido a pasar una temporada con un amigo. Ha prometido enseñarme lugares increíbles, aunque creo que cualquier lugar de Escocia me va a encantar. Siempre he querido venir a conocerla.

Inexplicablemente sintió una punzada en el pecho al oírla nombrar a ese amigo. No podían ser celos, ni siquiera la conocía. Tal vez fuese por el interés que había generado en él. Igual le habría gustado mostrarle su tierra él mismo. Pero no podían ser celos. Imposible. Tampoco es que importara mucho, en cuanto se bajasen de aquel autobús no volverían a verse.

-Deduzco entonces que es tu primer viaje a aquí.

-Deduces bien.

-¿Y cómo conociste a ese amigo tuyo? - no lo pretendía pero la ironía tiñó sus palabras.

-Aunque no lo creas, por el tradicional método de las cartas en papel - rió y aquella risa le pareció celestial - Me ha estado ayudando a recopilar información sobre la historia de Escocia para un libro.

-¿Eres escritora?

-Lo intento.

-¿Qué clase de historia quieres escribir?

-Todavía no lo tengo decidido pero quiero conocer los lugares donde la ubicaré, de primera mano. Espero que la historia se vaya formando en mi mente mientras descubro Escocia.

-Y tu amigo te ayudará.

-La verdad es que le debo mucho - sonrió al recordarlo y él sintió de nuevo ese extraño dolor en el pecho - Me ha ayudado mucho en sus cartas. No quería pedirle más pero insistió tanto que no pude negarme. Es un encanto.

Encantador hasta que se te tire encima, pensó. Al momento desechó la idea, después de todo no era asunto suyo. Ni siquiera sabía por qué le afectaba tanto. No volverían a verse.

-Y tú, ¿viajas por placer o por negocios? - le gustó su risa coqueta - Qué tópico.

-Regreso a casa - le sonrió - Para la boda de mi hermana.

-¡Qué bien! Adoro las bodas - lo miró en silencio antes de continuar - No pareces muy contento con la idea.

-Hace años que no los veo.

-¡Oh!

Su mirada lo estaba poniendo nervioso. No es que lo estuviese juzgando, para nada era así, pero él sentía la necesidad de justificarse. No le gustaba esa sensación. Él mismo se había recriminado en más de una ocasión la separación que se había impuesto pero tampoco había hecho nada para remediarla.

-El trabajo me ha tenido demasiado ocupado. Sé que suena a excusa pésima.

No comprendía por qué era tan importante para él que aquella muchacha que no conocía entendiese sus razones. La observó mientras hablaba, buscando algún signo de reconocimiento en su rostro.

-Nunca es tarde para rectificar - le sonrió - Siempre que uno quiera.

-Supongo.

-La familia es importante. Deberías tenerla siempre presente en tu vida - había cierto dolor en sus palabras.

-Eso ha sonado bastante triste.

-Bueno, mi familia ya no está por más que yo quiera - permaneció tanto rato en silencio que creyó que no volvería a hablar. Tampoco él se atrevía a preguntar - Un accidente de tráfico. No hubo supervivientes. Yo debería haber ido con ellos pero llegué tarde por culpa del trabajo.

-Lo siento.

-Fue hace mucho - sacudió su cabeza y sonrió - Ellos no querrían que estuviese triste. Ahora vivo al día, disfrutando al máximo.

-Nunca había pensado en que pudiese no volver a ver a mi familia.

-No es algo que se nos pase por la cabeza hasta que ocurre.

El silencio se apoderó de ellos. Pero no era un silencio incómodo. Vio como observaba por la ventana y sonreía. Sintió la necesidad inexplicable de atraerla hacia él y robarle un beso pero se contuvo. No tenía derecho, por supuesto.

-Se parece a mi tierra - habló ella de nuevo.

-¿El qué?

-Escocia - lo miró sonriendo - Me recuerda a mi hogar. Bueno, supongo que no debería extrañarme. Después de todo, tenemos antepasados comunes.

La miró sin comprender. Quería saber más cosas de ella y su hogar pero tampoco sabía si debía preguntar. Al parecer ella estaba deseando hablar porque continuó, sin dejar de mirarlo. El sonrojo continuaba allí, aunque más tenue. Adorable, pensó de nuevo.

-Vengo de Galicia - le dijo, como si eso significase algo para él.

Rió de nuevo ante su cara de asombro y se sonrojó un poco más. Bajó la mirada un momento, como si se sintiese cohibida de repente. Todavía jugaba con el cable de sus cascos. ¿Estaría nerviosa? No se lo había parecido.

-Galicia y Escocia fueron en su momento pueblos celtas - le explicó - Supongo que por eso se parecen tanto en muchos aspectos. Claro que vosotros tenéis algunas influencias que no llegaron a mi tierra.

-¿Te gusta la historia?

-Me apasiona - su amplia sonrisa lo dejó sin respiración.

Aquella muchacha lo atraía demasiado. Se removió incómodo en el asiento y no precisamente por sus piernas atrapadas. Aunque no se arrepentía de haberla conocido, reconocía que sería un viaje muy largo a su lado.

-Esa es la ventaja de ser bajita - rió por lo bajo ella.

Bueno, pensó, si ella creía que estaba incómodo por su altura, no sería él quien la sacase de su error. Si supiese la verdad, además de largo, el viaje sería tremendamente embarazoso. Porque no estaba dispuesto a cambiar de asiento. Aprovecharía cada minuto de viaje para conocer a aquella muchacha tan adorable. Le sonrió.

-Debería estar acostumbrado - se encogió de hombros - Y dime, ¿a dónde vas?

-¿Intentando deshacerte de mí para poder estirar las piernas?

Vaya, estaba bromeando con él. Le gustó aquello. Le había parecido tímida y debía serlo porque el sonrojo continuaba allí, torturándolo. Aún así se sentía lo suficientemente cómoda con él como para permitirse una pulla como aquella.

-Creo que ni siquiera así sería suficiente - le sonrió más.

-¿Tan alto eres?

-6' 3" pies.

-Lo que viene a ser... - la vio hacer un cálculo mental antes de contestar sorprendida - Metro noventa. ¡Vaya! A tu lado soy una enana.

-¿Cuánto mides tú?

-Metro sesenta. 5' 3" pies, para ti - sonrió de nuevo.

-Sí que eres pequeña.

En cuanto se sonrojó intensamente, se arrepintió de haberlo dicho. No quería incomodarla. Le gustaba hablar con ella y no quería que una estupidez como aquella lo estropease todo. No entendía por qué pero quería su amistad. Aunque supiese que nunca más la volvería a ver.

-Lo siento - se disculpó - No debí decirlo.

-No te preocupes. No has dicho nada que no sea verdad - negó con la cabeza - Tal vez no te lo haya parecido pero soy bastante tímida. A veces me sonrojo por tonterías.

-Te sienta bien.

De nuevo, el sonrojo estaba allí y él se mordió el labio para impedir que más tonterías saliesen de su boca. ¿Qué le estaba pasando?

-Gracias. Supongo - rió por lo bajo, ocultando de nuevo su mirada de él.

-A veces soy un bocazas - le dijo como disculpándose.

-No te preocupes. No voy a dejar de hablarte por eso - le sonrió mirándolo de nuevo y él volvió a respirar. Ni siquiera sabía que había estado conteniendo la respiración.

-Es un alivio saberlo - la imitó.

-Me resulta imposible enfadarme con nadie - se encogió de hombros - La vida es muy corta para desperdiciarla en tonterías como esa.

La tristeza en su voz se vio reflejada también en sus ojos. Unos ojos preciosos, tenía que reconocerlo. Eran castaños, nada especial, hasta que el sol los hacía brillar. Los destellos dorados que desprendían lo cautivaban. Cuanto más tiempo pasaba con ella, más deseaba que el viaje se alargase por cualquier motivo.

El conductor eligió ese momento para anunciar la primera de las paradas que harían. Le sorprendió que ya hubiesen pasado dos horas. Se le habían pasado volando. Aunque la verdad es que le apetecía estirar las piernas.

-Te invito a un té - le dijo mientras se levantaba.

-Gracias.

Lo siguió hasta la estación, mirando todo con interés. Se imaginó lo increíble que sería enseñarle Escocia y ver cómo su rostro se iluminaba de la emoción. Su humor se oscureció al recordar que ella ya tenía un amigo que se lo mostraría todo.

-Necesitaba estirar las piernas. ¿Tú no?

-Yo... - se sonrojó de nuevo - Mis piernas están bien. Es otra cosa la que se me ha dormido.

No pudo evitarlo, se rió tan alto que hasta él se sorprendió de propia su reacción. La miró al momento temiendo que la hubiese vuelto a incomodar pero ella sonreía, con aquellas encantadoras mejillas suyas ardiendo de vergüenza. Adorable. No había otra palabra mejor para describirla.

-Si quieres te doy unas palmaditas para despertarlo - bromeaba, obviamente, pero se imaginó haciéndolo y la tirantez regresó a su entrepierna. Tenía que dejar de pensar en esas cosas, se reprendió a sí mismo.

-Me conformo con el té - le dijo ella, totalmente colorada.

Se sentaron en una mesa, cerca de la ventana para ver el autobús. Se abstraía tanto del tiempo cuando hablaba con ella que temía éste se fuese sin ellos. Claro que la idea no le parecía tan mala. Podrían alquilar un coche y continuar el viaje, solos. Tentador.

-Elige tú - su voz lo sacó de sus devaneos - No tengo ni idea de tés.

-¿Cómo te gusta?

-Mientras no lleve limón - se encogió de hombros - No me gusta el limón.

Un dato más sobre ella para anotar mentalmente. Poco a poco la iba conociendo mejor. Tímida, bonita, adorable. Gallega y con raíces celtas. Adoraba la historia. Y no le gustaba el limón. No estaba mal para dos horas de viaje.

Pidió un par de tés, ambos distintos para que ella probara los dos y decidiese cual le gustaba más y la miró de nuevo. Mantenía la vista en el exterior. Parecía pensativa y deseó saber qué estaba rondando su cabeza en ese momento. ¿Pensaría en su amigo? La punzada en el pecho regresó con más fuerza. No son celos, se dijo para convencerse de ello.

-¿Estás bien?

-Sí - lo miró parpadeando varias veces y rió suavemente - A veces mi mente se va lejos.

-¿En qué piensas cuando se va? - que le respondiese, por favor. Quería conocerla mejor.

-No lo sé. Me pierdo un poco. Ni siquiera soy consciente de donde estoy - se encogió de hombros antes de sonreír - Y a veces se me ocurren ideas estupendas para mis libros.

-¿Y ahora?

-Ahora estaba vagando por ahí.

Al menos no estaba pensando en su amigo. Escaso consuelo, pensó. Ella... ella. Entonces cayó en algo. No sabía su nombre. Habían compartido horas de conversación pero ninguno había pronunciado su nombre ni una sola vez. Se sintió ansioso al momento por conocerlo. ¿Cómo volver a pensar en ella cuando desapareciese de su vida si no tenía un nombre que darle?

-Acabo de caer en la cuenta de que no nos hemos presentado - extendió su mano hacia ella - Me llamo Cailean. Cailean Mackenzie.

-Lía - le apretó la mano en respuesta - Encantada.

La descarga eléctrica que sintió a través de su mano al tocarla casi provoca que la soltase pero no lo hizo. Tocarla era increíble. Tenía una mano menuda y suave que se perdía en la suya. La sensación provocó un escalofrío por su espalda. Podría pasarse el resto de su vida sosteniendo su mano.

-Electricidad estática - murmuró ella mientras separaba sus manos.

También lo había sentido, pensó Cailean. Y eso le gustó. Una sonrisa se dibujó en sus labios. ¿Sería posible que también a ella le atrajese él? Tenía un amigo, se recordó. Había ido a Escocia por ese amigo y el pensamiento lo frustró. Tal vez tenía razón y sólo había sido electricidad estática. A veces sucedía.

-Tienes un bonito nombre - le dijo mientras veía cómo se frotaba la mano con el ceño fruncido. ¿Le habría disgustado tocarlo?

Bueno, a él desde luego le había gustado mucho tocarla a ella.

-Gracias - le sonrió.

La camarera les entregó los tés y Cailean se los ofreció para que eligiese. La observó mientras tomaba una cuchara y tomaba un poco de té en ella. Parecía dudar. Su entrepierna protestó de nuevo cuando la vio inclinarse hacia la cuchara, soplar con cuidado y luego introducirla en la boca. Nunca un movimiento tan inocente le había parecido más sensual. No podía dejar de mirar sus labios. El deseo de besarla renació en él. Apretó los puños contra los costados tratando de frenar el impulso de tocarla de nuevo.

Cuando repitió la operación con el otro té, Cailean se vio en la necesidad de excusarse con ella y avanzar a grandes zancadas hasta el baño público. Estaba tan excitado que le dolía. Y ella ni siquiera había sido consciente de lo que le había provocado. Apoyó la frente contra la pared y comenzó a respirar profundamente para tratar de serenarse. No lo consiguió hasta pasados varios minutos.

Lía lo esperaba recostada contra el respaldo de la silla, en una actitud relajada, mientras escribía en su teléfono. En cuanto lo vio, se irguió guardando el teléfono en la mochila y le sonrió. Adorable, pensó una vez más. Adorable e inconscientemente seductora. Le sonrió de vuelta y se sentó.

-Me gustan los dos - le dijo ella - Elige tú.

Yo, respondió mentalmente imaginando que Lía hablaba de su amigo y de él. Inspiró profundamente y tomó el que tenía más cerca. A esas alturas le importaba poco el té. Sólo podía mirarla y fantasear con aquellos apetitosos labios suyos.

Lía sujetó con ambas manos el otro tazón y comenzó a soplar. Cailean observaba el movimiento hipnotizado. Se obligó a apartar la mirada o tendría que volver al baño. Esta vez no tendría forma de justificarlo.

-El té en España no se parece en nada a este - le dijo ella - Allí ni siquiera me gusta.

-Hubieras pedido otra cosa. Si no te gusta podemos cambiarlo por lo que quieras.

-Vuestro té me gusta - le sonrió.

-¿Ya lo habías probado?

-Estuve en Londres dos veces. De vacaciones.

-¿Has visitado Londres y no Escocia?

-Mis amigas no comparten mi entusiasmo por Escocia.

-Podrían haberte acompañado igualmente. Tú lo has hecho por ellas, ¿no?

-No quería ver caras largas en mi primer viaje a Escocia - negó con la cabeza antes de tomar un sorbo de té.

Los ojos de Cailean volvieron a sus labios y los apartó al momento. Cuanto menos mirase, más fácil resultaría ignorar lo que sentía por ella. Al menos eso esperaba.

-De todas formas no me animaba a venir sola - continuó Lía, sonriendo - Tal vez algún día lo habría hecho, antes de ser demasiado vieja para viajar.

-Pero tu amigo te convenció primero - intentó que no se notase la amargura en su voz pero fracasó.

-Necesitó de muchos meses para conseguirlo, de todos modos - al parecer ella no lo había notado.

-¿Por qué? Era una buena oportunidad para venir.

-No quiero ser una molestia para él. Pero es tan insistente que no he podido resistirme.

Cailean intentó no pensar en lo que pasaría entre ellos si su amigo decidía insistir en otro tipo de relación con ella. No es asunto tuyo, se recordó. No importaba lo que estaba sintiendo por ella. En poco más de tres horas se separarían para no volver a verse.

-¿Cuánto tiempo te quedarás?

-Robert me ha dicho que puedo quedarme todo el tiempo que desee pero no quiero abusar. Supongo que un par de semanas será suficiente para ver los lugares que tengo en mente.

Se sintió tentado a pedirle el número de teléfono para poder quedar algún día. Podrían conocerse mejor. Incluso, tal vez, podría evitar que el tal Robert se acercase demasiado a ella. Finalmente desistió, no serviría de nada. Ella regresaría a su vida en España en un par de semanas y él tendría que volver a su solitaria existencia en Edimburgo. De repente, su tan perfectamente planeada vida no se lo parecía tanto. Todo gracias a una menuda e interesante muchacha extranjera.

-El autobús saldrá pronto - le dijo, en cambio - Iré a pagar.

-Sí - se levantó - Vuelvo enseguida.

La vio desaparecer tras la puerta del baño y se dirigió a la caja para pagar. Sería estúpido pretender que aquello se parecía a una cita pero no pudo evitar imaginarse cómo sería salir con ella, al menos una vez. Desde luego procuraría que la cita terminase con un beso, sonrió.

-¿Lista?

-Sí - le sonrió - Comencemos con la tortura de nuevo.

Cailean rió y le pasó inconscientemente el brazo por los hombros. Se tensó al momento temeroso de que se apartase de él enfadada pero no ocurrió. Lía continuaba andando, acompasando su paso al de él, completamente roja de vergüenza. Pero no se ha apartado, recordó él.

Apoyó una mano en su espalda para ayudarla a subir al autobús y la siguió hasta sus asientos. Ahora le parecían mucho más estrechos que antes. Sentía la presencia de Lía más cercana y notaba cómo sus rodillas se rozaron mientras se acomodaban. Fue sólo un momento pero bastó para provocarle un nuevo temblor de deseo. Cuán largas se le harían las próximas horas.

Permanecieron en silencio momentáneamente. Cuando se decidió a romperlo, el teléfono de Lía sonó y ella contestó. No entendía lo que decía, claro, hablaba español, pero parecía contenta de recibir aquella llamada. Al menos no era Robert, pensó.

-Mi vecina - le explicó ella cuando colgó - Le he dejado la llave de mi piso para que me lo cuide en mi ausencia. Le prometí que la llamaría en cuanto desembarcase en Edimburgo pero lo olvidé.

-Sois muy amigas, por lo que veo.

-Me ayudó mucho cuando murieron mis padres. En realidad no sé que habría hecho sin ella. Fue una mala época para mí.

-Lo imagino - contuvo el impulso de tomarle una mano para consolarla. Parecía vulnerable en ese momento.

-He dormido tantas veces en su casa por aquel entonces. Yo - titubeó antes de continuar - hace tiempo que no voy ya, la verdad.

-¿Y eso? - sentía curiosidad por ella. Verdadera curiosidad.

-Bueno - se mordió el labio y su entrepierna protestó de nuevo - cometí el error de mantener una relación con su hermano y no terminó muy bien la cosa. Ahora él quiere que volvamos a estar juntos y yo... no puedo mirarlo a la cara sin desear golpearlo con el puño.

Se sonrojó intensamente y Cailean apretó sus puños para no acariciar aquellas tentadoras mejillas.

-No sé por qué te cuento todo esto - de nuevo el labio entre sus dientes, torturándolo - Apenas nos conocemos y estoy yo aquí aburriéndote con mis problemas. Debes pensar que soy una engreída que sólo sabe hablar de sí misma.

-Para nada - le sonrió - A mí me gusta escuchar.

-Y a mí - asintió - Mucho más que hablar, en realidad.

-Será que te sientes a gusto conmigo - dijo esperanzado.

-Será - se encogió de hombros.

Cailean la miró intensamente y ella apartó la mirada sonrojada. Definitivamente ella también sentía algo por él. Sonrió apenado, aún así. De nada serviría saberlo, ella se iría tarde o temprano. Si tuviesen más tiempo, tal vez habría intentado profundizar en aquellos sentimientos.

El teléfono de Lía sonó de nuevo al poco rato. La vio leer el mensaje y luego suspirar. Murmuró algo en español y escribió algo con dedos ágiles. Se disponía a guardarlo cuando sonó de nuevo. Contestó una segunda vez. Tenía el ceño fruncido y Cailean no pudo contener su pregunta.

-¿Algún problema?

-El hermano de mi vecina - le dijo - No sé por qué no lo bloqueo y termino con todo esto de una vez.

-¿Me permites? - extendió la mano hacia su teléfono y Lía se lo dejó con reticencia - Acércate.

La rodeó con los brazos y acercó su rostro al de ella. Lía permanecía inmóvil aunque estaba seguro de que sabía lo que se proponía. Podría detenerlo en cualquier momento pero no lo hizo. Cailean sacó una foto de ambos y se la envió al vecino de Lía.

-Ahora dile lo que quieras de mí - le sonrió - aunque seguramente se imagine lo peor.

Lía rió y Cailean volvió a quedarse sin aliento al escucharla. Le gustaba mucho aquella risa. En realidad, le gustaba todo de ella. La observó mientras escribía y la vio sonreír. El teléfono no volvió a sonar.

-Gracias - le dijo - aunque tendré problemas cuando regrese, seguramente.

-Vaya, no pretendía...

-Tranquilo - lo interrumpió - No pasa nada. Se merece eso y mucho

15

más.

-¿Tan mal salieron las cosas?

-Peor.

Cailean se debatía entre insistir y respetar su privacidad. Cuanto más sabía de ella, más quería saber pero tampoco pretendía incomodarla. Se movió inquieto en su asiento y le rozó un brazo en el proceso. Lía se apartó un poco y le sonrió.

-Tendrían que hacer autobuses a medida.

-No es mala idea. Aunque así los altos como yo nunca conocerían a las bajas como tú - le sonrió y ella se sonrojó.

-Todo tiene sus inconvenientes.

-Yo creo que prefiero estar un poco más apretado.

Estaba tonteando con ella. Definitivamente lo estaba haciendo. No debería, no llegaría a nada, pero quería hacerlo. Fantasear con que aquello podría convertirse en algo más un día. O al menos, lograr que Lía pensase en él cuando estuviese en la casa de su amigo Robert.

La segunda parada fue más corta. Lo justo para ir al baño y fumar un cigarro aquellos que lo necesitasen. Como ninguno de ellos fumaba, otro pequeño dato para recordar de ella, aprovecharon todo el tiempo del que disponían para estirar las piernas y despertar el trasero, sonrió al recordarlo.

-¿Sabes si falta mucho?

-Algo más de una hora, ¿por qué?

-Para avisar a Robert.

-Claro - frunció el ceño.

-Soy Lía - la oyó decir por teléfono - Bien. Está resultando muy ameno... Claro, tengo un compañero de asiento muy agradable... Sí, ya sé, todos los escoceses sois agradables... No le he

preguntado pero dice que llegaremos en una hora más o menos...
Vale... Nos vemos después, entonces.

-¿Todo arreglado? - estaba tenso - Tenemos que subir ya.

-Sí. Vamos.

Cailean la ayudó de nuevo a subir. Esta vez no pudo contenerse y deslizó su mano por su espalda mientras subía los escalones. Por un momento, la dejó descansar sobre su trasero. ¡Qué trasero! Apartó la mano, alertado por su intensa reacción.

Cuando se sentó junto a ella, comprobó que estaba roja como las brasas. Se sintió mal por haberse propasado pero no lo lamentaba. Si no volvía a verla, tendría tan sólo aquellos pequeños detalles para recordarla. Porque, a cada minuto que pasaba en su compañía, se convencía de que sería imposible olvidarla.

Parecía un encuentro de película, de esas que tanto gustaban a su hermana. Ella había sido siempre la romántica. No él. Él era el práctico y como tal, aprovecharía el momento para disfrutar de Lía y de las sensaciones que le provocaba.

-Pareces nerviosa - no debería haberle dicho eso, pensó después.

-Estoy nerviosa desde que inicié este viaje - lo miró.

-¿Por Robert?

-Claro que no - negó con la cabeza - Por el viaje en sí. Por Escocia. Por si me gusta tanto que no desee regresar nunca.

-¿Y eso es malo?

-No lo sé - miró por la ventana - Y eso es lo que me tiene nerviosa.

-Disfruta del momento. ¿No es lo que dices tú?

-Sí - lo miró de nuevo sorprendida.

-¡Eh! Además de agradable, sé escuchar, ¿recuerdas?

Lía se sonrojó y Cailean sonrió. Aquello se estaba volviendo en una costumbre. Y, aunque a Cailean le hubiese gustado verla sonrojarse más veces, el autobús continuaba su camino inexorablemente. Antes de que pudiese prepararse para ello, habían llegado a su destino. La ayudó a bajar su equipaje y le sorprendió lo poco que llevaba con ella.

-No necesito gran cosa - le dijo ella encogiendo los hombros - Soy una chica sencilla.

Tímida, bonita, adorable. Gallega y con raíces celtas. Adoraba la historia. No le gustaba el limón. Tenía un ex insistente. Un trasero increíble. Miedo a enamorarse de Escocia y decidir quedarse para siempre. Y era una chica sencilla. Se llamaba Lía. Era tan poco. Insuficiente para él.

La acompañó hasta la salida de la estación y esperó junto a ella. Ni aquel tal Robert ni su familia habían llegado aún. Disponían de unos minutos más para ellos solos y comprendió que no quería separarse de ella todavía. Trasladó su peso de una pierna a otra mientras reunía el valor para hablar. Nunca antes había dudado de nada y era una sensación que no le gustaba.

-Oye - comenzó - Igual te parece una tontería. O una locura. No sé pero me preguntaba, si tal vez... Vaya, parezco idiota.

-Para nada - le sonrió con ternura y eso le dio valor.

-Me preguntaba si te importaría darme tu número de teléfono. Por si nos podemos ver una vez más antes de que te vayas. Me ha gustado mucho hablar contigo.

-A mí también me ha gustado hablar contigo, Cailean - que bien sonaba su nombre en sus labios - Está bien. ¿Tienes donde anotarlo?

A Cailean le temblaban las manos cuando cogió su teléfono. Anotó su nombre en la agenda y Lía le indicó el número para que lo guardase. En cuanto lo tuvo a buen resguardo, le sonrió.

-Te enviaré un mensaje para tengas el mío.

-Gracias.

-Gracias a ti, Lía.

Y sin poder evitarlo, se agachó hacia ella y la besó. Sólo fue un roce pero le abrasó los labios. Se apartó sobresaltado y vio que también ella lo había notado. Esta vez no tenía la menor duda. Cuando se inclinó de nuevo hacia ella, el claxon de un coche los separó al momento.

-Cailean - alguien lo llamó.

-Tengo que irme.

-Diviértete en la boda de tu hermana.

-Y tú en tus algo así-vacaciones - le sonrió.

-Gracias - rió bajito.

Cailean cruzó la calle y se abrazó a la mujer que lo esperaba junto al coche. Se parecía a ella y Lía pensó que tal vez era su madre. Suspiró, no sabía si de alivio o de frustración. Aquel viaje en autobús había sido el más extraño que había tenido en su vida. Rozó sus labios con las yemas de los dedos y sonrió. Si no volvía a saber nada de él, al menos tendría algo que recordar.

# 2

Era tarde cuando se retiró a su cuarto. Robert la había ido a recoger minutos después de que Cailean se hubiese marchado. Había hablado todo el viaje hasta su casa con él, como si fuesen amigos de toda la vida y no dos personas que se conocían desde hacía tan sólo un año. Así era Robert. Amable, confiable y encantador. Se alegró de haber aceptado su oferta. Y esta vez, no sólo por conocer Escocia, sino por haber conocido a un escocés como Cailean. Toda una experiencia.

Se acostó en la cama, exhausta. Había sido un viaje largo y cansado. Y, aunque había deseado retirarse a su cuarto en cuanto llegó, Robert la mantuvo entretenida hasta bien entrada la noche. Hablar con él en persona era tan estimulante como leer sus cartas. Puede que incluso más. Sonrió satisfecha. Su aventura había empezado bien pero estaba segura de que podría ser incluso mejor. Bueno, tal vez no tanto como el beso que había recibido horas antes pero al menos conocería por fin Escocia. Y de la mano de un escocés, nada menos.

Cerró los ojos dispuesta a dormir cuando oyó que su teléfono sonaba. Un mensaje a aquella hora, pensó. Oscar. No podía ser nadie más. Suspiró mientras cogía el teléfono para mirarlo. Pero, para su sorpresa, era un número que no conocía.

-Hola, Lía - decía el mensaje - Soy Cailean. Con el reencuentro con mi familia y todo eso, se me olvidó enviarte el mensaje. Espero no haberte despertado, ya es tarde. Me ha encantado conocerte y espero que podamos vernos de nuevo antes de que te vayas.

-Hola, Cailean - le contestó - No dormía. En realidad acabo de acostarme. Ya creía que eras el hermano de mi vecina, que volvía a la carga.

-Si te vuelve a molestar, avísame y le envías otra foto mía en cueros.

-Eso sería demoledor.

Para él y para mí, pensó Lía sonrojada, pero no lo escribió.

-¿Qué tal con Robert?

-Bien. Es encantador. Y habla mucho. Me ha estado entreteniendo durante horas contándome historias sobre los lugares a los que quiere llevarme. Aunque ya no recuerdo ni la mitad de los nombres. Sólo se detuvo cuando se me cerraron los ojos del cansancio. Creo que le apasiona la historia más que a mí.

-Pues eso parece difícil.

-Lo sé.

-No te entretengo más o acabarás pensando que soy igual de pesado que él.

-Lo más probable es que me duerma mientras escribimos.

-Entonces prefiero desearte buenas noches antes de que te duermas.

-Gracias. Lo mismo te digo.

-No te olvides de guardar mi número.

-No lo haré.

-Dulces sueños, Lía.

-Dulces sueños, Cailean.

Lía sonrió y guardó el número en su agenda. Se sonrojó al pensar en volver a verlo. Había sido una posibilidad remota hasta ese momento pero ahora tenía su número. ¿Qué pasaría si la magia que había sentido durante el viaje había desaparecido? No quería destruir aquel recuerdo. Releyó los mensajes y pensó que tal vez, con suerte, la magia seguiría allí. Al menos para darle más buenos recuerdos, porque sabía que no habría nada más entre ellos. Al fin y al cabo, se marcharía en unas semanas.

Por la mañana se levantó más descansada de lo que esperaba. Cuando comprobó la hora que era entendió el por qué. Se había saltado el desayuno. Se levantó con prisa y bajó después de ponerse lo primero que encontró en la maleta que todavía no había tenido tiempo de desembalar.

-Buenos días, Lía - Robert la miraba con una sonrisa en los labios.

-Dirás más bien buenas tardes - se sonrojó - ¿Por qué no me despertaste?

-Necesitabas dormir. Te tuve despierta hasta tarde. Deberías haberme dicho que estabas cansada.

-Me gustaban las historias - se sentó en un taburete.

Robert estaba preparando la comida. Lo observó mientras se movía con soltura por la cocina. Era más alto de lo que había imaginado y aún así tenía cierta gracia en sus movimientos. Sonrió al pensar en otro escocés alto al que había conocido el día anterior.

-Tenemos tiempo de sobra para que las escuches todas. No es excusa.

-Te prometo que la próxima vez te avisaré antes.

Había estado preocupada por su encuentro con él. Una cosa era hablar por carta y otra muy distinta tenerlo frente a ella. Temía que su timidez se interpusiese entre ellos. Le ocurría con frecuencia. Tal vez por eso podía contar con los dedos de las manos los amigos que tenía. No se le daba bien iniciar una relación.

Pero con Robert todo había sido distinto. La complicidad que había sentido en sus cartas estaba presente allí también y hablar con él no le suponía ningún esfuerzo. Su mente regresó al autobús y a Cailean. Tampoco con él había resultado difícil hablar.

-Este fin de semana tengo una reunión de familia - le dijo Robert regresándola a la cocina una vez más - Después empezaremos la ruta. ¿Has traído ropa elegante?

-¿Para qué iba a traerla?

-Para venir conmigo, por supuesto. Creía que te lo había dicho en mi última carta.

-No recuerdo que me comentases nada de conocer a tu familia. Pero no importa. Me quedaré aquí.

-De eso nada. Eres mi invitada y vendrás conmigo. ¿Por quién me tomas? Con lo que me ha costado convencerte de que vinieras, no voy a abandonarte ahora.

-No me estás abandonando. Vas a ver a tu familia.

-Y tú también.

-No he traído ropa adecuada - se encogió de hombros.

-Esta tarde nos acercaremos a Inverness y compraremos algo.

-Robert, no voy a ir contigo - se sonrojó.

-No puedes negarte. En esa reunión verás parte de nuestras costumbres - sonrió - ¿No era eso lo que venías a buscar aquí?

-Es tu familia.

-No muerden.

Lía rió y la tensión desapareció de su cuerpo. No merecía la pena discutir con él, siempre conseguía lo que quería. Suspiró, resignada a ir a la reunión familiar con él. No le apetecía mucho, su timidez clamaba que no lo hiciese, pero no quería defraudar a Robert. Se había tomado muchas molestias por ella y se lo debía.

-Está bien. ¿Con plaid incluido?

-No es mala idea. Algo podremos hacer.

-No lo decía en serio, Robert.

Robert se limitó a sonreír y Lía supo que acabaría llevando ropa típica escocesa a aquella reunión. Sólo esperaba no sonrojarse demasiado cuando mirasen hacia ella. Si al menos fuese algo más morena, tal vez no se notase tanto. Pero de nada servía lamentarse de algo que no podía cambiarse.

-¿Puedo ayudar en algo?

-Ya casi he terminado. Después sólo hay que esperar a que se cocine.

-¿Me da tiempo a deshacer la maleta?

-Claro.

-Avísame cuando esté lista, si no bajo antes.

-Ve tranquila.

Lía pensaba acabar mucho antes, había llevado muy pocas cosas. Como le había dicho a Cailean, era una mujer sencilla. Unos cuantos vaqueros, varias camisetas cómodas, ropa interior suficiente, calzado de repuesto, zapatillas para andar por casa y alguna chaqueta por si refrescaba. En Escocia nunca se podía estar segura de que no fuese a hacer frío, incluso en verano. Colgó todo en el armario y guardó la maleta en la estantería superior para que no molestase.

Había dejado el resto encima de la cama y ahora era su turno para ser guardado. Secador, cepillo para el pelo, pasta de dientes y cepillo eléctrico, colonia y cortaúñas. Nada de maquillaje para ella. Frunció el ceño al pensar en la reunión a la que debería asistir. Tal vez se comprase también una barra de labios y alguna sombra de ojos esa tarde. Aunque no era vanidosa ni presumida, le gustaba arreglarse un poco para las ocasiones especiales. Sin duda, la familia de Robert bien merecía el esfuerzo.

Vació su mochila, una vez hecho eso, para revisar lo que llevaba en ella. El cargador del móvil y varios adaptadores de corriente. El portátil y la cámara de fotos. La cartera y la carpeta donde guardaba toda la documentación importante. Guardó todo en la mesita de noche.

Satisfecha con el resultado de su trabajo, decidió dejar el móvil cargando antes de bajar. Se había olvidado de enchufarlo por la noche y ahora no dejaba de avisarla de que tenía la batería baja.

-Listo - le sonrió a Robert cuando entró en la cocina.

-O eres muy rápida o has traído muy pocas cosas.

-Ambas.

-Pues la comida todavía no está.

-Podrías contarme de qué va esa reunión familiar tan importante.

-Prefiero que lo descubras por ti misma. Sólo te diré que te gustará.

-Ya me quedo más tranquila - Robert rió y ella tuvo que imitarlo. Tenía una risa contagiosa.

Horas más tarde, ya en Inverness, Robert la llevó a varias tiendas en busca del vestido perfecto para ella. A pesar de su insistencia en que no quería falda, tuvo que desistir una vez más. Robert no aceptaba un no por respuesta y estaba empezando a comprenderlo. Se dejó arrastrar por él hasta que le dolieron los pies pero no protestó.

-Ahora necesito que me esperes aquí - le dijo él - Tengo algo que hacer pero es una sorpresa para ti. No quiero que lo veas.

-¿Y qué quieres que haga mientras?

-Mira escaparates.

-Vaya, que divertido.

-No te alejes. No tardaré mucho.

-No podría irme. Me perdería, fijo - sonrió. Le resultaba muy fácil hablar con él.

A pesar de no haberse visto nunca, se conocían bien. En sus cartas, no sólo habían hablado de Escocia sino de sus vidas. En realidad aquel había sido el primer propósito de su correspondencia. La psicóloga a la que había acudido tras la muerte de sus padres, la había llamado un par de años después para pedirle que se uniese a un nuevo proyecto que estaba poniendo en marcha con antiguos pacientes suyos. Quería hacer un estudio sobre la ayuda que personas que habían superado una gran pérdida, podían aportar a otras que estaban pasando por situaciones similares.

Al principio se había negado, pero le insistió tanto en que sería bueno también para ella que al final aceptó. A pesar de haber sido dada de alta, ambas sabían que todavía le dolía hablar de sus padres. Así había conocido a Robert y ahora, se habían convertido en amigos.

Se quedó donde estaba, viendo cómo Robert se alejaba a grandes zancadas. Al menos llegaría rápido a donde quiera que fuese, pensó. Se giró hacia el escaparate que tenía detrás. No le interesaba mucho lo que veía pero intentaba disimular. Se sentía ridícula esperando allí y se arrepintió de no decirle a Robert que la dejase en algún otro lugar, menos expuesto a la vista.

-¿Lía?

Miró a su alrededor desconcertada, no conocía a nadie allí. Entonces lo vio, Cailean. Una amplia sonrisa iluminó su rostro. Estaba más guapo de lo que recordaba y supo que la magia todavía estaba allí. Se sentía nerviosa cuando él se acercó.

-¡Menuda coincidencia! - le dijo.

-Te envié un mensaje antes de venir por si estabas por aquí.

-No lo vi. Olvidé el móvil en la casa, lo siento.

-No importa - la tomó de la mano para besársela en un impulso - Que alegría verte de nuevo.

Lía se sonrojó y él sonrió. Todo parecía igual que el día anterior, salvo que Cailean continuaba sosteniendo su mano y ella notaba un cosquilleo en la palma, donde el pulgar de él la acariciaba.

-¿Estás sola?

-Robert ha ido a buscar no sé qué a no sé dónde y, como es una sorpresa para mí, me ha dejado aquí abandonada.

-Yo también tengo que recoger algo que mi madre tenía encargado pero puedo quedarme contigo unos minutos.

-Gracias pero no quiero entretenerte.

-No me importa.

Lía no podía concentrarse en nada que no fuese el dedo de Cailean masajeando la palma de su mano. Y la intensidad de su mirada. Su corazón se había acelerado tanto que temía que Cailean pudiese oír los latidos. Quería apartar los ojos de los suyos pero la tenía atrapada.

-¿Qué tal el reencuentro con tu familia?

-Mejor de lo que esperaba.

-Me alegro.

-Te lo debo a ti.

-¿A mí?

-Por lo que le pasó a tu familia - al ver la pena en sus ojos, Cailean se disculpó - Tal vez no debía hablar de ellos. Lo siento.

-No importa. No puedo borrarlos de mi vida sólo porque me duela recordarlos. En algún momento me acostumbraré a ello.

-No creo que alguien se pueda acostumbrar a eso, Lía - le apretó la mano - No tienes que hacerte la dura conmigo.

-Si consigo que no duela tanto, ya me daré por satisfecha.

Cailean se inclinó hacia ella y supo que iba a besarla. Pero su teléfono sonó rompiendo la magia del momento. Lo escuchó murmurar una maldición y le soltó la mano para contestar. Sintió la ausencia al momento y decidió meter ambas manos en los bolsillos de sus pantalones.

-Hola, mamá... Estoy en ello... Me he entretenido por el camino... - le guiñó un ojo y ella le sonrió - Sí, mamá... Vale... No tardo, prometido... Adiós, mamá.

-El deber te llama.

-Lo siento. Tengo que irme ya o mi madre se volverá loca. En casa están como locos con la boda.

-Tranquilo. No creo que Robert tarde en volver, de todas formas - miró hacia el escaparate que tenían al lado - Siempre puedo seguir entreteniéndome con el escaparate.

Cailean rió y le robó un pequeño beso. Ella se sonrojó y él sonrió de nuevo. Aquello parecía algo natural entre ellos. Apartó la mirada, cohibida.

-¿Puedo escribirte por la noche o sigues cansada?

-Puedes escribirme.

-Bien.

Después de besarle la mano de nuevo se alejó, dejándola trémula y más roja que las brasas. ¿Había dudado de que la magia siguiese allí? No sólo estaba, sino que amenazaba con convertirse en un fuego perpetuo. Y eso era algo que no podía permitirse porque su corazón sufriría demasiado en cuanto tuviese que regresar.

Pero, ¿cómo resistirse a un hombre como Cailean? ¿No volviendo a verlo? Bueno, en ese momento no le parecía una opción viable. Apenas se había marchado y ya estaba deseando encontrarse con él de nuevo.

Había oído hablar de romances de verano pero siempre creyó que eso no era para ella, tan tímida y anodina. Nadie podía decir que fuese una mujer que llamaba la atención a su paso. Demasiado baja y con algún kilo que le sobraba, no era el prototipo de mujer en el que se fijarían para un romance esporádico. No era fea, eso lo sabía, pero tampoco levantaba pasiones. Las pocas relaciones que había mantenido habían empezado como amistad. Pero no tenía tiempo para trabar una amistad con Cailean antes de marcharse. Aunque, por otro lado, él parecía dispuesto a saltarse aquella parte. ¿O no la había besado ya dos veces?

-Todo listo - la voz de Robert la obligó a regresar al mundo real y olvidarse de Cailean y sus besos.

-¿Dónde está?

-En el coche.

-Pues sí que quieres que sea una sorpresa - sonrió.

-Por supuesto - le ofreció el brazo - Tomemos algo antes de regresar a casa. Nos lo merecemos.

-¿Un té? - bromeó.

-Sé que vosotros sois más amigos del café pero no te lo recomiendo. Aquí es pésimo.

-No me gusta, de todas formas. Prefiero un té, que aquí sabe mucho mejor que en mi tierra.

-Tal vez consiga hacer de ti una buena escocesa - rió él - Aunque deberíamos empezar a beber whisky.

-No me gusta el whisky. Además, no me quedaré tanto tiempo.

Robert rió de nuevo y Lía se alarmó. Aunque llevaban poco tiempo juntos había aprendido a temer aquella mirada que veía en él en ese momento.

-No me quedaré tanto tiempo aquí, Robert - repitió.

Para cuando llegaron a la casa, Lía estaba tentada de recoger sus cosas y huir antes de que Robert la convenciese para quedarse un par de meses como le había sugerido en su última carta. No es que tuviese nada que la obligase a regresar antes. No tenía a nadie esperándola y había perdido su trabajo anterior al morir sus padres. Ahora subsistía escribiendo una columna semanal en una revista local. Por suerte para ella podía cumplir con su trabajo desde cualquier lugar que tuviese conexión de internet, algo que le había parecido atractivo a la hora de aceptar el puesto. Eso le daba cierta libertad para dedicar tiempo a sus libros. Ahora podía resultar un inconveniente. Robert se aprovecharía de ello para persuadirla de que se quedase más tiempo.

Subió a su cuarto para colgar el vestido, al final había sido vestido, que Robert le había comprado. Ni hablar de pagarlo ella, era su invitada. Suspiró mientras se sentaba en la cama y desconectaba el teléfono de la corriente. Tenía un mensaje, no hacía falta que la luz parpadeante se lo indicase, Cailean se lo había dicho.

-Hola, Lía. Esta tarde iré a Inverness para hacer de recadero de mi madre. Si te apetece y estás por allí, podríamos tomar algo juntos.

Se mordió el labio al pensar en cuánto le habría apetecido aceptar aquella invitación. No sabía lo que pensaría Robert de su conducta, después de todo, estaba allí para conocer Escocia, no a los escoceses. Se sonrojó y guardó el cargador en el cajón de la mesilla. Ya no importaba, realmente. Había olvidado el teléfono en casa y la oportunidad se había perdido. Al final, el destino había querido que se viesen igualmente.

-Si te parece bien - le dijo Robert durante la cena - Mañana podemos aprovechar para visitar el lago Ness. No está lejos.

-Sería estupendo.

-No quiero cansarte demasiado estos días porque el sábado tenemos la reunión. Damos un paseo corto hasta el castillo Urquhart, admiramos las vistas desde un barco en el lago y luego regresamos. Por mantenernos ocupados parte del día.

-Me parece bien. Espero que estés dispuesto a salir en las fotos, Robert - rió, consciente de que no le gustaba nada la idea.

Había tardado varios meses en conseguir que le enviase una foto y, como había supuesto, parecía un ogro en ella. Ceño fruncido y rictus serio. Cómo se había reído de él en la siguiente carta.

-Yo sacaré las fotos.

-De eso nada. Mi cámara, mis fotos.

Otra vez aquella determinación en su mirada. Lía suspiró. ¿Es que ese hombre no conocía la derrota? Se consolaba al pensar que había logrado una victoria con la foto que le había enviado de tan mala gana. Al parecer, no conseguiría imponerse a él en nada más.

-Creo que me acostaré ya - la retirada era la mejor estrategia en algunos casos.

-Hasta mañana, Lía. Descansa y no te preocupes por la hora. Podemos ir después de comer.

-Vale. Buenas noches, Robert.

Cuando llegó a su cuarto, tenía nuevos mensajes en su teléfono. Se lavó los dientes a conciencia, se cepilló el pelo y se colocó el pijama. Sus ojos no dejaban de encontrarse con la luz intermitente del teléfono pero se obligó a sí misma a no mirarlo hasta que hubiese terminado con su ritual de la noche. El mismo que había aprendido de su madre cuando era tan sólo una niña.

-Hola, Lía. ¿Te dejó Robert demasiado tiempo sola?

Lía sonrió al leer el mensaje. Se sentía tan bien hablando con él que no podía creerse que se habían conocido el día anterior en un autobús. En la vida había personas que se cruzaban en tu camino sin dejar huella y otras que se quedaban contigo para siempre. Cailean parecía ser de estas últimas, salvo por el detalle de que vivían demasiado lejos para continuar aquello que parecía estar iniciándose entre ellos.

-Hola, Cailean. Llegó justo después de que tú te fueras. Igual hasta os cruzasteis por el camino.

-Puede ser. ¿Averiguaste algo sobre la sorpresa?

-Que va. Lo escondió en el coche antes de ir a recogerme.

-Es listo.

-Mañana vamos a ir al lago Ness. Si te animas...

-Ojalá pudiese. Pero mi hermana tiene planes para mí. Al parecer quiere que sea su padrino, así que tengo que desempolvar el kilt. Y después me llevará a conocer al párroco que los casará.

-Me gustaría verte con kilt. ¿Llevarás ropa interior por debajo? ¡Oh, bueno! Olvida eso. No quiero saberlo.

-Te enviaré una foto el día de la boda, descuida. Y si quieres me levanto el kilt para que tú misma averigües si llevo algo o no.

-Me conformo con una foto con el kilt en su sitio.

-Cobarde.

Lía se sonrojó y estaba segura de que Cailean estaba sonriendo. Se mordió el labio con fuerza para serenar a su loco corazón. ¿Cómo podía afectarle tanto un hombre al que apenas conocía?

-¿Me envías una foto tuya de ahora?

-¿Para qué?

-Para confirmar que te has puesto colorada con mi comentario.

-No necesitas una foto para eso.

-Lo sé. Pero me apetece verte ahora mismo.

-Estoy en pijama, no hay mucho que ver.

-Yo creo que sí.

Lía se debatió consigo misma por un momento. La tentación de enviarle la foto era grande pero temía su reacción al verla. Claro que su apariencia no distaba tanto de la que él conocía, porque no solía arreglarse para salir de casa. Finalmente se sacó la foto y se la envió.

-Preciosa.

-Preciosísima.

-Claro que sí. ¿Acaso dudas de mí?

-Supongo que no.

-Vaya, ¿sólo lo supones? Parece que tendré que insistir un poco más cuando nos veamos de nuevo.

-¿No tienes que madrugar mañana?

Era una cobarde, lo sabía. Y Cailean estaría riéndose de ella en ese momento pero no le importaba. Si no terminaba aquella conversación, estaba segura de que no podría dormirse esa noche.

Sólo imaginarse a Cailean en kilt y sin nada bajo la falda, la excitaba de tal modo que se sentía desfallecer. Seguramente le sentaba la falda mejor que a ella.

-Esto es para ti. Es justo que la tengas, ya que tú me has enviado una a mí.

Lía descargó la foto y supo al momento que se quedaría toda la noche despierta. Cómo dormir después de ver a Cailean tumbado en la cama, sin camiseta. Se le cortó la respiración sólo de admirar aquel pecho tan bien definido. Debía hacer pesas o algo por el estilo porque nadie podía estar tan bien musculado sin hacer algo para ello. Aún a riesgo de que se riese de ella, envió la pregunta.

-¿Vas al gimnasio?

-No.

-Mientes.

-No se me ocurriría hacer tal cosa contigo.

-¿Me estás diciendo que esos músculos son los que la madre naturaleza te ha dado?

-¿Te gustan mis músculos?

-No voy a contestar a eso.

Se estaba riendo de ella, lo sabía. Estaba convencida de que había enviado aquella foto a propósito para torturarla. Y lo peor, en el fondo le gustaba aquello. Que Dios la ayudase pero si Cailean estaba intentando seducirla, se dejaría hacer. Tal vez fuese su única oportunidad de tener uno de esos romances veraniegos de los que tanto hablaban sus amigas.

-Cobarde.

-Buenas noches, Cailean. Dulces sueños.

-Buenas noches, Lía. Que sueñes conmigo. Perdón, con los angelitos. Es el corrector del teléfono, ya sabes cómo es esto.

-Sí, el corrector. Descarado.

-Mucho.

Lía silenció el teléfono y lo dejó en la mesilla. ¿Dónde estaba el chico educado y atento que había conocido en el autobús? Desde luego no era el que le escribía esos mensajes ni el que le enviaba fotos sin ropa. Cruzó los brazos sobre el pecho para resistir la tentación de mirar la foto de nuevo. En realidad no necesitaba hacerlo, la recordaba perfectamente. Y estaba segura de que soñaría con él, si lograba conciliar el sueño.

# 3

-Vamos, Cailean - protestó por segunda vez Kirsty - Y luego dicen que las mujeres tardamos en prepararnos.

-Poner un kilt no es tan fácil, Kirsty. Sobre todo cuando hace tantos años que no practico.

-Habértelo puesto más veces.

-¿Para ir a trabajar?

-Al menos llamarías la atención y podrías traerte a una chica a mi boda. No puedo creer que vayas a ir solo.

-Soy el padrino, no necesito a nadie a mi lado, sólo a la novia.

En realidad había estado pensando en aquello desde el mismo momento en que besó a Lía por primera vez. Le gustaría llevarla con él pero estaba seguro de que se negaría. Una cosa era quedar con él y otra acudir a la boda de su hermana, donde estaría toda su familia. Sonrió al pensar en lo roja que se pondría si se lo proponía. Adoraba verla así. De hecho, estaba empezando a adorarla a toda ella.

Le había pedido una foto sólo para mortificarla un poco, jamás creyó que se la enviaría. Estaba preciosa, no había mentido al decírselo. Con el pelo revuelto y el ligero rubor en sus mejillas. No le importaría despertarse junto a ella si aquel era el aspecto que tendría ella. Su entrepierna protestó y se colocó mejor el sporran para disimularlo.

No estaba muy seguro de cuándo había decidido seducirla pero esa era su intención. Y ya nada tenía que ver con evitar que Robert se le acercase como se justificaba al principio, la quería para sí, con él o sin él rondando.

-Hasta el abuelo va a venir acompañado - la protesta de su hermana lo sacó del trance.

-¿Cómo que el abuelo tiene pareja?

-Kirsty, no tergiverses las cosas - la regañó su madre - El abuelo tiene una invitada estos días en casa y no quiere dejarla sola. Le hemos dicho que la traiga.

-¿Qué invitada?

-Alguien a quien ha conocido hace un tiempo - explicó su hermana - y le ha venido muy bien. Es otro desde entonces.

Cailean estaba confuso y su cara así debió mostrarlo porque su madre sonrió antes de apiadarse de él y explicarle la historia completa.

-Hace demasiado tiempo que no estás aquí, cielo y te has perdido muchas cosas. Buenas y malas. Ya sabes que el abuelo no se recuperó bien de la muerte de tu abuela. Cada día estaba más decaído, la verdad. Llegó a preocuparnos seriamente a todos. Había desmejorado mucho hasta el punto de permanecer en cama gran parte del día.

-¿Por qué no me lo contasteis? Podría haber intentado animarlo.

-Tú tenías tu vida en Edimburgo, Cailean. Y no habrías podido hacer nada por él. Se negaba a entrar en razón.

-Yo creo que quería morir - le dijo Kirsty con lágrimas en los ojos.

-¿Y cómo una mujer pudo hacer lo que su familia no podía?

-No lo sé, hijo. Tendrás que preguntárselo a él. A mí no me importa, me basta con verlo tan lleno de vida.

-Parece que hasta está más joven - sonrió su hermana.

-¿Hay algo entre ellos?

-Lo dudo. No la conocemos pero creo que es bastante más joven que él. Además, habla de ella como si fuese una nieta más. Algo se traen entre manos pero tampoco ha querido contarnos nada.

-Qué extraño.

-No importa. Si el abuelo trae pareja - Kirsty volvió a atacarlo - tú deberías hacer lo mismo.

-No es su pareja. Acabáis de decirlo.

-Silencio los dos. Cailean, quítate el kilt, te queda perfecto. Y tú Kirsty, ve a por el coche. Tenéis que iros ya o no llegaréis a tiempo a la iglesia para el ensayo.

Cailean subió las escaleras de dos en dos y entró en su cuarto. Su abuelo con pareja para la boda. No exactamente, se dijo. Pero sería igual de bochornoso para él que su abuelo llevase a alguien y él fuese solo. Si era más joven, tal vez pudiese robársela para el baile. No. Si iba a bailar con alguien en la boda de su hermana sería Lía. Si ella se negaba, iría solo y permanecería sentado toda la celebración.

Sabía que estaría en el lago Ness con Robert y eso lo animó a enviarle el mensaje antes de bajar. Su hermana podía esperar unos minutos más. Después de todo, no empezarían el ensayo sin la novia.

-Hola, Lía. ¿Qué tal has dormido?

Esperó por la respuesta pero al parecer no lo había visto. ¿Se habría olvidado el teléfono de nuevo? Guardó el suyo en el bolsillo y bajó. Kirsty ya estaba fuera, con el coche en marcha.

Todavía le costaba imaginarse a su hermana pequeña casada. Cuando se había ido a Edimburgo, ella sólo tenía quince años. Ahora, cinco años después, iba a casarse. Él debería haber sido el primero en hacerlo. Era el mayor.

-¿Vamos? Duncan nos está esperando.

-Ya voy, impaciente.

-Voy a casarme, Cailean. Tengo todo el derecho del mundo a estar impaciente.

Cailean iba a responderle con una réplica mordaz pero esta murió en su boca en cuanto oyó el teléfono. Lía le había contestado.

-Hola, Cailean. ¿Y tú?

Típico de ella, rehuir las preguntas que la incomodaban. Sonrió.

-Perfectamente. Pero no has contestado a mi pregunta.

-El lago Ness es impresionante.

Rió alto y su hermana lo miró con curiosidad.

-¿Qué es tan gracioso?

-Nada que te interese, Kirsty - le sonrió - Tú mira a la carretera.

Su hermana protestó pero hizo lo que le decía. Cailean continuó con su conversación con Lía.

-Lo sé. He estado allí unas cuantas veces.

-¿Qué tal el párroco?

-¿No me preguntas por el kilt?

-¿Qué tal el párroco?

-Vamos de camino a la iglesia ahora mismo.

-Bien.

-Quería preguntarte algo pero igual es demasiado atrevido para ti.

-Pregunta.

-¿Querrías acompañarme a la boda de mi hermana?

El mensaje de respuesta tardó en llegar y Cailean creyó que se volvería loco por la espera. Su corazón latía a mil por hora y amenazaba con salírsele del pecho.

-¿Cuándo es?

-Este sábado.

-Vaya, no puedo. Ya tengo planes para el sábado.

-¿No puedes cambiarlos?

-Me temo que no. Prometí ir con Robert a ver a su familia el sábado. Tienen una reunión no sé de qué tipo. No me lo quiere decir.

-¿Y vas a ir igual?

-¡Qué remedio! No sabes lo insistente que es.

Cailean estaba furioso con Robert y ni siquiera lo conocía. Él acaparaba a Lía y no le gustaba nada.

-Si me lo hubieses dicho antes, te habría puesto de escusa.

Leyó el mensaje varias veces antes de maldecir por lo bajo para que su hermana no se interesase de nuevo por su conversación. No era un gran consuelo saber que preferiría ir con él a la boda de su hermana. De todas formas, ya estaba comprometida con otro.

-No pasa nada. Diviértete con él.

-No estoy muy segura de si podré.

-¿Por qué?

-Porque se ha empeñado en que lleve vestido y un plaid por encima. Me moriré de vergüenza antes de llegar a la reunión.

-Yo quiero una foto.

-No.

-Oh, vamos, me la debes. Yo te voy a enviar una con el kilt.

-Ya veremos.

Sonrió seguro de que ella se había sonrojado. Adoraba a aquella muchacha.

-Ya llegamos, Cailean - Kirsty detuvo el coche y lo miró - ¿Vamos?

-Vamos.

Se bajó del coche mientras escribía de nuevo a Lía.

-Estoy deseando verte de nuevo. ¿Qué haces mañana?

-No lo sé.

-Queda conmigo. Te llevaré a Fort Augustus, si todavía no habéis ido.

-Te digo después, en cuanto hable con Robert.

Cailean maldijo de nuevo a Robert y corrió hacia su hermana, que lo esperaba frente a la entrada de la iglesia. Parecía molesta por el retraso pero él le guiñó un ojo y entró.

-Eres imposible, Cailean - susurró ella, adelantándolo - Buenas tardes, padre Angus. ¿Se acuerda de mi hermano Cailean?

-Recuerdo a un muchacho inquieto que no quería acudir a misa -su sonrisa desmentía el reproche de sus palabras - Has crecido.

-Sólo un poco, padre.

-Duncan, quiero presentarte a mi hermano.

Cailean estrechó la mano del prometido de su hermana y comprobó que no era mayor que ella. Si no viese el amor que se tenían, habría intentando detener aquella boda. Ambos eran demasiado jóvenes para casarse. Pero quién era él para interponerse en su amor. Era el padrino y cumpliría con su deber de llevarla hasta el altar, si eso era lo que su hermana quería.

El ensayo trascurrió sin incidentes y Cailean se emocionó, algo que nunca admitiría delante de su hermana, cuando los vio intercambiar los anillos. Todo fingido, por supuesto, pero igual de intenso.

Cuando salieron de la iglesia, Cailean comprobó el teléfono mientras su hermana se despedía de Duncan. Tenía un mensaje y lo leyó. Estaba nervioso.

-Robert aprovechará para atender algunos asuntos en Inverness mañana por la mañana. Puedes recogerme allí. ¿Frente al escaparate de ayer? ¿A eso de las diez?

-Allí estaré.

Cailean sonrió todo el camino de regreso pero tuvo el buen tino de ocultarlo a ojos de su hermana, fingiendo mirar el paisaje por la ventanilla del coche. Aunque estaba de muy buen humor, no tenía intención alguna de contarle nada a su hermana. La conocía bien e insistiría en conocer a la chica que lograba hacerlo sonreír de aquel modo. No, si no podía llevarla a la boda, no quería compartir a Lía.

-¿Querrías acompañarme mañana a...?

-No - la interrumpió.

-Ni siquiera te he dicho a dónde.

-Tengo planes, Kirsty.

-¿Planes? ¿Qué planes? Hace cinco años que no vienes. ¿Con quién puedes haber hecho planes?

-Los amigos no se pierden en cinco años, hermanita - le dejaría pensar aquello, más fácil para él.

-Está bien pero el viernes vendrás conmigo a buscar mi vestido - lo amenazó.

-Prometido.

Qué importaba tener que recoger un vestido de novia el viernes si podía pasar el jueves con Lía. Ya tenía en mente una ruta increíble para impresionarla.

-Necesitaré el coche mañana, papá - le dijo durante la cena a su padre.

-Yo también lo necesito, Cailean - protestó Kirsty.

-No se lo he pedido a mamá, Kirsty. Sino a papá.

Kirsty se sonrojó y continuó comiendo en silencio. Cailean se acordó de Lía y sus sonrojos y no pudo evitar sonreír. Bueno, si su padre no tenía inconveniente en prestarle el coche, tendría muchas ocasiones de verla colorada al día siguiente.

-Puedes llevártelo pero tendrás que acercarme al trabajo primero.

-Sin problema, no he quedado hasta las diez.

-¿Por qué tan temprano? - preguntó Kirsty.

-No es asunto tuyo.

Kirsty hizo un mohín y él rió. Ahora que estaba con su familia, se preguntaba por qué había tardado tanto en ir a visitarlos. ¿Tan atractiva le había parecido su vida en Edimburgo? Desde luego ahora que estaba allí, no podía entender qué era lo que le atraía tanto de la soledad. Su familia era increíble, con sus virtudes y sus defectos.

Y todavía no había visto a su abuelo. Saber que había estado al borde de la muerte lo atormentaba. Podría haber perdido la oportunidad de volver a abrazarlo, de escuchar sus consejos, de ir con él a pescar como tantas otras veces había hecho. La vida es demasiado corta, pensó. Lía había tenido que aprenderlo de la forma más dura y le hubiese gustado poder evitárselo. Si la hubiese conocido antes.

-Lamento haber tardado tanto en regresar - les dijo.

-¿Y eso a qué viene ahora, hijo? - preguntó su madre con una sonrisa.

-No lo sé. Sólo quería que lo supieseis.

-¿No te estarás poniendo sensiblero con la boda? - Kirsty sonreía de oreja a oreja, segura de haber descubierto la razón.

-Más te gustaría, hermanita.

-No importa. Para nosotros es suficiente que hayas venido - le dijo su padre.

-Y que vengas más a partir de ahora - añadió su madre.

-Eso haré.

Aunque ya no estaba tan seguro de querer irse. Alejarse de nuevo de su familia no le parecía tan atractivo como cinco años atrás. ¿Cuántas cosas se habría perdido en todo aquel tiempo? Su hermana era una niña cuando se fue y ahora se iba a casar. Su abuelo había estado realmente mal y él ni siquiera había estado allí para apoyarlo en sus momentos más bajos. Se había recuperado gracias a una misteriosa amiga de la que nada sabía. Una extraña había hecho lo que debería haber hecho él. Le había fallado a su abuelo y se sentía mal por ello. Tendría que disculparse con él también en cuanto lo viese.

Después de tomar una copa con su padre mientras hablaban de banalidades, algo que había echado de menos también, subió a su cuarto.

Quería hablar con Lía. Aunque la vería al día siguiente, necesitaba escribirle antes de dormir. Se había hecho algo tarde y tal vez no le contestase pero tenía que intentarlo.

-Hola, Lía. ¿Durmiendo ya?

-Hola, Cailean. Sí.

-Impresionante. No debe resultar fácil escribir mientras duermes.

-Practico todos los días un poco.

-¿Con quién?

Conocía la respuesta pero preguntaría de todos modos. Le gustaba la Lía bromista. La que coqueteaba con él por teléfono pero que se cohibía cuando lo tenía delante. Adorable, decía una y otra vez cuando pensaba en ella.

-Contigo.

-Por supuesto. No sé por qué pregunto.

-Te gusta torturarte.

-En eso te equivocas, cielo. Me gusta torturarte a ti.

Se había sonrojado, seguro. Sonrió al imaginársela tan roja como las brasas.

-Igual ya soy inmune y te llevas una decepción.

-Lo comprobaremos mañana.

Sonrió de nuevo al ver que no contestaba. No era inmune, eso estaba seguro, pero lo comprobaría de todas formas, tal y como le había dicho. Estaba deseando hacerlo. Se removió inquieto en la cama cuando la tensión entre sus piernas comenzó. Increíble que ella lograse aquello sin siquiera tenerla delante.

-¿Ya te has vuelto a dormir?

-Nunca me he despertado. Escribo en sueños, ¿recuerdas?

-Soñando conmigo. Me halagas.

-No sueño contigo.

-Pero hablas conmigo en sueños. Es lo mismo.

-Parecido.

-¿Quieres otra foto mía para que veas que no hay diferencia?

-No, gracias.

Otro sonrojo. Qué fácil era provocarla. Y aún así, no lo disfrutaba tanto como quería. Necesitaba tenerla delante para verla tan encantadoramente colorada. Mañana, se dijo.

-Te dejo seguir soñando conmigo, cielo. No vemos mañana.

-Lo que tú digas, Cailean. Hasta mañana.

# 4

-Buenos días.

Se acercó a ella desde atrás para hablarle susurrarle al oído. No lo había visto llegar y quiso provocarla un poco. Cuando se giró hacia él estaba sonrojada y él sonrió.

-Buenos días.

-¿Lista para una aventura?

Juraría que se había sonrojado todavía más pero lo desechó al momento. Le tendió la mano y ella colocó la suya encima con suavidad. Se la llevó a los labios y la besó antes de tirar de ella hacia el coche. Estaba ansioso por pasar el día con ella.

La observó mientras entraba en el coche. Iba vestida con unos pantalones vaqueros cortos y una camiseta básica blanca. Llevaba en los pies zapatillas de deporte, en la mano una chaqueta y en el hombro la mochila que le había visto en el autobús. Sencilla y adorable. Así era Lía. Y le encantaba.

-Iremos primero a Fort Augustus. Las vistas del lago Ness desde allí son impresionantes también. Ya sé que ya lo has visto pero merece la pena repetir.

-Tú eres el guía. Iremos a donde digas.

Parecía cohibida otra vez y sólo esperaba que no se estuviese arrepintiendo de haber quedado con él. En los mensajes era muy atrevida pero en persona le costaba más abrirse a él. Y aunque adoraba verla sonrojada, también quería que ella se sintiese a gusto a su lado.

-Puedes opinar - le sonrió.

-Lo haré. Y tú deberías mirar a la carretera, me estás poniendo nerviosa. Quiero llegar viva.

Un intenso sonrojo cubrió sus mejillas y él sonrió. No estaba arrepentida de verse, sólo nerviosa. Le gustaba eso. En realidad le gustaba todo en ella. Contuvo el impulso de tocarla y se centró en la carretera. En eso tenía razón, tampoco él quería tener un accidente.

-Me sigue resultando extraño sentarme en este lado del coche.

La miró un momento. Ella tenía la mirada puesta al frente y sonreía. Las ganas de tocarla crecieron y apenas logró contenerlas esta segunda vez.

-¿Prefieres conducir?

-No. Es que... en España se conduce por la derecha - lo miró divertida - y el volante está aquí.

-Es verdad. No me acordaba.

-La primera vez que fui a Londres - rió bajito - al subir en el taxi, me tocó ir delante, con el conductor. Cuando abrí la puerta, me encontré con el volante y la sonrisa del taxista sobre mí.

-Apuesto a que te pusiste roja.

No pudo evitar la broma. Estaba adorable contando aquella historia. Se descubrió a sí mismo deseando haber estado allí para verla. Había tantas cosas de ella que no conocía y que quería saber.

-Como un tomate. Él bromeó conmigo, diciendo que me dejaba conducir si quería. ¡Qué vergüenza!

-Vergüenza, ¿por qué? Si yo estuviese en España seguro que hacía lo mismo.

-Me gustaría ver cómo te sonrojas.

En cuanto lo dijo, su cara se coloreó de nuevo. Él sonrió más ampliamente y decidió no resistirse más a tocarla. Apoyó su mano en su pierna, cerca de la rodilla para no asustarla. ¿La apartaría? Esperaba que no. Le gustaba tener contacto con ella. Sentía aquel cosquilleo tan agradable en la palma de su mano.

-Eso se te da mejor a ti - le guiñó un ojo.

Cuando llegaron a Fort Augustus, todavía tenía la mano en su pierna y una sonrisa en los labios. Decidió llevarla en primer lugar a ver la Abadía Benedictina. Era el edificio que más llamaba la atención y quería impresionarla.

-¿Sabías que antes de las Guerras Jacobitas, Fort Augustus se llamaba Kiliwhimin?

-¿Es gaélico?

-Sí. Cuando construyeron el fuerte para controlar a los rebeldes escoceses del norte, decidieron cambiarle el nombre.

-Estos ingleses...

Le gustaba cuando bajaba la guardia y se permitía bromear con él. La veía más tranquila ahora. La tomó de la mano mientras caminaban hacia la abadía y ella no hizo nada para separarse. Sonrió, sin mirarla.

-La fortaleza quedó destrozada durante las revueltas así que, años más tarde, decidieron construir un monasterio tutelado por los benedictinos en su lugar, junto con un colegio para las clases altas de la zona. Se terminaron en 1880. El colegio se cerró cuando no se adaptó a los cambios en el sistema educativo. Creo que fue en 1993. Ahora es un Club.

-Impresionante.

La miró, creyendo que lo decía por su clase de historia, pero pudo ver la admiración en sus ojos. Estaba mirando el edificio con embeleso y él hizo lo mismo, pero con ella. No se cansaría de mirarla. Adorable. Y atrayente. Su menuda mano se amoldaba a la suya, más grande. Encajaban a la perfección.

-¿Quieres entrar?

-Prefiero ver los alrededores -

- lo miró avergonzada - Si no te importa.

-Lo que tú quieras, cielo.

Era la primera vez que se lo decía personalmente y esperó que lo reprendiese por ello. Una cosa era escribirlo en un mensaje y otra muy distinta usarlo en persona. Sin embargo, no lo hizo.

Simplemente se sonrojó de nuevo y ocultó su rostro, mirando el suelo. Era tan tímida que le apetecía encerrarla en sus brazos y no dejarla salir nunca de allí. La palabra adorable se repetía en su mente una y otra vez.

-Vamos entonces al canal Caledonio, si te parece.

-Tengo ganas de verlo. Y si pudiese ser en funcionamiento, ya sería perfecto.

-Vayamos a comprobarlo.

La acercó a él y tentando su suerte, la rodeó por los hombros. Lía no dijo nada ni se apartó, simplemente acompasó su paso al de él. Aquello mejoraba por momentos y las ganas de besarla se hacían casi insoportables. Más tarde, se dijo. Quedaba mucho día por delante y no quería estropearlo por ser demasiado atrevido con ella.

-He leído que conecta el Océano Atlántico con el mar del Norte.

-Cierto - la miró - Utiliza los lagos más grandes para ahorrar millas de construcción pero han tenido que inventar el sistema de esclusas por culpa de los desniveles.

-Qué ganas de verlo.

Le sonrió con tanto entusiasmo que lo dejó sin resuello. Estaba hermosa cuando hacía eso. Le brillaban los ojos y toda su cara se iluminaba. Quería verla siempre así de radiante y se prometió que lo lograría.

-Podemos pasear a lo largo del canal para ver bien las esclusas. ¿Sería muy decepcionante para ti si no hay barcos para remontar el canal?

-Un poco pero no pasa nada. No moriré si no lo veo en funcionamiento.

-Te compensaré.

La apretó más contra él mientras pronunciaba aquellas palabras y ella se sonrojó de nuevo. Le encantaba provocarla de ese modo pero tampoco él era inmune. La hinchazón en su entrepierna se lo recordaba a cada paso que daban. Era incómodo pero por tenerla a su lado, soportaría lo que fuese. Sólo esperaba que ella no lo viese. No quería incomodarla. O asustarla.

Mientras paseaban, la vio inclinarse hacia el canal en varias ocasiones. El instinto de protección le instaba a sujetarla por si se caía pero se contuvo como pudo. Si le ponía las manos encima en ese momento, no estaba seguro de lo que podría pasar entre ellos. Prefirió observarla en la distancia.

Había sacado la cámara de fotos y nada quedaba fuera de su objetivo. Incluso él. Al principio se había negado pero su cara de pena era irresistible para él. Cuando lo descubrió, la utilizó cada vez que quería lograr su colaboración. Y él se dejaba hacer, encantado.

-Ahora es tu turno - le dijo.

-No. Ya he tenido suficiente con las de ayer. Robert odia ser retratado pero le encanta sacar fotos. Me tuvo posando toda la tarde.

-Pues ahora harás de modelo para mí.

La mención de Robert lo había irritado pero trató de disimularlo. No quería que ella pensase en él mientras estaban juntos. Sabía que era irracional sentir celos de alguien a quien no conocía, pero ahora ya no podía negar que aquella opresión en el estómago era precisamente eso. Celos.

-Vamos - le insistió - Querrás tener recuerdos de tu visita.

-No es necesario que salga en ellos.

El sonrojo le indicó que se negaba más por timidez que por no querer salir en las fotos. Le sonrió, dispuesto a convencerla a como diese lugar. Es más, había tenido una idea que se le apetecía más incluso que sacarle fotos a ella.

-Saldremos los dos.

-¿Y quién las saca?

-Tengo un brazo largo - le guiñó el ojo.

-Pero así no saldrá el paisaje, listillo.

Le encantó que lo hubiese llamado así. Se estaba ganando su confianza y ahora podía vislumbrar en ella a la Lía graciosa de los mensajes. Le arrebató la cámara y se colocó junto a ella.

-Nosotros somos el paisaje - bromeó con ella - Una sonrisa, por favor.

Lía rió y él capturó el momento con la cámara. Cuando la revisaron para ver el resultado, se sorprendió de lo bella que se veía. A él le gustaba de cualquier modo, claro, pero en aquella foto se veía a una Lía desenfadada y muy bonita. Y deseó poder verla así siempre.

-Te sienta bien reír.

-Gracias, supongo.

El sonrojo cubrió sus mejillas de nuevo y él sonrió, encantado. El día en que se acostumbrase a sus pullas y dejase de sonrojarse, lo echaría de menos. No se quedará tanto tiempo, le recordó una voz en su mente. Y no le gustó nada aquello. Apenas empezaban a conocerse y no quería tener que separarse de ella tan pronto. Necesitaba saberlo todo de ella.

-Yo quiero esta foto.

-Te la enviaré en cuanto la descargue en el portátil.

-Genial. ¿Me enseñarías las fotos que tienes?

-Por suerte para ti, todavía las tengo en la tarjeta.

Decidieron sentarse en el césped, junto a la figura de Nessie hecha con arbustos. Lía tuvo que dejarse fotografiar de nuevo por él, junto al monstruo antes de que se reuniese con ella para ver las fotos.

Disfrutaba de su cercanía, a pesar de que lo torturaba no poder besarla. Estaban pasándolo tan bien juntos que temía hacer algo que lo estropease. Y supuso que besarle sería una de esas cosas. Más tarde, se prometió. No tenía intención de terminar aquella cita sin darle al menos un beso.

-Son muy buenas - le dijo - Incluso a mí me sorprenden algunas y eso que he visto el lago Ness cientos de veces. No parece el mismo sitio.

-Depende del enfoque y del ángulo que uses para sacar las fotos - se encogió de hombros. Sabía que se sentía tímida por los halagos - No soy una gran fotógrafa pero sé lo que me gustaría retratar y lo hago cuando lo veo.

-Sales preciosa en las fotos - su hombro rozaba la espalda de ella mientras hablaban y lo estaba torturando. Quería más.

-Ahí te has pasado - rió bajito y él sonrió, contento de que se sintiese tan cómoda con él como para bromear. Sus ganas de besarla aumentaron. Quería tener el derecho a hacerlo cada vez que lo desease y eso lo asustaba un poco. La cosa va rápida, pensó.

-Para nada. Sólo digo lo que veo.

-Eso es porque me ves con buenos ojos - se sonrojó al hablar pero sonreía.

-Con los que tengo, cielo.

Lía lo miró por encima del hombro y ya no pudo resistirse más. Bajó la cabeza hacia ella y la besó. Esta vez no fue un roce, estaba cansado de besos robados. Quería saborearla mejor y por más tiempo. Se moría por hacerlo desde que empezó a hablar con ella en el autobús.

Sujetó su nuca con la mano para girarle la cara y así tener un mejor acceso a su boca. Se sentía bien contra sus labios. Lía era adictiva y lo supo en el momento en que dejó de pensar en todo, salvo en las sensaciones que su toque le provocaban. Quería más. Mucho más.

La movió sin dificultad, colocándola en su regazo, y recorrió, con la mano que tenía libre, su espalda para apretarla contra él. Necesitaba sentirla por entero. Tanto como el lugar se lo permitiese. Aquellas muestras de afecto no eran habituales en lugares públicos y eso le obligó a romper el beso.

-Esto ha sido... - empezó a decir ella, totalmente sonrojada.

-Intenso - le sonrió.

La vio bajar la cabeza para romper el contacto visual y se preocupó. No quería perder su confianza ahora que la había logrado. Tal vez besarla no hubiese sido buena idea, después de todo.

-¿He sido demasiado atrevido para ti? - intentó encontrar su mirada.

-No - cuando lo miró estaba todavía roja pero le sonreía - No creí que me besarías. Lo esperaba, pero pensé que no lo harías.

-¿Lo esperabas? - alzó una ceja sorprendido - ¿Me he estado conteniendo todo este tiempo por miedo a asustarte y tú estabas esperando que te besase?

-No lo digas de ese modo - su sonrojo se intensificó.

-¿Cómo quieres que lo diga?

-No lo sé - confesó - Soy nueva en esto.

-¿En qué? - le gustaba verla tan alterada por su conversación y ahora que sabía que ella también quería sus besos, se sentía lo suficientemente seguro como para bromear con ella.

-En besar a chicos que no conozco.

-Pero nos conocemos, Lía - le acarició la mejilla, todavía estaba sentada a horcajadas sobre él y le gustaba la sensación de tenerla ahí - Tal vez no tanto como me gustaría, pero sé muchas cosas de ti.

-¿Cómo qué?

-Sé que te llamas Lía - aquello la hizo sonreír - Que eres gallega con raíces celtas y que adoras la historia. Que eres extremadamente tímida, algo que me encanta. Que eres bonita y adorable.

-¿Adorable?

-Adorable, sí. Es la palabra que mejor te define - le sonrió de nuevo - También sé que no te gusta el limón. Que tienes un ex insistente. Por cierto, ¿has sabido algo de él?

-Todavía no.

-Mejor - le guiñó un ojo - A ver, que más sé de ti. ¡Ah, sí! Que eres una chica sencilla. Y que tienes un trasero increíble.

-Eso no es cierto - se sonrojó intensamente.

-Por supuesto que lo es - rió mientras se lo tocaba, para hacerle ver que tenía razón - Me encanta. Pero no he terminado. Sé más cosas.

-¿Más?

-Más - la miró a los ojos. Necesitaba ver su reacción cuando le dijese aquello - Sé que tienes miedo a enamorarse de Escocia y decidir quedarse para siempre. De Escocia o, tal vez, de un escocés...

Cuando apartó la mirada supo que la había incomodado pero no le importó demasiado porque había visto lo que quería. Él le afectaba tanto como ella le afectaba a él. Se permitió el lujo de tener esperanzas para ellos, porque de nada servía negarse ya que estaría encantado de tener una relación con Lía más allá de un par de semanas. Sabía que era un imposible aspirar a ello pero había oído en muchas ocasiones que la esperanza era lo último que se perdía. Estaba dispuesto a intentarlo.

-Yo no creo que sepa tantas cosas de ti - la oyó decir, cuando se disponía a preguntarle si le era posible quedarse en Escocia.

-Podemos comprobarlo - sonrió - Ilústrame.

-Sé que te llamas Cailean Mackenzie. Tú no sabes mi apellido así que te aventajo en eso - le gustó que bromease con él - Sé que trabajas en Edimburgo, aunque no sé en qué.

-Soy abogado.

-¿En serio? No tienes pinta de abogado.

-¿Y qué pinta tienen los abogados? - rió.

Estaba disfrutando de aquella conversación. Con su beso había logrado encontrar a la Lía graciosa de los mensajes. Y parecía dispuesta a quedarse.

-No sé... te falta el traje y la corbata.

-Estoy de vacaciones - le guiñó un ojo.

-Claro - se sonrojó y esta vez no se contuvo para besarla. Sólo un roce pero suficiente para que su rostro se coloréase más.

-¿Qué más sabes de mí? - la aleccionó.

-Sé que tu hermana se va a casar. ¿Tienes más hermanos?

-No. Sólo ella. ¿Y tú?

-Yo estoy sola - no había pena en su voz al decirlo y se alegró de ello. No quería entristecerla, todavía recordaba lo mal que la vio cuando hablaba de sus padres.

-¿Más?

-Sé que te gusta el té, aunque eso creo que os gusta a todos por aquí.

-Prefiero el whisky pero no lo puedo beber a todas horas - bromeó - O no debo.

-Robert también dijo algo sobre hacer de mí una buena escocesa a base de whisky - rió y, aunque hablaba del otro, no le importó tanto porque ahora la tenía entre sus brazos.

-Se puede intentar - le guiñó un ojo.

-Sé que eres gracioso - le sonrió, con sus mejillas todavía coloradas - Atento. Caballeroso. Que sabes escuchar. Y que no fumas.

-Tú tampoco - le sonrió - Fíjate qué de cosas sabemos el uno del otro.

-Eso parece - ocultó el rostro de nuevo y él le sostuvo la barbilla para mirarla a los ojos.

-Te diré algo más sobre mí. Bueno, todo lo que quieras saber, en realidad - le sonrió - pero esto va antes.

-¿Qué?

-Que me gustan mucho las gallegas pequeñas, con ojos bonitos y un buen trasero - se mordió el labio para ocultar su sonrisa.

Cuando Lía se sonrojó intensamente, hizo lo que su cuerpo le pedía a gritos. La besó una vez más.

-Será mejor que vayamos a comer algo antes de continuar la visita - le dijo después de liberarla de su abrazo. Con reticencia, por supuesto, se sentía de maravilla tenerla allí - Hay un lugar increíble que quiero que veas.

-De acuerdo - sintió la pérdida cuando ella se levantó de su regazo.

La tomó de la mano y la atrajo hacia él de nuevo, envolviéndola con sus brazos. Apoyó la barbilla en su cabeza y permanecieron así hasta que la espalda empezó a molestarle.

-Tendré que subirte a algo cuando quiera abrazarte más tiempo - bromeó con ella y sonrió al ver su sonrojo - Vamos, cielo. Conozco un sitio estupendo cerca del canal que ofrece comida casera hecha con productos de la zona. Son platos muy sencillos pero están deliciosos. Además, tiene unas vistas impresionantes de las esclusas.

-¿Qué más se puede pedir? - rió ella bajito.

-Una buena compañía - le guiñó el ojo de nuevo - Pero ya la tengo.

-O tal vez la tengo yo - le sonrió.

-Sin duda el afortunado soy yo.

La llevó con él hasta Lock inn, disfrutando del contacto de su mano. En cuanto entraron, los recibió su ambiente íntimo y hogareño. Supo que a Lía le gustaba por el brillo que vio en sus ojos y su amplia sonrisa. Adoraba la expresividad de su rostro y mucho más el empezar a saber leer en él lo que pasaba por su mente. Lía era un misterio que quería desentrañar. Y esperaba que la recompensa por hacerlo, fuese ella. Ni siquiera se atrevía a pensar en lo que pasaría en dos semanas.

-Podemos subir a la primera planta, si quieres - le dijo - Allí están las mejores vistas del canal. Con suerte, puede que haya algún barco.

-Eso sería estupendo.

Lía le dejó ordenar a él la comida y se decidió por varios platos típicos escoceses. Quería que descubriese todo sobre su cultura. ¿Intentando que se enamorase de Escocia como se temía ella? Probablemente. Lo intentaría, desde luego. Ahora que la había encontrado, no renunciaría a ella sin pelear.

Durante la comida, Lía recibió una llamada de teléfono. La vio sonreír antes de contestar. Una sonrisa tan sincera que sintió una punzada de celos. No le hizo falta escuchar ningún nombre para saber que hablaba con Robert. Su humor se ensombreció un poco al ver lo alegre que parecía ella.

-Hola... Genial. Estamos en Fort Augustus... Por desgracia no. Me hacía ilusión verlas en funcionamiento pero creo que me quedaré con las ganas... Ahora estamos comiendo en el ¿Lock inn? - lo miró a él en busca de confirmación y le asintió - Sí, Lock inn... Seguro. Entre los dos acabaréis por convertirme en una escocesa de pies a cabeza... No sé. Me ha dicho que me llevará a un lugar increíble. Ya veremos...

Le devolvió la sonrisa aún cuando preferiría que dejase de hablar con él. A pesar de todo lo que había pasado entre ellos hasta ahora, no podía dejar de sentir celos de aquel hombre. Sentía que en cualquier momento, si él lo decidía, podría arrebatársela. Después de todo, se conocían desde hacía más tiempo. Y ella estaba viviendo en su casa. Apartó los pensamientos de su mente. Quería disfrutar del día con Lía, no amargárselo. Decidió que le daría lo mejor de él para que no pudiese pensar en nadie más cuando tuviese que dejarla en casa.

-No te preocupes, te aviso cuando estemos de vuelta en Inverness... Sí. Adiós, Robert... Un beso - colgó y le sonrió. Parecía avergonzada - Perdona.

-¿Por qué?

-Por interrumpir la comida con el teléfono.

Adorable, pensó una vez más.

-No te preocupes. Podría pasarme a mí - le sonrió - ¿Postre?

-No creo que pueda comer nada más.

La vio tocarse el estómago con las manos y frotarlo. Sonrió. Le gustaban las mujeres que comían sin vergüenza y no tenían problemas en admitir que se habían pasado. La mayoría de las chicas con las que había estado, comían como pajaritos por miedo a quedar en evidencia delante de él. Pero a él le gustaba comer también.

-Entonces nos vamos - le retiró la silla para que pudiese levantarse sin dificultad - ¿Lista para el siguiente asalto?

-Haces que suene horrible - se rió y eso le encantó. Su sentido del humor era algo que lo atraía tanto como su sinceridad. En realidad, había muy pocas cosas que no le gustasen de Lía. ¿A quién quería engañar? Hasta el momento no había descubierto nada en ella que le disgustase.

-Será genial - le tendió la mano para bajar - Por suerte has traído calzado cómodo. Se me olvidó avisarte.

-¿Vamos a caminar? - notó la ilusión en su voz y se felicitó por haber elegido aquel destino. Ya podía saborear la victoria cuando Lía viese lo que les esperaba al final de su caminata. Intenta superar esto, Robert.

-Sí. Sólo una milla - le sonrió entusiasmado - Media hora, como mucho. Pero antes debemos ir hasta Foyers en coche.

La sonrisa de Lía fue aliciente suficiente para olvidarse de todo lo demás. Merecía la pena intentar sorprenderla a todas horas sólo por ver aquella expresión en su rostro. Rodeó sus hombros de nuevo con el brazo para mantenerla cerca de él. Cuando ella colocó su brazo en su cintura, la apretó instintivamente e intentó ignorar el despertar de cierta parte de su cuerpo. No era el momento ni el lugar para eso, por más que le sedujese la idea.

Le abrió la puerta del coche para que subiese y luego lo rodeó para entrar él. No intentaba impresionarla con sus modales, simplemente le salía solo. Y eso que nunca antes había sentido la necesidad de ser tan atento con ninguna chica. Lía estaba resultando ser especial para él en más de un sentido. No sólo le atraía como ninguna otra, sino que despertaba en él sentimientos de protección. Quería hacerla feliz y eso también era nuevo para él.

Lía no habló mientras se dirigían a Foyers pero no le importa, era un silencio cómodo. Ella miraba por la ventanilla todo el tiempo y, aunque no le veía la cara, podía imaginarse su sonrisa. Estaba claro que Escocia le atraía tanto como ella a él. Se imaginó qué pasaría si decidiese quedarse.

-¿Podrías quedarte en Escocia más tiempo? - la pregunta salió sin más. Lo había estado pensando y no pudo guardarla por más tiempo.

Lía se giró hacia él y pudo ver la vacilación en su mirada. Se arrepintió de haberlo preguntado pero ahora ya no podía dar marcha atrás.

-Quiero decir - se había puesto nervioso de repente - En el autobús me dijiste que tenías miedo de no querer irte de Escocia una vez la conocieses. ¿Podrías hacerlo?

Lía miró de nuevo por la ventanilla y se sintió decepcionado. Al parecer no iba a contestarle. Se maldijo por haber sido tan estúpido de sacar el tema. Tendría que pensar mucho antes de hablar de nuevo, no quería meter la pata de nuevo con ella.

-Supongo que podría.

Miró hacia ella cuando habló, pero ella lo rehuía. Le hubiese gustado mirarla a los ojos pero no importaba demasiado. Le había contestado y la esperanza en su respuesta era suficiente para él.

-¿No tienes un trabajo? ¿Amigos? ¿Ex pesados? - bromeó con ella para intentar no parecer demasiado ansioso.

-Puedo hacer mi trabajo desde cualquier parte. No tengo tantos amigos a los que echar de menos - lo miró, con un ligero rubor en el rostro - Y, desde luego, en el ex ni pensaría.

-Así que... - se mordió el labio - podría pedirte que te quedases y no tendrías excusas para no hacerlo.

El intenso sonrojo de Lía le encantó pero, una vez más, temió haber sido demasiado atrevido para ella cuando la vio bajar la cabeza para ocultarlo. Siempre se le olvidada lo tímida que era. Le gustaba mucho que fuese así, pero a veces se convertía en todo un inconveniente, como en ese momento.

-Lo siento. No debí decirte eso.

-Tranquilo. No importa - lo miró sonriendo, todavía colorada - Me gusta que seas tan franco conmigo, aunque me pase la mayor parte del tiempo roja por tu culpa.

-Siendo francos, cada vez que te sonrojas - le dijo, yendo más allá - me entran ganas de besarte. Ya me pasaba en el autobús, ¿lo sabías?

Habían llegado a Foyers y el coche estaba ya aparcado cuando habló. Para probar sus palabras, se acercó a ella y la besó. Sabía tan dulce, que no podía dejar de hacerlo. La acercó a él tanto como el lugar se lo permitió y ahondó el beso. Su cuerpo despertó al momento, obligándolo a detenerse antes de que fuese demasiado tarde para hacerlo. Lía provocaba reacciones intensas en él y no quería intimidarla si descubría cuánto le afectaban sus besos. Probablemente querría regresar a España en el primer avión que saliese.

-Vamos - le dijo. Carraspeó al notar lo ronca que había salido su voz.

Lía no esperó a que le abriese la puerta esa vez. Salió tan rápido, que estaba seguro de que quería ocultar otro sonrojo y eso le hizo sonreír. Había adquirido esa costumbre casi sin percatarse de ello y ahora no podía dejar de hacerlo. Había costumbres peores, pensó, mientras rodeaba el coche para acercarse a ella. La tomó de la mano y la miró a los ojos para tantear hasta qué punto le había afectado su conversación. Cuando ella le sonrió, pasó el brazo por sus hombros, como había venido haciendo desde el inicio de su cita. La quería tan cerca de él como pudiese, mientras tuviese esa opción. Si no lograba convencerla de quedarse, al menos disfrutaría del tiempo que les quedase. No le había contestado a la pregunta, pero pensó que sería mejor no forzarla. Tenía tiempo para volver a preguntar antes de que su cita terminase. De hecho, la alargaría tanto como pudiese.

Caminaron en silencio un buen trecho. No se sentían incómodos por ello y eso era algo que nunca le había pasado con nadie más. Cuando estaba con una mujer, intentaba llenar los espacios vacíos entre ellos con conversaciones banales por miedo a que la situación se volviese demasiado tensa. Pero con Lía todo era distinto. Se sentía a gusto con ella de cualquiera de las maneras. Tanto si hablaban como sino.

Ella observaba todo con interés y el brillo en sus ojos le indicaba que estaba disfrutando del paseo. En algunos trechos tenían que caminar en fila pero no había perdido contacto con ella en ningún momento. Si no pasaba su brazo sobre sus hombros, la tomaba de la mano, y si no podía hacer eso tampoco, apoyaba la mano en su espalda. Buscaba su roce, como un sediento buscaba agua en el desierto. A la desesperada. Y eso era algo que tampoco le había sucedido nunca.

-¿Cuándo te irás tú a Edimburgo? - su pregunta lo sorprendió. No esperaba que ella iniciase una conversación y menos todavía sobre ese tema. Lo aprovecharía, desde luego. Sonrió antes de contestar.

-Pensaba irme después de la boda - la miró, ella lo hacía al frente - pero creo que me quedaré un par de semanas más. Mis socios podrán hacerse cargo de mis casos por un tiempo. No creo que les moleste que me coja unas vacaciones después de casi cinco años sin hacerlo.

Notó su sonrojo y sonrió. Esa era la reacción que esperaba. No había dicho que lo hacía por ella pero ambos sabían que era así. Cuando decidió subirse a aquel autobús, jamás creyó que tres días después estaría pensando seriamente en quedarse en Inverness. Su intención siempre había sido acudir a la boda de su hermana y regresar a su perfecta vida de soltero en Edimburgo al día siguiente. Y ahora, gracias a una pequeña gallega, su vida ya no parecía tan perfecta y sus planes se habían visto trastocados. Algo que, por otro lado, no le importaba demasiado. Lo haría encantado si con ello lograba hacerla quedarse más tiempo. Incluso si tenía que ser en casa de Robert.

-Seguro que tu familia lo agradecerá.

-Supongo - no había dejado de mirarla, estudiando sus reacciones - Todavía no se lo he dicho. Acabo de decidirlo.

Ahora sí miró hacia él y le guiñó un ojo en cuanto sus miradas se cruzaron. La sorpresa en su rostro le pareció adorable. Y cuando la vio morder su labio inferior su entrepierna protestó de nuevo. Bajó la cabeza y la besó. Al menos eso sí podía hacerlo.

-No deberías cambiar tus planes por mí - susurró cuando se separaron.

-¿Quién te ha dicho que lo hago por ti? - bromeó con ella.

-Sólo lo comento - sonrió cohibida.

-Yo sólo digo que intentaré que te quedes en Escocia más allá de esas dos semanas - a la mierda las sutilezas, pensó. Quería más de ella - Espero que eso no te asuste y decidas dejar de verme.

-No podría hacerlo aunque quisiese - apenas la oyó, tan bajo había hablado, pero lo entendió perfectamente.

La detuvo para enfrentar sus miradas. Su intenso sonrojo probaba que no se había equivocado en lo que había escuchado. Dios, si aquello parecía una declaración en toda regla. No lo dejaría pasar. No podía y no quería.

-¿Has dicho lo que creo que has dicho?

-Creo que es evidente que me gustas, Cailean - le temblaba la voz, estaba nerviosa, pero le sostuvo la mirada - y que quiero pasar tiempo contigo.

-Tú también me gustas - la interrumpió - Mucho.

-Pero esto no nos llevará a ningún lugar - se ruborizó más todavía - Quiero decir, tú tienes tu vida aquí y yo la mía en mi tierra. Algún día esto se terminará. Es mejor tenerlo presente en todo momento.

-No tiene por qué terminar.

-Ni siquiera nos conocemos. Vale - lo detuvo cuando iba a protestar - sabes cosas de mí y yo de ti. Pero hay mucho más. ¿Y si descubres mis defectos y decides que no te intereso tanto como ahora?

-Dudo que eso suceda pero si es lo que te preocupa, podemos conocernos mejor - se mordió el labio - Pero para eso necesitamos tiempo. Si te quedas, podremos hacerlo. No te estoy pidiendo que sea definitivo, Lía. Sólo lo suficiente para permitirme demostrarte que voy en serio contigo.

-No soy una mujer impulsiva, Cailean - intentó soltar sus manos pero no se lo permitió, necesitaba seguir en contacto con ella. Como si con aquello pudiese convencerla de aceptar su propuesta - Jamás le había dado mi número a alguien a quien acabo de conocer. Ni me he besado con él en la primera cita. ¡Qué digo cita! El día que nos conocimos ya me besaste y yo lo permití. Tú haces que pierda la razón, en más de un sentido. Pero esto es una lo...

No la dejó terminar. Para él había sonado como una confesión y sólo pudo hacer lo que su corazón le dictaba en ese momento. Besarla.

-Iremos por pasos - le dijo al terminar el beso.

Su respiración se había acelerado bastante y necesitó de unos minutos para calmarse. Lía tenía ese efecto en él. Permaneció abrazado a ella, sintiendo sus menudas manos rodeando su cintura y su cabeza apoyada contra su pecho. Se sentía tan perfecto, que habría podido quedarse así para siempre. Cuanto más tiempo pasaba con ella, más tiempo quería. Sabía que nunca sería suficiente. Era abrumador y, por veces, le asustaba la intensidad de sus sentimientos, pero no los cambiaría por nada. Con Lía se sentía completamente vivo y eso era algo que hacía tiempo que no tenía. De hecho, no recordaba haberse sentido así de bien antes de conocerla.

Siempre había pensado que su vida estaba completa, que era tal y como él la deseaba. Que nunca había sentido la falta de nada. Hasta que la conoció a ella. Desmoronó su mundo con su arrebatadora sencillez y ahora sólo quería tenerla entre sus brazos, por miedo a que se escabullese de su vida. Dejaría un vacío imposible de llenar con nadie más.

-¿Estás bien? - Lía habló dentro de su abrazo. Sonaba sofocada y no pudo evitar sonreír aún cuando no le veía la cara.

-Yo podría preguntarte lo mismo.

-Como pareces no querer soltarme - notó cómo encogía los hombros.

-Es que no quiero - la apretó más para corroborar sus palabras - Es extraño.

-Supongo.

La obligó a mirarlo y pudo ver que, como suponía, todavía conservaba un ligero sonrojo. Le sonrió pero no apartó su vista de ella. Intentaba descifrar lo que aquella simple palabra significaba.

-¿Supones? - le preguntó al no ser capaz de hacerlo.

-Es extraño - su rubor aumentó - pero al mismo tiempo se siente bien.

-Nada entre nosotros ha sido normal - le sonrió - ¿No crees?

-Intenso - asintió - Creo que esa es la palabra.

-Te daría para un buen libro, ¿eh?

La hizo reír con su comentario. Podía notar la preocupación en ella y no le gustaba verla así. Si tenía que ser el gracioso, lo sería por ella. En realidad, sería cuanto ella necesitase. Me estoy enamorando, pensó. Y aunque siempre lo había aterrado la idea, pues nunca había querido atarse a nadie de por vida, en esta ocasión sólo sintió miedo de perderla. Parecía tan convencida de que lo que estaba naciendo entre ellos era pasajero, que temía que se alejase de él antes siquiera de poder profundizar en ello. Necesitaba más tiempo para convencerla. Y lo lograría como fuese. Encontraría el modo de hacerlo. Porque verla partir no era una opción para él.

-Sigamos - la tomó de la mano para continuar su camino - No estamos lejos.

-Casi me había olvidado de la sorpresa - sonrió, de nuevo entusiasmada con la idea.

Su corazón bombeó con fuerza al ver cómo se le iluminaba la cara por la ilusión. Lía era un volcán de emociones. Tímida hasta la saciedad, divertida como ninguna, emotiva en extremo, provocativa sin saberlo. Con ella era todo o nada. Y él lo quería todo.

-Ya casi llegamos - le sonrió de vuelta.

Caminaron en silencio el último trecho, sus manos enlazadas. Le ayudaba a pasar los tramos más inaccesibles y ella se lo agradecía con una sincera sonrisa en sus tentadores labios. Ni siquiera necesitaban hablar para comunicarse entre ellos. Aquello era otra novedad en su vida. Nunca había logrado tal conexión con ninguna de las mujeres que le interesaron en el pasado. Siempre buscaba una unión más física. Nada a largo plazo. Y aunque no podía negar la atracción que sentía por Lía, había mucho más que el simple contacto con su cuerpo. Y mucho más que una corta aventura.

-¿Es una cascada? - los ojos de Lía se abrieron al escuchar el ruido del agua cayendo - ¿Me llevas a una cascada?

-Las cascadas de Foyers - asintió él, regalándole una de sus más amplias sonrisas - Son preciosas, ya lo verás.

Por primera vez en todo el trayecto, Lía se adelantó a él. Le dejaba claro que había acertado al elegir aquel lugar, estaba ansiosa por llegar. Tuvo que sujetarla cuando trastabilló y decidió no soltarla más. Por su seguridad. Y porque le gustaba tocarla, para qué negarlo. Ella tampoco se lo impidió.

Cuando llegaron a ellas, vio cómo daba pequeños saltos de alegría y aplaudía. Sonrió de nuevo aunque ella no lo estuviese mirando. La había hecho feliz con una simple visita a uno de los lugares que más le gustaban a él. Más cosas en común, pensó.

-Gracias por traerme, Cailean - le dijo lanzándose a sus brazos - Este lugar en increíble.

La envolvió en sus brazos y la levantó del suelo para posar sus labios en los de ella. Fue un gesto espontáneo, ni siquiera lo pensó. Le parecía tan normal como respirar. Lía se sujetó a él mientras le devolvía el beso. Un gemido escapó de sus labios al sentir las manos de ella enredadas en su pelo. Nunca antes le había parecido tan sexy un gesto tan sencillo. Cuando le rodeó la cintura con las piernas, creyó que éstas cederían ante el ímpetu de la respuesta de su cuerpo. Buscó una roca donde apoyarse y así poder sostenerla mejor. Recorrió su espalda con las manos, apretándola contra él, mientras un escalofrío hacía lo propio por la suya. Su entrepierna se tensó de deseo. Estaba seguro de que Lía lo había notado pero parecía no molestarle. Sabía que debería detener el beso, pero no podía. O más bien no quería. Se había contenido demasiadas veces ya.

Arremetió contra su boca con febril pasión, invadiéndola con la lengua y jugando con la suya. Lía parecía haber olvidado su timidez y respondía con igual ardor. Podía presentir que en cualquier momento se quedarían sin respiración pero no le importaba. Moriría feliz, besándola de aquel modo.

-Es un lugar espectacular. Veréis cómo os gusta. Mi padre me trajo una vez hace años.

Las voces que llegaban a lo lejos los detuvieron. Protestó por la interrupción pero la dejó en el suelo y se separó de ella a desgana. Le sonrió al verla tan colorada y le guiñó un ojo. Cuando le devolvió la sonrisa, supo que no se estaba empezando a enamorar de ella sino que ya lo estaba. Loca e irremediablemente enamorado de Lía.

Observó a Lía mientras sacaba docenas de fotos de la cascada. Estaba tan feliz y relajada, que no podía dejar de sonreír al verla. Los inesperados visitantes se habían ido minutos antes pero ella parecía no tener prisa. No le importaba mucho, la verdad, tampoco él tenía prisa. La última visita que tenía planeada sería más bien corta y no quería que su día juntos se acabase todavía.

Lía se giró hacia él con una pícara sonrisa en los labios. Apuntó el objetivo hacia él y le tomó un par de fotos. Estaba apoyado en la roca, con los brazos y pies cruzados. Así se había mantenido desde que ella empezó a fotografiar el lugar. Su sonrisa se amplió y empezó a hacer poses ridículas hasta que logró que ella se riese.

-Tu turno - le dijo, acercándose a ella.

-No voy a hacer el ridículo - le advirtió.

-No te he pedido que lo hagas - le guiñó un ojo - Sólo que poses. Como más te guste.

Se agachó frente a la cascada y colocó las manos de tal forma, que en la pantalla de la cámara parecía que estuviese recogiendo el agua con ellas. Le pareció una foto increíble y tomó varias hasta que quedó a su gusto. Luego acercó el objetivo y la retrató de cerca. Tenía la sonrisa más bella que había visto nunca y quería inmortalizarla.

-Preciosa - le dijo.

-Sí - asintió ella - Una cascada impresionante.

-No me refería a ella.

Sonrió al notar su sonrojo y se acercó. Quería besarla. Nunca parecía tener suficiente de ella. La rodeó con sus brazos, teniendo cuidado de no estropear la cámara, y posó sus labios contra los de ella en un ligero toque. Todavía tenía el vívido recuerdo del beso que les habían interrumpido y no quería recrearlo. No por falta de ganas, sino por el lugar donde estaban. Antes lo había olvidado, pero ahora no. El lugar era demasiado público.

-¿Lista para la última visita?

-¿Más?

-Más - asintió - Pero es la última.

Lía sonrió al ver la mueca de disgusto que hizo. Le gustaba hacerla reír. La besó otra vez antes de iniciar el viaje de regreso al coche. Al parecer ninguno de los dos tenía prisa por llegar porque caminaban despacio, unidos por sus manos.

-Está resultando un día perfecto, Cailean. Gracias.

-Cada vez que quieras - le sonrió y la atrajo hacia él para besarla en la coronilla.

Tomaron el coche y viajaron en silencio una vez más. Lía miraba por la ventanilla, como venía haciendo desde el principio. No quería perderse detalle de la ruta, eso estaba claro. La vio apoyar la mano en el asiento y no se resistió a poner la suya encima. Cuando ella enredó sus dedos, todavía sin mirarlo, sonrió. Podía notar cómo latía su corazón desbocado tras el contacto y se mordió la lengua para no confesarle lo que estaba sintiendo.

-¿A dónde vamos? O tampoco me lo vas a decir esta vez - lo miró, su rostro todavía rojo.

-Vamos a beber whisky - le sonrió.

-¿Qué?

-Tenemos que hacer de ti una buena escocesa - rió - Así que te llevo a una destilería.

-¿Y piensas conducir después?

-Sólo será una cata, Lía. No vamos a emborracharnos.

-Yo seguro que sí.

-Pero el que conduce soy yo - sonrió de nuevo - Tú puedes dormir todo el camino de vuelta, si lo necesitas.

-¿Y cómo se llama esa destilería? - eludió el tema y eso lo hizo reír.

-Dalwhinnie. Fue fundada en 1897 por John Grant, George Sellar y Alexander Mackenzie con el nombre de Strathspey. Supongo que porque se encuentra cerca del río Spey - le guiñó un ojo - Se encuentra en un paso natural entre las Highlands occidentales y las islas con el centro de Escocia, llamado Drumochter. Un año más tarde ya la habían vendido a John Somerville & CO y a A.P. Blyth & Sons porque les escaseaban los fondos. Ellos la llamaron Dalwhinnie.

-No se lo montaron muy bien - rió.

-Para nada. Total, de poco sirvió porque también ellos acabaron en la quiebra - la risa de Lía llenó el coche y él sonrió encantado - Cambió de manos en varias ocasiones más pero ahora funciona bien.

-Menos mal - en su voz todavía bailaba la risa - No querría beber whisky del malo.

Fue su turno para reír. En momentos como ese podía vislumbrar a la Lía desinhibida que bromeaba con él sin reservas. Y le gustaba mucho.

Cuando llegaron, les hicieron un recorrido por la destilería. Hacía frío a pesar de estar en pleno verano, así que aprovechó para ir abrazado a Lía. A ella no parecía importarle tampoco. Se miraron sonriendo cuando el hombre comenzó a contarles la historia sobre la destilería, la misma que él le había dicho a Lía en el coche. Sólo que más detallada. Sintió las vibraciones de la risa sofocada de Lía y supo que estaba recordando su conversación. La besó en la coronilla de nuevo y ella apoyó la cabeza contra su pecho. Se sentía tan bien.

Sorprendiéndole, Lía hizo varias preguntas durante la ruta e incluso pidió permiso para sacar algunas fotos. Fue tan encantadora, que el pobre hombre no tuvo más opción que dejarle hacer. Hasta posó en varias.

-Lo que tú no consigas con una de tus sonrisas - le susurró al oído después y sonrió porque sabía que se había sonrojado, aunque no pudiese verla.

Llegó el momento de la cata y fue el turno de Lía para ceder. Entre el guía y él lograron convencerla de que probase el whisky.

-No está tan mal - admitió - Aunque es demasiado fuerte para mí.

-Todo es acostumbrarse - dijo el guía, sonriendo. Se lo había ganado también a él. Lía tenía ese efecto en la gente aunque ella creía firmemente que no.

Al final compró una botella y, a pesar de sus protestas, se la regaló a Lía. No pudo evitar reír cuando le dijo que la guardaría de recuerdo. Estaba claro que lo de acostumbrarse al whisky no sería fácil de lograr.

El camino de regreso resultó más silencioso de lo habitual, ambos sabían que se estaba acabando el día. No quería separarse de ella todavía y esperaba que a ella le sucediese lo mismo.

-¿Te apetecería alargar el día cenando conmigo en Inverness? - le preguntó cuando estaban llegando.

Pero antes de que pudiese contestarle, su teléfono sonó. Aparcó el coche en el arcén para contestar. Aunque le hubiese gustado poder ignorar la llamada, era su padre.

-Hola, papá... estamos de regreso a Inverness... ¿no puede ir mamá?... está bien - miró a Lía con pena - En cuanto llegue, paso por ti... no pasa nada, papá. No es culpa tuya... de acuerdo. Hasta ahora.

-No hay cena - dijo ella sonriendo. Al menos no parecía enfadada.

-Lo siento - reanudó el viaje.

-No importa. De todas formas estoy algo mareada por el whisky así que mejor me voy a casa a dormir.

-Pero si sólo bebiste un sorbo - rió.

-Lo sé - rió con él - Suficiente para mí. No seré buena escocesa, después de todo.

-Hay muchas más cosas que harían de ti una buena escocesa - la miró un momento - Todavía podemos lograrlo.

Llegaron a Inverness quince minutos después. Lía había llamado a Robert para que fuese a buscarla. La acompañó hasta el escaparate donde ya eran habituales sus encuentros.

-Siempre acabamos aquí - la abrazó.

-Al final tendré que comprar algo en la tienda - rió ella.

-¿Seguro que no quieres que espere aquí contigo?

-Tu padre tendrá ganas de ir a casa - negó con la cabeza - Robert no tardará.

-¿Me envías un mensaje cuando llegues a casa?

-Claro.

La besó suavemente. No quería que supiese a despedida pero no pudo evitarlo. Había sido un día increíble pero estaba llegando a su fin. La abrazó con más fuerza y profundizó el beso. No quería soltarla todavía.

-Me vas a ahogar - dijo ella contra su boca.

-Moriremos juntos - rió.

-Pero yo quiero vivir.

-Si es junto a ti - le dijo él - yo también quiero.

# 5

Cuando llegó a casa, todavía se sentía en una nube. Había estado relatándole el día a Robert por el camino, al menos las partes que se podían contar, pero no recordaba exactamente lo que había dicho. Su mente estaba estancada en los besos de Cailean y en todas las palabras increíbles que le había dicho.

Le asustaba un poco saber que él buscaba algo más serio con ella, ni en sus mejores sueños lo habría imaginado. Había acudido a su cita pensando en aprovechar el momento pero había recibido más de lo que esperaba. Y ahora no sabía cómo responder. Le gustaba mucho, eso no podía negarlo. Más de lo que quería admitir. Pero no estaba segura de querer arriesgarse a permanecer más tiempo en Escocia por él o, más bien, a hacerse ilusiones con todo aquello. Tal vez, después de un par de días más viéndose, Cailean se cansaría de ella y tendría que regresar con el corazón roto a

España. Porque una cosa estaba clara, no le resultaría nada difícil enamorarse de él. Si no lo estaba ya, que tenía sus dudas.

-Supongo que querrás acostarte ya - la voz de Robert la regresó al presente.

Tampoco recordaba haber cenado pero los restos de la comida en el plato le indicaban que sí lo había hecho. Sonrió hacia su anfitrión con pesar, no le había prestado demasiada atención en las últimas horas. Al menos, no parecía disgustado.

-Ha sido un día largo - asintió - Perdona si he estado un poco ausente durante la cena.

-Es normal - se burló - El whisky tiene ese efecto, pero te acostumbrarás.

-No bebí tanto.

-Pues peor me lo pones, Lía - rió - Anda, ve a dormir. Mañana me gustaría llevarte a ver el fiordo de Beauly. Y si no estás muy cansada de andar, haremos un poco de senderismo por Craig Phadrig. En un lugar precioso con unas vistas increíbles.

-En Escocia todo es precioso - le sonrió.

-Hasta los escoceses - bromeó de nuevo Robert.

-Me voy a dormir - se levantó, pero no pudo ocultar la sonrisa a tiempo. Robert rió más alto y ella se sonrojó.

Ya en la soledad de su habitación, acostada en su cama, decidió mirar el teléfono. Le había enviado un mensaje corto a Cailean informándole de que había llegado sana y salva, pero no había vuelto a revisarlo por si le había contestado. De repente, los nervios oprimieron su estómago mientras comprobaba si había algo. La luz parpadeante le provocó un sonoro suspiro y puso una sonrisa en sus labios.

-Buenas noches, cielo - ponía el primero - Me alegra saber que has llegado bien. Temía que la borrachera pudiese contigo.

-Ha sido un día increíble - el segundo - Y espero con ansias el próximo. Ve diciéndole a Robert que te robaré más veces. No creas que te has librado ya de mí. Quiero mucho más contigo. Y de ti.

Desde aquel segundo mensaje, había pasado ya media hora. Se mordió el labio sopesando si enviar una respuesta o no. Tampoco es que supiese bien qué decirle. ¿Qué también quería más de él? Era cierto, pero tampoco quería crearle demasiadas ilusiones. Ni a él ni a sí misma. Sin embargo, era tan difícil no hacerlo.

-Para mí también ha sido un gran día. Gracias por enseñarme lugares tan maravillosos - dudó antes de añadir algo más - Y no pretendo librarme de ti. Repetiremos cuando quieras.

Su estómago volvió a comprimirse mientras esperaba la respuesta. Ni siquiera sabía si estaría despierto. Cerró los ojos y respiró profundamente para serenar a su alocado corazón. Parecía una quinceañera con su primer novio y se reprendió por su tonta actitud. Eres adulta, se dijo, compórtate. Dio un respingo cuando el teléfono vibró.

-Por mí mañana mismo, cielo, pero mi hermana me acaparará todo el día, me temo. Está como loca porque ya queda poco y tiene miedo a olvidarse de algo. Me ha hecho escribir una larga lista de recados para mañana. Ya me duele la cabeza sólo de pensarlo. Será un día eterno.

-Complace a tu hermana. El sábado será su día y se merece toda la atención del mundo.

-A mí me apetece más complacerte a ti.

Se sonrojó intensamente al leer aquel mensaje y estaba segura de que Cailean estaría sonriendo. Siempre lo hacía cuando ella se avergonzaba por algo.

-¿Colorada?

-Mañana iré a Beauly.

Sabía que se reiría por su cambio de tema pero no tenía intención de contestar a su pregunta. Aparte, ambos sabían ya la respuesta. ¿Para qué torturarse más con eso?

-Me encantas, Lía. Si estuviese contigo, ya te habría besado.

-También haremos senderismo por un lugar precioso que ya no recuerdo como se llama.

Sonrió mientras escribía su respuesta. Su rostro ardía y su corazón se había desbocado al pensar en que le habría encantado recibir aquel beso.

-Si está cerca de Beauly será Craig Phadrig. Es una colina boscosa que tiene unas impresionantes vistas del fiordo de Beauly. Está a unos 172 metros de altura sobre el nivel del mar pero merece la pena subir hasta allí. Te encantará el lugar.

-Tú sí que me has impresionado. Ahora sería yo la que te besaría.

Se tapó la cara en cuanto envió el mensaje, aunque sabía que Cailean no podía verla. Era un acto reflejo. Suspiró sonoramente, ahogando el ruido en la almohada. Definitivamente se estaba comportando como una quinceañera.

Cuando el teléfono empezó a vibrar y lo miró, se quedó petrificada. No era un mensaje, Cailean la estaba llamando. Dudó en descolgar. No estaba segura de querer hablar en ese momento con él, su voz la delataría. Inspiró profundamente y aceptó la llamada.

-No puedes decirme esas cosas cuando estás tan lejos, Lía. Y menos por mensaje.

-¿Y tú si puedes?

-No veo que te hayas quejado hasta ahora - lo oyó reír.

-Lo tendré en cuenta para la próxima vez.

-¿Qué llevas puesto?

-Cailean - se ruborizó intensamente.

-Es broma - rió más alto - Siempre he querido decir algo así. ¿Tú no?

-No.

-¿Segura?

-Voy a colgar, Cailean.

-No, por favor. Me gusta escuchar tu voz.

-Pero si hemos estado hablando todo el día.

-Nos falta hacerlo toda la noche.

Contuvo la risa, al pensar en el doble sentido de frase, mordiéndose el labio pero no pudo evitar que sonase como un gemido. Cailean rió al escucharlo y ella se ruborizó.

-Eso ha sonado muy sexual - admitió él.

-Creo que será mejor acostarnos ya.

La risa de Cailean resonó a través del teléfono una vez más y comprendió que tampoco ella había elegido bien las palabras. Si seguía así, jamás recuperaría su tono normal de piel y se quedaría roja para la eternidad.

-Eso ha sonado muy sexual - rió, imitándolo.

-Será por el whisky - se burló él.

-Será.

El silencio se hizo entre ellos por un momento. Podían escuchar la respiración del otro. Cerró los ojos imaginando que estaba junto a ella, en la cama.

-¿Has cerrado los ojos? - le oyó preguntar.

-Puede - supo que estaba sonriendo.

-Yo sí.

-Y yo.

-Se me va a hacer eterno no verte en dos días.

-¿Dos días?

-El domingo quiero verte. Aunque sea en Inverness, tomando algo tranquilamente.

-Está bien - sonrió.

Guardaron silencio de nuevo y sus respiraciones volvieron a ser las protagonistas. Sonrió una vez más antes de hablar de nuevo.

-Me estoy cayendo de sueño - uno de los dos tenía que cortar la llamada.

-Sueña conmigo, cielo - rió bajito.

-Tal vez lo haga - sonrió.

-Yo lo haré contigo.

-Buenas noches, Cailean.

-Buenas noches, Lía.

Cuando colgó el teléfono, la sonrisa no había desaparecido todavía de sus labios y allí se quedó hasta que el sueño la venció. Soñó con Cailean, por supuesto. Y con sus apasionados besos.

Robert tenía razón, desde luego, al decir que disfrutaría aquella visita. El paisaje en el fiordo de Beauly era impresionante. No dejó de sacar fotos a cada paso que daban, totalmente enamorada del lugar. Robert aguardaba pacientemente cada vez que eso sucedía, con una sonrisa en los labios. Era un amor de hombre. Se sintió mal por él cuando no pudo evitar pensar en Cailean y en cuánto le gustaría que estuviese allí con ella. Robert no se merecía aquello y se prometió prestarle más atención. Se giró hacia él para hablarle. Estaba tan absorto en el paisaje, como lo había estado ella minutos antes, que no pudo resistirse a la tentación y aprovechó para sacarle una foto.

En cuanto Robert descubrió lo que había hecho, la fulminó con la mirada. Estaba segura de que le pediría que borrase la foto y se preparó para escapar de él, pero le sorprendió gratamente cuando esgrimió una gran sonrisa. Lo imitó.

-Disfrútala - le dijo - No tendrás más ocasiones para fotografiarme.

-Me vale con verte en persona - se encogió de hombros - Y ésta, me servirá de recuerdo cuando regrese a España.

-Si regresas - rió él.

-Cuando regrese.

Robert le guiñó un ojo y por un momento, pensó en todas las veces en que Cailean había hecho el mismo gesto. Deja de pensar en él, se reprendió, ahora estás con Robert. Le sonrió de nuevo antes de intentar sacarle otra foto. Logró retratar su espalda y rió al revisarla.

-Te avisé. No habrá más descuidos.

-Tengo dos semanas para lograrlo.

Lo oyó gruñir y rió de nuevo. Robert era un hombre muy divertido, con él nunca se aburría. Ni siquiera por carta. Todo aquel correo había empezado para ayudarlo a él pero, en realidad, se habían ayudado mutuamente. Con Robert descubrió que la amistad podía cubrir los huecos vacíos que la ausencia de los seres queridos dejaba en el corazón, incluso en la distancia. Y también le enseñó que se podía querer a alguien sin haberlo visto nunca. Desde luego, Robert formaba ya parte de su vida y no soportaría que desapareciese de ella. Sin él, ya nada sería lo mismo. Se había acostumbrado a sus consejos y a sus bromas. A sus confidencias y al cariño que le enviaba en cada carta.

Se acercó a él impulsada por el recuerdo del tiempo que habían estado compartiendo por carta y aunque no era muy propensa a las demostraciones de cariño, lo abrazó y le dio un beso en la mejilla. Supo que se había sorprendido porque tardó en reaccionar.

-¿Tendré que gruñirte más a menudo para que me abraces? - rió, rodeándola con sus brazos.

-No te acostumbres a ellos, a no ser que quieras salir más en las fotos - se separó, un poco ruborizada, pero bromeando con él. De ninguna manera le contaría la verdad o no la dejaría marchar - Porque éste te lo has ganado por la foto que te he sacado.

-En ese caso, me quedaré sin abrazos.

-Me lo temía - hizo un mohín.

-Vamos, zalamera - le colocó la mano en su brazo para arrastrarla con él - Todavía tenemos que caminar un poco más antes de dar por finalizada la tarde.

Robert le había dejado dormir hasta el mediodía. Otra vez. Ni siquiera entendía cómo podía dormir tanto, si ella siempre había sido madrugadora. Los aires de Escocia, pensó con júbilo y una sonrisa se instaló en su boca.

-¿Qué es eso tan gracioso?

Robert la miraba con curiosidad pero negó con la cabeza, ampliando su sonrisa. Por supuesto que no le iba a decir nada de eso. Era un pensamiento ridículo y sólo lograría avergonzarse a sí misma contándoselo. Y sería otro motivo para él para tratar de convencerla para que se quedase más tiempo.

-Vamos, ruliña, que hay confianza.

No pudo evitar reír al escuchar cómo pronunciaba aquel mote en gallego. Se lo había enseñado en una ocasión y desde aquel día, lo usaba mucho con ella. Pero una cosa era verlo escrito y otra muy distinta oírselo decir. Se notaba que había estado practicando pero no se parecía en nada a lo que debía ser. En sus labios, sonaba divertido.

-No te rías - le dijo él riéndose también - Lo intento.

-Ya veo. No importa si lo pronuncias mal. Es divertido oírtelo decir.

-Sí, sí. Pero no me cambies de tema. ¿Qué es eso que te hace sonreír de ese modo?

-Nada - se ruborizó - Un pensamiento tonto. Sólo eso.

-Compártelo, ruliña.

-¡Oh, Dios! No lo digas más - rió de nuevo - No puedo con eso.

-Acabo de averiguar la forma de obtener de ti lo que quiero - rió alto Robert - Te llamaré ruliña hasta que no tengas más opción que acceder a lo que te pida.

-Eso es horrible - su risa desmentía sus palabras.

-¿Tengo que repetirlo?

-Es una tontería, Robert - negó con la cabeza - Sólo pensaba en que los aires de Escocia me sentaban bien.

-Eso te lo podría haber dicho yo - le sonrió y puso la mano sobre la suya, que todavía descansaba en su brazo - Cada día estás más guapa.

-Mentir está muy feo, Robert - se sonrojó.

-No miento. Te ves radiante, Lía. No sé si es el aire de Escocia o algún escocés guapo pero es así.

-Ya te he dicho que el chico del autobús sólo es un amigo - su sonrojo se intensificó.

-Amigo o no, ha logrado ponerte una sonrisa en los labios. Sólo por eso, ya se merece mi aprobación.

-¿Tu aprobación para qué?

-Para que siga llevándote en mi lugar a conocer Escocia - le sonrió ampliamente.

Le correspondió de igual modo pero decidió no decir nada más. A ella no le parecía tan bien que otro ocupase su lugar, aún cuando desease tener a Cailean a su lado todo el tiempo. Le sabía mal por Robert. Había tardado meses en convencerla para ir a visitarlo y ahora parecía estar dándolo de lado. Eso la hacía sentirse una mala persona.

-Deja de torturar esa cabecita tuya, Lía. Está bien así. No me molesta que quedes con tu amigo. Yo sólo quiero que te diviertas y si él me ayuda, mejor que mejor.

-Pero...

-Nada de peros. Vive al día, disfruta el momento. ¿Recuerdas quien me enseñó eso?

-Eres el mejor, Robert - lo besó de nuevo en la mejilla, sorprendiéndolos a los dos.

-Eso dicen - le guiñó un ojo y su mente huyó de nuevo hasta Cailean.

Se reprendió mentalmente pero no sirvió de mucho. Cada vez le costaba más contenerse para no enviarle un mensaje o una foto del lugar, aunque él seguramente lo conocería mucho mejor que ella. Tampoco podía dejar de pensar en él por demasiado tiempo. Se estaba instalando en su corazón a una velocidad vertiginosa y eso podía resultar peligroso para ella en muchos sentidos. El más importante, que no quería enamorase de alguien de quien tuviese que alejarse después. Sería demoledor.

-Vamos, ruliña. Las vistas desde aquí son impresionantes.

-Déjalo ya, Robert - rió de nuevo - Si sigues diciendo eso, no podré caminar. Y de verdad que quiero ver el lugar.

-Me encanta verte reír - le sonrió - No puedo evitarlo.

-Pues tendrás que arrastrarme contigo si sigues así.

-Mejor. Así tendrás esa cámara bien quietecita.

No pudo evitar sonreír. Había intentado sacarle alguna foto más, siempre sin éxito. Era rápido de reflejos. Aún así no podía dejar de hacerlo, era tan divertido verlo ocultarse a como diese lugar.

-No puedes culparme por querer retratarte, Robert. Te echaré de menos cuando me vaya.

-No lo harás - le sonrió - porque no te irás.

-Robert.

-Lía.

-No puedes pretender que me quede aquí indefinidamente.

-Eso ya lo veremos. Que yo sepa no hay nada que te ate a España. Y aquí me tienes a mí y tendrás a mi familia también. Estoy seguro de ello.

-No sé.

Cailean asomó una vez más en su mente. Pensar en él la ponía nerviosa. Sobre todo si estaban hablando de quedarse en Escocia. ¿Qué pasaría si decidía que no quería irse? ¿Realmente estaría dispuesto él a intentar algo más con ella como decía? Podía ser que lo creyese así porque sabía que se iría algún día. Aunque, le había pedido que se quedase, ¿no? No exactamente, pensó. Le había dicho que no podría negarse si se lo pedía, pero jamás lo hizo.

-Sigamos - no quería hablar más del tema.

-No te me pongas triste ahora, ruliña - la rodeó por los hombros para continuar su camino por el bosque.

Estaban llegando al lugar donde quería llevarla. Al parecer tenía unas maravillosas vistas del fiordo de Beauly que Robert estaba deseando enseñarle. Se dejó arrastrar por él, disfrutando del paseo. Estar con Robert también le agradaba mucho. Si se decidía a quedarse, Robert sería una de las razones principales para hacerlo. Se había convertido en parte indispensable en su vida. Primero con sus cartas y luego con su amistad. Por él merecería la pena quedarse también.

-Si me voy - le dijo - te extrañaré mucho.

-Vamos mejorando - apretó sus hombros y le sonrió - Ya estás pensando en quedarte.

-Tal vez un poco más.

-¿Unos meses? - aventuró, esperanzado.

-Unas semanas.

-Uno meses - sentenció - O para siempre. Eso sería estupendo.

-No, Robert. Para siempre no. No quiero ser una molestia para ti y mi sueldo no me alcanza para alquilarme una casa.

-Mi casa es suficientemente grande para los dos - la miró - Y así me harás compañía. Ya sabes que me siento muy solo la mayoría del tiempo. No eres una molestia, más bien me haces un favor.

-No sé - dudó.

-Ya hablaremos de eso más tarde. Cuando te haya enseñado lo suficiente de Escocia como para enamorarte todavía más de ella.

-¿Más? - rió - Creo que eso es imposible.

Su mente volvió a visualizar a Cailean y un intenso sonrojo cubrió sus mejillas. Lo ocultó fingiendo mirar la cámara. Para aquel entonces habían llegado y Robert la instó a mirar delante de ellos. Se quedó muda de la impresión. No había exagerado al decir que era un lugar hermoso con unas vistas increíbles. No tardó en apuntar con su cámara e inmortalizar el momento.

-Hemos llegado justo a tiempo - dijo él, observando cómo el sol descendía sobre el fiordo - Serán unas fotos estupendas.

-Únicas - sonrió - Gracias, Robert. Esto es más de lo que esperaba. Con vistas así, cómo no enamorarse de esta tierra.

-Eso es lo que pretendo - rió - Quiero que desees quedarte.

-Desear y poder son dos cosas totalmente diferentes, Robert.

-Puedes, si quieres. Así de sencillo. Pero - continuó antes de que pudiese discutírselo - hemos quedado en que hablaríamos de eso más adelante. Ahora debemos regresar, antes de que no se vea por donde vamos.

-Cierto.

Desanduvieron el camino en silencio. Para cuando llegaron al coche, la noche se les había echado encima. Robert condujo todo el camino atento a la carretera, sin decir nada y se lo agradeció. Se sentía nerviosa después de su conversación y no le apetecía hablar. Realmente deseaba quedarse, pero le asustaba en la misma medida. Y no sólo por Cailean. También por Robert. Por su familia. Por los amigos que tenía en España. Por su trabajo. Por su piso. Eran demasiadas cosas. La abrumaba pensar en todo eso y no saber qué hacer.

Cuando Robert la había invitado a visitarlo, ya sabía que quería que se quedase por un tiempo indeterminado. Tanto como quieras, había dicho en su última carta. Pero no se sentía cómoda con eso. No porque no disfrutase de la compañía de Robert. Cada hora que pasaban juntos estaba más convencida de que convivir con él sería sencillo y divertido.

El problema radicaba precisamente en eso. En que si se quedaba una semana, querría quedarse un mes. Y si lo alargaba un mes, querría que fuese un año. Una cosa llevaría a otra y acabaría viviendo en Escocia, en casa de Robert.

¿Y Cailean? Ese era el mayor problema de todos porque le hacía desear más que nadie el no regresar a España. Por él sería capaz dejarlo todo atrás. Y eso la aterraba. Nunca antes había sentido algo tan intenso por nadie y no sabía cómo canalizarlo.

Como si sus pensamientos lo hubiesen invocado, le llegó un mensaje de Cailean. Dudó en leerlo en el coche. Miró a Robert de reojo y lo vio concentrado en la conducción. Inspiró lentamente y abrió el mensaje.

-Hola, cielo. ¿Qué tal tu día? El mío ha sido interminable. Y no sólo por la larga lista de tareas de mi hermana, sino porque te he echado mucho de menos. No puedo esperar a que llegue el domingo para verte.

-Hola, Cailean. Mi día todavía no ha terminado. Estamos de regreso.

No se atrevió a decirle que también ella lo había extrañado. En cuanto envió el mensaje se arrepintió de no haberlo puesto pero la contestación de Cailean no le dio opción a rectificar.

-Te ha enseñado la puesta de sol. Muy inteligente.

-He sacado unas fotos increíbles.

-Todavía me debes una. No te olvides.

-No lo olvido. En cuanto las descargue, te la envío.

-Quiero verte. ¿Me envías una ahora?

-¿Tu hermana ya tiene todo listo?

Sabía que se reiría y no pudo evitar que una sonrisa escapase de sus labios. Cada vez que hablaba con Cailean sus dudas se disipaban a una velocidad pasmosa. Todo parecía más sencillo y estaba más claro. Ojalá esa sensación durase siempre, pensó.

-¿Cambiando de tema? No importa, ya te convenceré. Mi hermana, por fin, tiene todo listo y a su gusto. Me ha vuelto loco pero al menos esta noche dormirá tranquila.

-Y tú también.

-Yo no podré hasta que cierta señorita me envíe una foto de buenas noches.

-Ya veremos. Hablamos cuando llegue a casa.

-Esperaré impaciente, cielo.

Sabía que acabaría convenciéndola. Cailean tenía ese efecto en ella. La provocaba hasta que lograba sacar valentía de donde no la tenía. Suspiró al pensar en el día tan increíble que habían pasado. Y quería repetirlo. Se ruborizó.

-¿El amigo del autobús? - rió Robert.

-El mismo. Sólo quería saber que tal mi día.

-Por si no te había entretenido lo suficiente.

-Claro que no - se sonrojó.

-Vas a tener que presentarme a ese amigo tuyo, Lía.

-¿Por qué?

-Porque tengo la impresión de que le interesa algo más de ti y tendré que tener una pequeña charla con él.

-Eso no es cierto.

-Yo lo decidiré - le sonrió, haciéndole ver que estaba bromeando.

-Eres imposible, Robert.

-Y tú un encanto que enamora a todo el mundo - le guiñó un ojo.

Después de cenar, se disculpó con Robert y se fue directamente a su habitación. Estaba cansada aunque la caminata no había sido excesivamente dura. Son las emociones, pensó. Demasiadas cosas en muy poco tiempo.

Siguió su ritual nocturno, conteniendo las ganas de enviarle un mensaje a Cailean. Ya era tarde y suponía que estaría durmiendo pero le había dicho que le escribiría. Mientras cepillaba el cabello, se iba concienciando por si no recibía respuesta aquella noche. Se estaba volviendo demasiado dependiente de sus conversaciones con Cailean y eso la ponía nerviosa.

Aún así, no podía dejar de hacerlo. Cuando hablaban, todo parecía tan claro, tan sencillo. Como si cada pieza del rompecabezas que era su vida encajase en su lugar. Era una sensación nueva para ella. Sobre todo desde la muerte de sus padres.

-Buenas noches, Cailean - le escribió - Ya estoy sana y salva en mi cama. Espero que estés ya disfrutando de tu tan merecido descanso.

La contestación, muy al contrario de lo que creía, no se hizo esperar. Y un sonrojo intenso cubrió su rostro al leerla.

-Estoy esperando por mi foto. Y para que veas que no soy egoísta al pedírtela, te envío una.

Cuando descargó la foto y la vio, el intenso rojo de sus mejillas cobró más vida. Una vez más, le había enviado una foto sin ropa y en esta ocasión, dándose un baño. Sus ojos no podían abandonar aquel pecho tan bien formado lleno de espuma. Y la mirada, qué mirada. Se ponía nerviosa incluso siendo una foto.

-¿Lía?

No estaba segura de qué responderle así que se permitió el lujo de seguir observando la foto un tiempo más. No aclararía la mente haciéndolo pero al menos disfrutaría las vistas.

-Estoy aquí - envió al fin.

-¿Demasiado atrevido?

-Puedes ser lo atrevido que quieras, siempre que no me pidas lo mismo.

-Yo sólo quiero ver tu bello rostro, cielo. Me conformo con eso.

-¿Lo dices para que te envíe la foto?

-Lo digo porque es verdad.

-Y para que me envíes la foto - el segundo mensaje llegó un segundo después del primero.

No pudo evitar sonreír. Y se decidió a enviarle la foto que le había sacado Robert esa misma tarde, cuando no miraba, antes de irse al fiordo. Después de pedirle que esperase unos minutos, descargó las fotos de la cámara y la buscó. De paso, le envió también la que le había prometido. Como en cada ocasión, la respuesta no se hizo esperar.

-Dos por el precio de una. Gracias, cielo. La espera ha merecido la pena.

-Ahora ya puedes dormir.

-Ahora me quedaré toda la noche mirándote.

-Ese no era el trato.

-Lo sé. Pero no puedo evitarlo. Está preciosa.

-Duérmete, Cailean. Mañana se casa tu hermana.

-Exacto. Se casa ella.

-Eres el padrino y tienes que lucir bien.

-¿Con mi kilt sin nada por debajo?

-Buenas noches, Cailean.

-Te adoro cuando haces eso, Lía. Y querría besarte.

-Creo que esta conversación ya la hemos tenido.

-Podría llamarte de nuevo.

-Podrías dormir.

Se mordió el labio, deseando que la llamase pero sin atreverse a decírselo. ¿Por qué tenía que ser tan insegura? Cailean parecía no tener dudas. Cuando sonó el teléfono, una sonrisa apareció en su rostro. En cuanto descolgó, oyó la voz de Cailean y suspiró sin poder evitarlo.

-Hola, cielo.

-Al final llamaste.

-Al final llamé. Quería escuchar tu voz.

-Pues ya la estás escuchando.

-Preciosa como tú - supo que sonreía.

-Preciosísima.

-Siempre, no lo dudes.

Guardaron silencio y un bostezo la avergonzó, cuando no pudo hacer nada para impedir que se escuchase a través del teléfono.

-Lo siento - rió, colorada.

-Estás cansada - sentenció él - Será mejor que te deje dormir.

-Tú también debes dormir.

-Buenas noches, cielo. Te enviaré la foto con el kilt.

-Buenas noches, Cailean.

-Y tú me debes una también, no te olvides.

-No lo hago.

El silencio regresó pero tenía la impresión de que Cailean estaba dudando en decir algo más. Le extrañó aquello porque, desde que se conocían, Cailean nunca había dudado. Salvo en el momento de pedirle el número de teléfono, recordó.

-Dulces sueños - rompió el silencio.

-Dulces sueños, Lía.

Colgaron y se quedó con la sensación de que él se había quedado con ganas de decir algo más. Sin embargo, antes de poder analizarlo a fondo, el sueño la venció.

A la mañana siguiente, se levantó temprano por primera vez desde que estaba allí. Los nervios por la reunión familiar de Robert no la dejaron dormir demasiado. Y la foto del cuerpo mojado de Cailean ocupó todos sus sueños.

-Buenos días, preciosa - le sonrió Robert, que ya estaba terminando de preparar el desayuno.

-Buenos días - se sentó en un taburete para observar lo que estaba haciendo - Huele bien.

-Es porque tienes hambre - bromeó él.

-Es porque cocinas bien - le sonrió.

-¿Preparada para el día de hoy? - parecía ansioso. Más que ella, desde luego.

-Supongo. Nerviosa, diría más bien.

-No tienes por qué. Mi familia te va a encantar, ya lo verás.

-Si se parecen a ti, estoy segura de que sí.

Comieron en silencio. Cada uno pensando en sus cosas, supuso. Al menos ella sí lo hacía. En la reunión con la familia de Robert, en Cailean y la boda de su hermana, en su vida en España. Demasiadas cosas para procesar un día como aquel.

-Será mejor empezar a prepararnos - la voz de Robert la regresó a la cocina.

-Sí. Tendrás que ayudarme con el plaid - le dijo levantándose - No tengo ni idea de cómo se pone.

-Tranquila. Bájalo y te lo coloco antes de irnos - le sonrió - Eso me recuerda que tengo que darte tu sorpresa.

-Genial - sonrió.

-Cuando bajes.

Su sonrisa desapareció, dando paso a un ceño fruncido. Robert rió pero la envió arriba sin más opciones que obedecer. Tendría que vestirse rápido si quería descubrir de qué se trataba. Con la intensidad de los días que había pasado, se le había olvidado por completo la sorpresa, pero ahora estaba ansiosa de nuevo por saber qué era.

Se miró al espejo después de vestirse y maquillarse. Se había recogido el pelo en varias ocasiones sin estar conforme en ninguna de ellas así que finalmente optó por dejarlo suelto. Tuvo que admitir que Robert tenía buen gusto para la ropa. Aquel vestido le sentaba bien. Mejor que bien, pensó sonriendo a su reflejo.

La mirada de admiración de Robert le indicó que también él estaba conforme con el resultado. Bajó los últimos escalones observando cómo su sonrisa se iba ampliando conforme se acercaba a él.

-Fabulosa - le dijo.

-Ya será menos.

-Para nada - tomó el plaid en sus manos y comenzó a colocárselo - Y con esto, estarás todavía más irresistible.

Después de unos minutos, concentrado en la tarea, Robert la miró satisfecho. Ella se estudió y tuvo que admitir, nuevamente, que le sentaba muy bien. Le sonrió de vuelta.

-Toda una escocesa - asintió - Sólo falta el toque final.

Se sacó del bolsillo un pequeño paquete y se lo entregó. La satisfacción en su rostro era tal que no pudo evitar sonreír incluso antes de abrirlo. Le temblaban las manos y se obligó a respirar profundamente para intentar relajarse.

-Es precioso - logró decir.

-Me has hablado tantas veces de él y de lo que significa para ti, que pensé que estaría bien que lo tuvieses. Sé que quieres tatuártelo, pero mientras tanto...

Dejó la frase en el aire. En realidad no necesitaba decir nada más. Observó el broche con lágrimas contenidas en los ojos. No quería llorar por miedo a estropear el maquillaje, pero ganas no le faltaban. Era precioso. Había visto muchos diseños del árbol de la vida celta pero ninguno como aquel. Si alguna vez se decidía a tatuárselo, utilizaría el broche como modelo para el dibujo. Sin duda era una gran sorpresa.

-Muchas gracias, Robert - lo abrazó - No tenías por qué hacerlo.

-Quería hacerlo. Por ver tu sonrisa, lo que haga falta - le guiñó un ojo - Ruliña.

-¡Oh, no! - rió - Otra vez no.

-Vamos - le ofreció el brazo - Estoy deseando presentarte a mi familia. Y ellos, ansiosos por conocerte.

-Yo estoy nerviosa - le confesó - Mucho.

-No tienes por qué. Ya lo verás.

Viajaron en silencio, supuso que Robert quiso respetar su espacio para que lograse serenarse. Y se lo agradeció. Para cuando llegaron a la casa, estaba más relajada.

-Veamos a quien nos encontramos primero.

No pudo evitar sonreír con su comentario. Parecía un niño pequeño al que le habían ofrecido una golosina. Se dejó llevar por él mientras observaba todo a su alrededor. Los jardines de la casa, que era por donde habían entrado, estaban adornados con guirnaldas de flores y había mesas esparcidas por él, llenas de ricos manjares. Varios camareros estaban en ellas, a la espera de la llegada de los invitados. Frunció el ceño al comprender que aquella no era una simple reunión familiar.

-¿Cuánta gente va a venir, Robert? - le preguntó para disipar sus dudas.

-Mucha.

-¿Cuánta es mucha?

-Mucha es mucha - rió - Ah, allí hay alguien. Vamos.

Sin más opción que seguirlo, se acercaron a un joven alto y moreno vestido con un kilt escocés. No tenía el mismo color ni el mismo estilo que el de Robert pero algo le decía que formaba parte de su familia. Como estaba de espaldas, no podía verle la cara para buscar semejanzas entre ellos. Aunque, tampoco es que importase mucho, era un desastre para los parecidos. Nunca se le había dado bien encontrarlos.

-Quiero presentarte a Cailean - dijo Robert - Mi nieto.

Cuando el joven se dio la vuelta y se miraron a los ojos, un intenso sonrojo cubrió sus mejillas. Cailean le dedicó la sonrisa más espectacular que había visto en su vida y se sintió desfallecer.

-Esto sí que es una inesperada coincidencia - dijo entonces - Todo este tiempo he estado celoso de mi abuelo. Increíble.

-¿Os conocéis? - preguntó Robert desconcertado.

-Tu nieto es mi amigo del autobús.

-Vaya.

La risa de Robert provocó un nuevo sonrojo en ella, que se intensificó cuando Cailean se le unió. ¿Inesperada coincidencia? Más que eso, pensó.

Prácticamente no había podido hablar con Cailean porque lo llamaron para sacar a la novia de la casa. Ni siquiera le había podido decir lo guapo que estaba con el kilt. Impresionante, más bien. Se sonrojó al pensar en lo que le había dicho de no llevar nada por debajo. Sabía que estaba bromeando. O eso esperaba. De repente, sentía demasiado calor.

-¿Estás bien? - Robert le apretó la mano que tenía en su brazo y la miró con poco disimulado regocijo.

La había estado mortificando con bromas sobre su nieto durante todo el trayecto hasta la iglesia. Cailean, el nieto de Robert. Casi no podía creérselo. Cierto que le había hablado de su familia en sus cartas pero, por extraño que pareciese, jamás había mencionado sus nombres.

-Sí - le dijo.

-Si quieres luego le digo a mi nieto que te lleve a dar una vuelta para ver si se te pasa el calor - bromeó de nuevo.

-Ya vale, Robert - se sonrojó.

-Esto es demasiado bueno para dejarlo estar, ruliña - rió.

-Si sigues burlándote de mí, terminaré antes mis vacaciones - lo amenazó.

Pero fue en vano, lo supo al escuchar su fuerte risa. Robert estaba decidido a atormentarla con aquella situación y no podría evitarlo. Mejor hacerse a la idea, pensó. Al menos para no estar continuamente roja.

-Después de la ceremonia te presentaré al resto de la familia - le susurró, una vez en la iglesia - Aunque tal vez ya conozcas a alguno y no lo sepamos.

-Eres imposible, Robert - susurró de vuelta.

-Ya me callo. Pero solo porque quiero ver a mi nieta casarse - le sonrió.

A pesar de sus protestas, había insistido en sentarse delante con ella. Se sentía incómoda en los bancos reservados para la familia. Era una invitada, por más que estuviese viviendo en casa del abuelo y se hubiese besado en varias ocasiones con el padrino de la boda. Cerró los ojos para evitar las imágenes del día que había pasado con Cailean. De nuevo sintió calor.

Durante la ceremonia, Cailean había cruzado la mirada con ella en muchas ocasiones y en cada una de ellas le había sonreído. Estaba tan guapo cuando hacía eso, que se sonrojaba en cada ocasión. Podía oír la risa sofocada de Robert a su lado, pero no lo miró ni una sola vez. Sería peor para ella y ya estaba lo suficientemente avergonzada por las respuestas de su cuerpo. Traicionero, pensó.

No veía la hora de salir fuera y tomar aire. Lo necesitaba. En cuanto los esposos se besaron y todos prorrumpieron en vítores, aprovechó para disculparse con Robert e intentar marcharse. Pero como todo con él, no era tan sencillo hacerlo. La sujetó con firmeza pero sin llegar a lastimarla y negó con la cabeza.

-Este es un momento muy íntimo, Robert - le dijo - Os espero fuera.

-Nada de eso. Tú ya eres como de la familia - le sonrió - Les he hablado tanto de ti, que estarán de acuerdo conmigo en incluirte en las fotos. Además, ahora no podría ser de otro modo.

Su mirada viajó hasta su nieto y un nuevo sonrojo cubrió su rostro. Gimió para sus adentros pero se dejó llevar por él. De nada le serviría resistirse. Robert siempre se salía con la suya, eso lo había aprendido rápido.

Mientras se acercaban, Kirsty hizo lo propio con una amplia sonrisa en los labios. Cuando la abrazó a ella, se quedó petrificada. Había supuesto que querría saludar a su abuelo y no supo reaccionar a su efusividad.

-Tú debes ser Lía - la miró con adoración y eso la hizo sentirse incómoda - Me alegro tanto de conocerte. No sabes cómo te agradecemos lo que has hecho por el abuelo.

-Yo no he hecho nada - susurró.

-Lo has llenado de vida - soltó un grito de emoción y volvió a abrazarla - Con tus cartas, nos lo devolviste.

-También él me ayudó a mí - acertó a decir, respondiendo al abrazo en esta ocasión.

-Ya basta, Kirsty - intervino Cailean - La estás agobiando.

-Para nada - protestó, pero se separó de ella - Sólo le estoy diciendo lo contenta que estoy de conocerla.

-Eso ya lo ha visto.

Cailean la apartó de su hermana y la atrajo hacia él, algo que la puso más nerviosa que el abrazo de Kirsty. ¿Qué pensaba decir o hacer ahora? Aguantó la respiración mientras esperaba. Si decía algo sobre ellos, se moriría allí mismo.

-Ven, Lía. Te presentaré a mis padres.

Soltó el aire retenido y se obligó a sonreír para ocultar los nervios que se apoderaron de ella una vez más. Los padres de Cailean la miraban con igual expresión de cariño. ¿Todos pensaban como Kirsty? ¿Qué había salvado de alguna forma a Robert? Ella sabía que había estado muy mal. En las primeras cartas no parecía el mismo hombre que había descubierto a medida que se abría a ella. ¿Hasta qué punto había estado perdido? Se prometió averiguarlo, pero no ese día. Ese día era para celebrar una boda.

-Ella es Lía, mamá - dijo Cailean - Ella es Fiona.

-Encantada, Fiona - le sonrió, todavía conservaba la mano enlazada con la de Cailean.

-Estaba deseando conocerte, Lía - ella la abrazó, sorprendiéndola de nuevo. O eran muy cariñosos, cosa muy probable conociendo a Robert y Cailean, o estaban realmente agradecidos por su amistad con Robert.

-Yo soy Alpin - dijo entonces el padre, sonriendo también - Un placer tenerte aquí con nosotros. Y espero que por mucho tiempo.

-Yo también lo espero - susurró Cailean.

Se sonrojó intensamente, pero por suerte, sólo ella lo había escuchado. La mano de Cailean, que se había soltado durante el abrazo, volvió a apoderarse de la suya y eso no pasó desapercibido a nadie. Seré un tomate el resto de mi vida, pensó con pena.

-¿Sabíais que Lía y Cailean ya se conocían? - la voz de Robert sonó tras ellos - Resulta que mi nieto ha estado mostrándole parte de los encantos de nuestra tierra sin que yo supiese que era él.

Cailean rió y ella ocultó el rostro como pudo. Aquello era lo más bochornoso que le había sucedido en la vida. El apretón de manos de Cailean le hizo mirar para él. El muy descarado le guiñó un ojo. Los dos hacen eso, pensó. Cómo no se había dado cuenta, si hasta se daban cierto aire. Negó con la cabeza y sonrió. Si no podía luchar contra ellos, se les uniría.

-Nos conocimos en el autobús - dijo - Y fue tan amable conmigo que no pude negarme a quedar con él de nuevo.

-Conozco la amabilidad de mi nieto - rió Robert palmeándole con fuerza la espalda.

-Los escoceses sois encantadores - respondió ella al momento - Tú mismo me lo repetías en todas tus cartas.

-Cierto - el guiño de ojos le recordó lo tonta que había sido al no descubrir antes la verdad.

-Es el día de mi boda - los interrumpió Kirsty - Y os quiero a todos atentos a mí. Necesito fotos. Cientos de ellas. Con todos. Vamos.

-Soy Duncan - le susurró el esposo de Kirsty antes de seguir a ésta tras el fotógrafo. Solo acertó a sonreírle. No dio tiempo a más.

-Estás preciosa, Lía - el aliento de Cailean en el cuello le provocó escalofríos.

-Tú también - le sonrió, todavía sonrojada.

-¿Precioso? - alzó una ceja divertido.

-Por supuesto. Con esa falta estás tan mono - no pudo evitar bromear con él. Si le decía la verdad, probablemente no podría volver a mirarlo a la cara.

-Luego te muestro lo que tengo debajo - le guiñó el ojo antes de acercarse de nuevo para susurrarle al oído - O lo que no tengo.

-Creo que te llaman para las fotos - logró decir sin sonar demasiado afectada. Todo un logro para ella.

La risa de Cailean encendió sus sentidos y su mano en la espalda la estaba torturando hasta la saciedad. Cuando la sintió subir hasta su nuca, se le erizó todo el bello del cuerpo. Y eso con la ropa de por medio, pensó. Cailean le giró la cabeza con delicadeza y posó los labios sobre los de ella antes de soltarla y alejarse. Había sido un gesto tan rápido que dudaba si lo había imaginado. La sonrisa de Robert le indicó que había sido real. El calor se apoderó de su cuerpo y tuvo que abanicar su rostro con las manos. Ni siquiera le importó que Robert la estuviese mirando y se riese de ella.

-Si esta boda va a ser así todo el tiempo - se dijo - Pobre de mí.

# 6

Después de la intensa sesión de fotos, en la que no tuvo más opción que participar y la cual disfrutó pero nunca lo admitiría, se dirigieron de nuevo a la casa familiar. Al parecer la comida se celebraría allí. Y después de todo, no serían tantos invitados como ella había pensado en un primer momento. Robert y ella no tenían el mismo concepto de muchos.

-No - se negó, con el rostro encendido por enésima vez - Por eso no paso, Robert.

-Eres mi pareja y tendrás que sentarte a mi lado - rió él, convencido de que acabaría cediendo.

-Pero tú quieres que me siente con Cailean, no contigo.

-Yo estaré al otro lado, ruliña.

En cuanto escuchó el mote, la risa rompió el rictus de seriedad que pretendía mostrarle. Seguía pronunciándolo de un modo tan gracioso, que no podía evitarlo. Inspiró profundamente tratando de controlarla pero, antes de que pudiese protestar, Robert ya la llevaba hacia la mesa presidencial.

Junto a Cailean había dos sillas vacías, una para cada uno de ellos. Resignada a ser el centro de todas las curiosas miradas de nuevo, intentó mantener una sonrisa de *no me importa* en su cara. Cuando Cailean la miró, su nueva pose se fue al garete en cuestión de segundos, dejando paso a un intenso sonrojo. ¿Se la estaba comiendo con la mirada? Definitivamente sí.

-Me encanta que estés en la boda de mi hermana - le susurró en cuanto se sentaron - Y conmigo.

-He venido con tu abuelo - le susurró ella a su vez.

-Creo que no le importará si te robo el resto del día - sonrió al ver su rostro colorado - No veo la hora de bailar contigo.

-Para eso tendré que beber unas cuantas copas - admitió - Me siento demasiado observada.

-Eso es porque no te conocen y sienten curiosidad. Luego te presentaré a algunos de mis primos - le guiñó un ojo - No muerden.

-Espero que no - rió bajito.

Los camareros comenzaron a servir la comida y ya no tuvieron ocasión de continuar su conversación. Después, Robert la mantuvo entretenida, presentándole en la distancia a la familia. Le contaba anécdotas divertidas de cada uno de ellos, haciéndola reír en más de una ocasión. Durante un tiempo se olvidó de donde estaba y que la estaban observando. Con Robert todo era así de ameno y relajado. Sabía cómo hacerla sentir bien. Si hubiese conocido a su abuelo, que no era el caso, le hubiese gustado que se pareciese a Robert.

-Gracias - le dijo, de repente.

-¿Por qué?

-Por todo. Por esto - le dijo señalando con la cabeza el lugar - Por acogerme en tu casa y en tu familia.

-No te vayas a poner sensible - le guiñó un ojo, quitándole importancia al asunto - O tendré que pedirle a mi nieto que te consuele.

-¿Hablabas de mí, abuelo? - Cailean se unió a la conversación enseguida y supo que los había estado escuchando.

-Tan avispado como siempre, hijo - rió él.

-Si se trata de Lía, por supuesto - la miró con tal intensidad que le provocó un nuevo sonrojo.

-Por favor - suplicó - Dejadlo ya porque se van a creer que el tono de mi piel es rojo y no blanco.

-A mí me gusta - contestó rápidamente Cailean con una sonrisa en los labios.

-Te sienta bien - asintió Robert riendo.

-Claro - bufó, cruzando los brazos sobre el pecho.

-¿Significa eso que no tengo que consolarte, cielo?

Que usase delante de Robert aquel apelativo provocó que las mariposas en su estómago, sí esas de las que hablan tanto en los libros, aleteasen eufóricas. Se removió en su asiento, evitando mirar a los ojos a ninguno de ellos. Estaba intentando luchar contra un nuevo sonrojo y perdería la batalla si no se concentraba en algo que no fuesen ellos dos. La llegada del postre la salvó.

Cuando dieron comienzo a los brindis, intentó alejarse un poco de ellos, para permitirles su espacio. Después de todo en eso no podría participar por más que se lo pidiesen. No conocía a los novios y no sabría qué decir.

Robert la obligó a quedarse junto a él, asegurándole que no sería necesario que hablase. No estaba tan segura de eso, el brillo en su mirada lo delató, y se preparó mentalmente para lo que estaba por venir.

-Todavía recuerdo - comenzó a hablar Cailean cuando llegó su turno - a una niña pequeña de alborotados cabellos que corría detrás de mí, incordiándome todo el tiempo. Hoy día no ha cambiado mucho la cosa. Tal vez se peine mejor, pero sigue siendo muy molesta.

Se escucharon risas entre los asistentes y Kirsty fingió sentirse ofendida, pero estaba claro que disfrutaba del momento. La sonrisa en sus labios no había desaparecido en ningún momento.

-Cuando me llamó para decirme que se casaba, me quedé en shock. Bueno, sabía que tenía novio, pero no que fuese tan en serio con él. Kirsty siempre fue muy despreocupada, viviendo al día, como si el mañana no importase. Estaba seguro de que sería el primero en pasar por la vicaría, soy el mayor, después de todo. Pero hasta en eso tenías que intentar superarme, ¿no, Kirsty? - más risas - Duncan, me has hecho un hombre inmensamente feliz. No sabes cuánto. Ver a mi hermana con esa sonrisa en sus labios y saber que tú la provocas, es el mejor regalo que un hermano puede tener. Espero por tu bien que siga ahí por el resto de su vida, o tendré que hacerte entender que nadie se mete con mi niña.

Duncan sonrió y apretó a Kirsty contra su pecho para darle luego un beso en la coronilla. Ella lo miró con adoración. Tal vez fuesen jóvenes, pero estaba claro que se amaban con locura.

-Kirsty, Duncan - continuó Cailean - Gracias por permitirme ser el padrino. Y gracias por dejarnos compartir este maravilloso día con vosotros. Os deseo toda la felicidad del mundo y espero poder formar parte de esta nueva vida que iniciáis juntos. Por vosotros.

Elevó la copa al aire y todos lo imitaron, repitiendo las dos últimas palabras que había dicho. Bebieron a su salud y Cailean se sentó. Su brindis había terminado pero no era el único que quería hablar.

-Debería haberte pedido que me escribieses el discurso - le susurró al oído mientras escuchaban a los demás.

-Lo has hecho fenomenal - le sonrió.

-Estoy seguro de que tú podrías mejorarlo.

-No. Cuando se habla con el corazón y desde la experiencia, nada puede mejorarlo.

-¿Lo ves? - le guiñó un ojo - Eso ha sido perfecto.

-Tonto - se sonrojó.

Cailean la acercó a él, tomándola de la nuca y le dio un beso. Nadie los observaba en ese momento, atentos como estaban a los brindis, así que se permitió degustarlo con más calma. Sabía que su rostro ardía en brasas pero no habría podido alejarse de él aunque quisiese. Sus labios la hacían olvidarse de todo y de todos.

-Comportaos, muchachos - oyeron la risa de Robert tras ellos - Estamos en público.

Separaron sus labios, pero Cailean mantuvo sus frentes unidas unos segundos antes de sonreírle y deslizar la mano hasta la suya y enredar sus dedos. Intentó centrar su atención en los discursos, pero el cosquilleo que perduraba en sus labios y el dedo de Cailean acariciando su mano no le permitían concentrarse en otra cosa.

La sonrisa socarrona de Robert tampoco ayudaba. Le lanzó una mirada furibunda pero él se limitó a sonreír más. Estaba disfrutando de la situación. Entonces se le pasó por la mente una loca idea. ¿Sería la intención de Robert emparejarla con su nieto desde el principio?

Decidió que mejor no preguntaría. Vivir en la ignorancia a veces era lo más sensato. Sobre todo por el bien de su ya demasiado abochornado rostro. Simplemente disfrutaría del resto de los brindis y se olvidaría de sus locas divagaciones.

Cuando le tocó el turno a Robert, sonrió encantada. Ese era un discurso que tenía ganas de escuchar. Sin duda sería memorable. Cailean se acomodó más cerca de ella en cuanto quedaron solos y le pasó un brazo por la espalda. Intentó fingir que no le afectaba, pero fracasó estrepitosamente. Maldita piel blanca, pensó.

-No puedo decir que me sorprenda que sea Kirsty y no Cailean, la primera en casarse - le sonrió con cariño - Creo que su primera palabra fue novio. Sus padres estaban realmente consternados por eso.

Las risas resonaron en la carpa, era de esperar. Kirsty le envió un beso a su abuelo y se llevó la mano al corazón. Un *Te quiero* se leyó en sus labios aún cuando no lo pronunció en voz alta. La unión entre ellos era evidente. Miró a Cailean disimuladamente y pudo ver que sonreía también. Eran una familia muy apegada. Cuando Cailean la descubrió, le guiñó un ojo y apretó la mano contra su espalda, provocándole un intenso calor allí donde se rozaban. Centró su atención en Robert para olvidar las respuestas de su cuerpo a la cercanía del nieto.

-Duncan ha sabido ganársela. Tarea nada fácil, lo admito - el aludido asintió y Kirsty lo golpeó en el estómago con el codo - Pero hacen una maravillosa pareja. Estoy feliz por ellos.

Levantó la copa hacia ellos y bebió un sorbo. Nadie se esperaba que aquel fuese el final de su brindis así que el silencio que siguió a su gesto, se tornó un poco incómodo cuando siguió bebiendo. Robert rió y elevó la copa una última vez.

-Había preparado un gran discurso y mucho más largo que este - continuó, provocando la risa en todos - pero he tenido la suerte de contar hoy con la presencia de alguien a quien aprecio mucho y a quien estoy seguro de que se le dan infinitamente mejor estas cosas, puesto que es escritora.

Mientras Robert hablaba, un intenso sonrojo se iba formando en sus mejillas al comprender que le estaba tendiendo una trampa. Pretendía hacerla hablar, sobre personas a las que acababa de conocer y ante otras personas a las que no conocía de nada.

Sentía la mano de Cailean acariciando su espalda. ¿Confortándola o animándola? Poco importaba, ni se sentía confortada ni animada. Su cabeza parecía moverse sola de un lado a otro en continua negación. Estaba segura de que el terror que sentía ante aquella situación, se podía ver en su rostro.

-Creo que sería una buena idea animarla a decir unas palabras - continuó ignorándola completamente - Un aplauso para ella, por favor.

-Lo que faltaba - murmuró todavía más avergonzada cuando las palmas comenzaron a sonar a su alrededor.

-Si no vas - le dijo Cailean al oído, conteniendo una sonrisa - cada vez será peor. Te lo puedo asegurar. Mi abuelo no tiene límite.

-No tiene gracia, Cailean - entrecerró los ojos mirándolo.

-Tú no se la ves, que es distinto - le guiñó un ojo antes de empujarla suavemente para que se levantase.

Cuando los aplausos se intensificaron, ya estaba camino de la tarima donde habían estado hablando todos. Intentó no mirar a nadie más que a Robert, que le sonreía. No pudo corresponderle porque estaba demasiado concentrada en poner un pie delante del otro para no quedarse perdida en el camino. Su mente bullía en frenética actividad pensando en qué podría decir sin quedar como una completa ignorante.

-Lía Ramil, familia - la presentó Robert cuando subió junto a él en la plataforma - La muchacha más dulce y maravillosa que he tenido el placer de conocer. Y que ha obrado un milagro con este pobre hombre que se creía demasiado viejo para seguir viviendo.

-Robert - se sonrojó de nuevo.

-Deslúmbranos, ruliña - le sonrió y se alejó, dejándola sola frente a una multitud desconocida que esperaba que se luciese con sus palabras.

-Hola - dijo con timidez, saludando a todos con la mano - Me siento como en esas reuniones grupales, donde vas a hablar de tus problemas ante todos. Me llamo Lía y soy adicta a la escritura.

Las risas la relajaron significativamente y la sonrisa de Cailean terminó que calentar su corazón. Ahora sí se sentía confortada por él. Le devolvió el gesto e inspiró profundamente para tomar fuerzas para hablar.

-He tenido el gusto de conocer a la feliz pareja justo hoy - les miró a ellos ahora - El día de vuestra boda. No puedo decir nada bueno de vosotros. Ni nada malo, por ende. Y tal vez sea mejor así, habida cuenta de todo lo que han estado pregonando los demás. Lo que sí puedo decir es que os he visto miraros, prodigaros cariño, hablaros con esa complicidad que sólo las personas realmente enamoradas pueden compartir. Los gestos siempre demuestran más que las palabras y está claro que entre vosotros hay mucho más que amor. Sois jóvenes pero se ve que estáis seguros de lo que estáis haciendo. Cuando dos almas gemelas se encuentran, no hay mucho más que decir. Y tengo la impresión de estar frente a dos de ellas. Simplemente desearos toda la felicidad del mundo en este nuevo proyecto que iniciáis juntos. Por vosotros.

Alzó la copa hacia ellos y luego bebió. Prefirió hablarles a ellos, para no sentir la presión de tantos pares de ojos pendientes de cada palabra que pronunciase. Si tenía que brindar por ellos, lo haría con ellos. Y sólo con ellos.

Kirsty se levantó y se acercó a ella para abrazarla de nuevo. Ya había perdido la cuenta de las veces que lo había hecho. Si había albergado alguna duda sobre si su presencia era bienvenida en aquella ceremonia tan íntima, desapareció con el primer abrazo. Kirsty era una mujer muy efusiva y cariñosa.

-Gracias por todo - le susurró, todavía abrazada a ella - Por mi abuelo, por venir a mi boda, por esas bonitas palabras. Y por hacer que Cailean se plantee regresar al hogar definitivamente.

-Eso no es cosa mía - la miró desconcertada - Ni siquiera lo sabía.

-Pero yo sí lo sé - le sonrió.

Se sintió incómoda con la mirada de adoración de Kirsty pero, por suerte para ella, no duró demasiado. La joven novia se volvió hacia sus invitados para hablar. Mantenía su mano sujeta y eso la preocupó. En aquella familia parecían tener un don especial para abochornarla y se estaba imaginando mil escenarios posibles para lo que estaba a punto de suceder.

-Y con Lía terminan los brindis - dijo - Qué mejor manera de hacerlo que con sus increíbles palabras. Lo siento, primos, si estáis interesados en ella. Ya está pillada.

Las risas no mitigaron su vergüenza. Aquello era peor de lo que había esperado y deseó estar escondida en un profundo y negro agujero, a pesar del miedo que tenía a la oscuridad. Miró hacia Cailean y no le sorprendió que tuviese aquella sonrisa de oreja a oreja. El muy granuja estaba disfrutando de su sofoco.

-Has estado magnífica - Robert la besó en la mejilla cuando regresó con ellos.

-Tienes suerte de que no me haya avergonzado con un desastre de discurso - lo amenazó - o ahora mismo estarías muerto.

-Me gusta la Lía guerrera - rió.

Estaba claro que no se tomaba sus amenazas en serio. Y probablemente tuviese razón. Nunca había sido capaz de dañar a nadie, por más enfadada que estuviese. Menos aún a alguien a quien quería tanto como a él. Pensaba replicarle igualmente pero Cailean se lo impidió, atrayéndola hacia él.

-Llegó la hora del baile - le sonrió entusiasmado - Vamos.

-Ya te he dicho que necesito más copas para eso - se resistió, pero Cailean era mucho más alto y más fuerte que ella.

-Después de subirte ahí arriba y hablar como lo has hecho - la miró intensamente mientras la rodeaba con sus brazos - podrás con un baile. O dos.

-¿No tienen que hacerlo primero los novios?

En cuanto comprendió el doble sentido de la frase, un nuevo sonrojo coloreó su rostro. Cailean rió y la acercó más a él. Sabía que iba a besarla y su pulso se aceleró. Estaban frente a toda su familia. No sus más allegados, sino todos ellos. Literalmente. No podía pretender besarla allí. Pero lo hizo. Y al parecer, a él no le importaba si podían verlos o no.

-Les dejaremos que lo hagan primero - le guiñó un ojo cuando separó sus bocas. El beso le había sabido a poco, pero no se lo diría.

Los novios bailaron al son de las gaitas, algo que le encantó. Era original y único, al menos para ella. Y la música le recordaba en cierto modo a su tierra. Extrañamente, no la había echado de menos desde que había llegado a Escocia. Miró por encima de su hombro a Cailean. Seguramente él era uno de los causantes de aquello. Robert era el otro, definitivamente.

Cuando sonó una nueva canción, Cailean la arrastró a la pista para bailar. Desde luego estaba ansioso por hacerlo, pensó mientras se dejaba llevar, consciente de que resistirse sería en vano. Y, aunque no quisiese admitirlo, le apetecía saber cómo se sentía bailar con él. Si era tan bueno como abrazarlo o besarlo, repetiría las veces que él quisiese.

Tenía que admitir que se movía muy bien. Para ser tan alto, tenía una soltura y una fluidez, que le sorprendió. Lo miró, dispuesta a decírselo, pero en cuanto sus ojos conectaron, se olvidó hasta de respirar. Tenía aquella mirada seductora que volvía sus piernas de gelatina y aceleraba su corazón. Era imposible escapar de ella. Claro que tampoco estaba interesada en hacerlo. En ese momento, sólo Cailean importaba. Ni su familia ni el lugar donde estaban. Sólo él y sus ojos.

-Ven - la tomó de la mano.

Se sentía nerviosa y curiosa al mismo tiempo, mientras dejaban atrás la carpa y a los invitados. Caminaron hacia la casa y entraron por la puerta del jardín. No había entrado hasta el momento pero por fuera le había dado la impresión de ser enorme. Y se quedó corta. El gran salón en que entraron, le dejó impresionada. Vio la repleta biblioteca al fondo y quiso pararse a mirarla con más calma pero Cailean no se detuvo. Llegaron a un largo pasillo y comenzaron a subir unas amplias escaleras.

-¿A dónde vamos, Cailean?

-A un lugar lejos de miradas indiscretas - rió, sin mirarla.

-¿Para qué? - sabía que se burlaría de ella pero no pudo contener la pregunta.

-Para hablar tranquilamente.

-Sí, ya - bufó. La risa de Cailean le hizo sonreír - ¿Para qué, Cailean?

-Quiero enseñarte algo.

-¿Y no podías esperar a que terminase la boda? Hoy es el día más importante de la vida de tu hermana. Se merece que estés con ella para celebrarlo.

-Mi hermana ni se dará cuenta de que hemos desaparecido.

-Permíteme dudarlo - susurró para que él no la escuchase. Todavía recordaba las palabras que le había dicho y se prometió que le preguntaría sobre eso a Cailean más tarde.

Cailean abrió una puerta y la hizo pasar delante. En cuanto entró, supo que estaban en su habitación. Era casi tan grande como su apartamento y se sintió todavía más pequeña allí. Miró cada rincón con curiosidad. Todo estaba perfectamente ordenado.

Una cama enorme en el centro llamaba la atención sobre ella. A ambos lados, las mesitas de noche a juego con ella, parecían diminutas. Al fondo había una gran estantería llena de trofeos y recuerdos. De su colegio y la universidad, supuso. También había fotos y se sintió tentada a acercarse para mirarlas. El escritorio estaba al otro lado de una puerta, que imaginó daría al baño privado. Porque una habitación como aquella tenía que tener un baño privado. La segunda puerta, al lado de la ventana, era el vestidor. Podía ver su ropa porque estaba abierta. Reprimió el impulso de ir a investigar.

-Es gigante - dijo, acercándose finalmente a la estantería para mirar las fotos. Le interesaban más que la ropa.

-Son mis amigos - le explicó él, colocándose detrás de ella.

La rodeó con los brazos y colocó la barbilla en su cabeza. Sintió que encajaban a la perfección en aquella pose y estaba segura de que Cailean estaba pensando lo mismo que ella, porque la acercó más a él. Cuando le besó el cuello, los ojos se le cerraron por instinto para disfrutar del contacto. Su cálido aliento le erizó la piel.

-Qué típico - intentó bromear con él. Estaba nerviosa - Traer a la chica a tu cuarto para seducirla.

-Es un clásico que siempre funciona - rió contra su cuello.

-Igual debería irme, para estropearte los planes - siguió con la broma.

-Pero mis planes no eran seducirte - la giró hacia él y le guiñó un ojo.

-¿Y cuáles eran?

-Mientras bailábamos - le dijo mientras se movía con ella hacia el escritorio - recordé una pequeña conversación que tuvimos sobre mi kilt.

Su sonrisa no auguraba nada bueno. Se sonrojó al pensar en aquella conversación. Sabía perfectamente cual era. Cailean se había encargado de no permitirle olvidarse de ella desde que se le había ocurrido preguntarle. Sintió que sus piernas chocaban contra la mesa y Cailean colocó ambas manos a sus costados. La tenía atrapada y su seductora mirada había regresado. Tragó con dificultad, imaginando lo que se proponía hacer a continuación.

-No es necesario que me lo muestres - logró decir - Confío en tu palabra.

-Pero yo prefiero que lo veas por ti misma - rió, evidentemente disfrutando de todo aquello - No querría que te quedases con dudas.

-No habrá dudas - se mordió el labio.

Cailean bajó su cara hacia ella y la besó. Una de sus grandes manos se apoderó de su nuca para profundizar el beso y la otra la sujetó por la muñeca. Cuando se la llevó hasta su pierna, bajo el kilt, gimió. Más por timidez que por otra cosa.

-Cailean, de verdad - le dijo intentando apartar la mano - No hace falta que lo hagas.

-Relájate, cielo. Tú sólo tienes que tocar - le guiñó un ojo - Y me dices si llevo o no algo debajo.

Cerró los ojos y apoyó la cara contra su pecho. Su duro pecho. Si no se moría en ese momento por la vergüenza, jamás lo haría.

# 7

La mano de Cailean obligaba a la suya a ascender bajo su falda deliberadamente despacio. Podría haberlo detenido en cualquier momento, su agarre no era tan fuerte. Aún así, no lo hizo. Simplemente, mantenía el rostro pegado a su pecho para no mirarlo a los ojos, mientras sentía cosquillear sus dedos contra la piel caliente de su muslo.

Jamás en su vida había tenido un momento tan sensual como aquel. Y sabía que si lo miraba a los ojos, se moriría en ese mismo momento de la vergüenza. No por lo que estaban haciendo, sino porque no quería dejar de hacerlo. Después de unos segundos más, pudo sentir su risa reverberando en su pecho y comprendió que se estaba burlando de ella. En cuanto su mano rozó el bóxer, la retiró y lo fulminó con la mirada.

-Serás tonto - lo golpeó en el pecho con la mano que segundos antes había estado bajo su falda. Él seguía riendo.

-La pena es que no haya podido ver tu cara mientras averiguabas si llevaba o no ropa interior - le guiñó un ojo.

-Muy gracioso - lo golpeó de nuevo.

Todavía estaba apoyada en el escritorio, con él pegado a su cuerpo y no parecía tener prisa por separarse. Después de haber puesto su mano bajo su kilt para acabar tocando su ropa interior, su corazón no tenía intención de tranquilizarse y estar tan unidos no le ayudaba, precisamente.

Luchaba contra un nuevo sonrojo pero sabía que perdería la batalla si no lo alejaba pronto de ella. Aún así, no haría nada para remediarlo. Se sentía bien junto a él y prefería estar roja. Cailean la había visto ya tantas veces así, que no se sorprendería.

-No te enfades conmigo, cielo - pasó las manos alrededor de su cintura.

-No lo hago - contuvo el aliento cuando Cailean ascendió por su espalda, atrayéndola más contra él - Es solo...

No pudo seguir hablando. Se había olvidado de cómo hacerlo en el momento en que una de las manos de Cailean le acarició suavemente la nuca y se enredó en su cabello. Sabía que iba a besarla y su mente sólo pudo concentrarse en sus tentadores labios.

-¿Qué? - le preguntó a escasos centímetros de su boca.

-¿Qué de qué? - su pregunta la desconcertó y parpadeó varias veces para despejarse.

-Ibas a decir algo - rozó la comisura de sus labios y sus ojos se cerraron automáticamente - Es solo... ¿qué?

-No lo sé - abrió los ojos y vio la diversión en los suyos - Deja de reírte de mí, Cailean.

-¿O qué? - se mordió el labio para contener una sonrisa.

-O me iré ahora mismo de esta habitación - entrecerró los ojos, intentando darle algo de seriedad a sus palabras. No funcionó demasiado bien.

-En ese caso - acercó sus bocas de nuevo - Tendré que darte algo que te haga querer quedarte aquí conmigo.

Cerró los ojos nuevamente en cuanto sus labios colisionaron. No había otra palabra que describiese mejor aquel ataque feroz de Cailean sobre ella. Le devoró la boca con ansia, como aquel que lleva semanas sin comer y necesita desesperadamente el alimento que se le está ofreciendo.

Alzó los brazos y apoyó las manos en sus hombros. Necesitaba un agarre firme para no acabar en el suelo, pues sus piernas hacía rato que no le obedecían en absoluto. Respondió a su beso con el mismo ímpetu y la misma necesidad que él. Eran dos seres hambrientos en medio de todo un festín. Parecían no poder saciarse nunca.

Cailean la sentó en el escritorio sin dificultad y se colocó entre sus piernas para acercarlos más. Su beso se profundizó, dejándolos a ambos sin respiración. Un gemido salió de sus labios cuando sintió su boca descender por su mandíbula hasta su cuello. Inclinó la cabeza para darle mayor acceso. En algún recóndito rincón de su mente, la idea de que deberían detenerse pugnaba por hacerse oír pero era demasiado débil en ese momento. Sólo podía pensar en las sensaciones que los labios de Cailean le provocaban.

-Mierda - lo oyó gemir, segundos antes de oír una canción muy pegadiza sondando en su sporran.

Detuvo sus besos pero continuó apoyando la cabeza en su hombro. Sabía que intentaba serenarse antes de contestar el teléfono. También ella necesitaba hacerlo. Le acarició el cabello por inercia. Ni siquiera era consciente de que lo estaba haciendo hasta que él levantó el rosto hacia ella y sus manos tuvieron que detenerse. El deseo brillaba en aquellos increíbles ojos.

-Será mejor que contestes - logró decirle.

-No quiero - gimió de nuevo, pero lo hizo igualmente. Su voz sonó un poco brusca al descolgar - ¿Qué pasa?... Le estaba enseñando la casa, mamá... Está bien. Ya vamos.

Mientras hablaba, no había dejado de mirarla y su manos jugaban distraídamente con uno de sus largos mechones. Sonrió cuando le hizo una mueca de disgusto, estaba claro que no le gustaba nada que los hubiesen interrumpido. A ella tampoco le habría gustado, si las circunstancias hubiesen sido otras. Ahora, pensándolo más fríamente, se alegraba un poco de ello. Estaban en la casa de los padres de Cailean, en la boda de su hermana. No era el lugar ni el momento para dejarse llevar por la lujuria. Por más que la idea le apeteciese.

-Lo siento - le dijo él en cuanto colgó - Tenemos que regresar. Mi madre quiere presentarte a la familia.

-Has sido un niño malo - bromeó, tratando de borrar su ceño fruncido - Has querido acapararme para ti solo y eso está muy mal. ¿No te ha enseñado tu madre a compartir?

-Hay cosas que es mejor no compartir - sonrió, siguiéndole el juego - Pero en esta ocasión, no me queda más opción que hacerlo.

Cuando intentó bajarse del escritorio, Cailean se lo impidió. Lo miró, dispuesta a recordarle que los estaban esperando, pero no tuvo ocasión de hablar porque la besó de nuevo. No fue tan abrasador como el anterior, pero logró hacerla temblar de pies a cabeza igualmente.

-Me hubiese gustado enseñarte las ventajas de que ambos llevemos falda - le susurró al oído, antes de ayudarla a bajar.

-Eres imposible, Cailean - se sonrojó intensamente.

-Pero te gusto igualmente - le guiñó un ojo - Porque te gusto, ¿verdad?

-Creo que eso ha quedado más que probado - intentó apartar la mirada pero Cailean se lo impidió.

-Bien - asintió y la tomó de la mano - Vayamos a conocer a mi familia.

-Jamás creí que me lo pedirías - rió.

Intentó aparentar normalidad, pero por dentro estaba aterrada. No sólo por tener que saludar a un montón de gente a la que no conocía, eso siempre la ponía nerviosa, sino porque empezaba a tener fuertes sentimientos por Cailean y él parecía dispuesto a complicárselo todavía más siendo tan atento, tan cariñoso y tan... caliente con ella. Cuanto más conocía de él, más quería conocer. Si continuaba por ese camino, acabaría por enamorarse de él. Si no lo estaba ya.

-Cailean - Kirsty los abordó en cuanto llegaron - ¿Te crees con derecho a retener a Lía para ti sola por ser el primero que la conoció?

-El primero fue tu abuelo, en realidad - la ignoró deliberadamente, estaba claro que quería mortificar a su hermano.

-No la he obligado a venir conmigo - sonrió descaradamente, mortificándola a ella.

-Vamos, Lía. Te alejaré de este acaparador.

La arrastró con ella sin que pudiese hacer nada para negarse. Miró hacia Cailean rogándole en silencio pero él se limitó a sonreír, mientras cruzaba los brazos. Estaba tan increíble que no pudo enfadarse con él por no rescatarla.

Durante lo que le pareció una eternidad, pero que en realidad fue sólo una hora, Kirsty le presentó uno a uno a cada invitado de la boda. Si le preguntaban el nombre de los primeros, no sabría responder con exactitud. Se sentía desbordada.

Cailean fue a su rescate poco después, tras ver su desesperación por enésima vez. Se había estado divirtiendo a su costa y en cuanto la apartó de todos, su mano voló directa a su nuca y lo golpeó en ella. Sonó más de lo que esperaba y él la miró sorprendido pero conteniendo la risa.

-¿A qué ha venido eso?

-Por reírte de mi desgracia - lo fulminó con la mirada pero resultó en vano porque su sonrojo debilitaba cualquier queja que pudiese hacerle. Cailean sólo reía más.

La llevó con él hasta la pista de baile y la tomó en sus brazos de nuevo. Cualquier malestar fue olvidado al momento. El contacto con Cailean tenía ese efecto en ella y cada vez era más persistente. Quería apartar la mirada por si él podía leer sus pensamientos a través de ella pero le era imposible hacerlo. Cuando la miraba de aquel modo, la hipnotizaba.

-Me duele la nuca - sonrió.

-Lo siento - lo imitó.

-Me lo cobraré - le guiñó un ojo.

-Puedes intentarlo - se encogió de hombros.

Cuando Cailean se inclinó hacia ella, contuvo el aliento. Sabía que iba a besarla, otra vez delante de todos. Se preparó para el momento pero nunca llegó porque unos firmes y fuertes brazos la alejaron de él. Ni siquiera protestó por la sorpresa, al encontrarse frente a uno de los primos de Cailean que le habían presentado no había mucho. Por más que se devanase los sesos, no recordaba su nombre.

-Comparte, primo - rió - Mi turno, Lía. Espero que no te importe que te haya robado pero creo que es la única forma de separarte de mi primo.

-Tal vez si preguntases primero - sugirió, completamente colorada.

-Con Cailean eso no funciona. Cuando le interesa algo, no lo suelta.

¿Es que en aquella familia no había nadie que no estuviese dispuesto a abochornarla constantemente? Siempre había valorado la sinceridad pero estaba teniendo demasiadas dosis seguidas de ella en esa boda. Y encima, le hablaba con tanta familiaridad, que no se atrevía a preguntarle su nombre. Un motivo más para avergonzarse.

-Soy Alan. Por si te lo estabas preguntando - le sonrió de nuevo.

-Gracias. Han sido demasiadas presentaciones juntas - se disculpó.

-Tranquila. Por lo que he oído, tendrás tiempo de sobras para conocernos a todos.

-¿Y qué has oído? - alzó una ceja.

-Que te quedarás por aquí una larga temporada.

-Un par de semanas - dudó al decirlo.

Aquella había sido su primera intención, la única de hecho. Pero conocer a Cailean y descubrir que era el nieto de Robert había trastocado un poco sus planes. Bueno, decir que un poco era quedarse corta. Había echado por tierra cada uno de sus tan bien programados planes. En ese momento no sabía si quedarse un par de meses como le había sugerido Robert o directamente quedarse para siempre. Y la certeza de que estaría más dispuesta a abogar por la segunda opción, le preocupaba. Tantas cosas podían salir mal.

-Quien no arriesga, no gana - murmuró en español.

-¿Qué has dicho?

-Que bailas muy bien - se sonrojó intensamente.

-Gracias - la hizo girar sobre sí misma - He ido a clases. A las chicas les encanta.

-Puedo imaginármelo.

-¿No funciona contigo? - la miró divertido.

-Estoy encantada. ¿No se me nota? - sonrió.

Alan rió tan alto que su cara se coloreó al momento. Definitivamente en aquella familia no tenían nada de discretos. Y ella era demasiado tímida para estar con ellos. Acostúmbrate, le gritó una vocecilla en su mente. ¿De dónde había salido?

-Me temo que mi primo tiene ventaja en eso. Pero si algún día te cansas de él, yo estaré esperando ansioso para ocupar su lugar - le guiñó el ojo. Otra costumbre, que parecían tener en común todos los hombres de aquella familia.

-No sé de qué me hablas - mintió.

Otra vez las risas de Alan llenaron la carpa y su piel se tornó roja. Será posible, pensó apenada. Miró a su alrededor en busca de una vía de escape y la encontró en Robert, que los miraba con su sonrisa de satisfacción en la cara. Inmediatamente quiso saber a qué se debía.

-Voy a hablar con Robert un momento. ¿Me disculpas?

-Claro - le tomó una mano y se la besó - No te olvides de mi ofrecimiento.

-Como hacerlo - intentó sonreír sin que su cara se tornase de color grana y, por una vez, lo logró. Vamos mejorando, se dijo.

-Hola, Robert - se sentó junto a él - ¿Disfrutando de la boda?

-Como un enano. No veas la de cosas divertidas que se ven, si uno está atento - le guiñó el ojo.

-Pues comparte algunas conmigo - le sonrió - También yo quiero reírme un poco.

-La cara de mi nieto, por ejemplo - mal empezamos, pensó ella - cuando Alan te sacó a bailar. Todo un poema.

-Ya será menos - fingió desinterés sólo para que no continuase contándole.

-Yo estoy encantado - su sonrisa se amplió - Le has calado hondo. Ya era hora de que mostrase interés por alguna chica.

-Seguro que le interesan un montón de ellas, Robert. No deberías preocuparte por eso.

-Me refiero a interés real, Lía. A ese interés que te hace querer llegar más allá de una simple conversación, de un simple abrazo o de un simple beso. Un interés que te hace quererlo todo y no conformarte con menos.

-Que profundo - bromeó con él. En ese momento se sentía un tanto incómoda - Deberías haber dicho eso en el discurso, en lugar de involucrarme a mí.

-Fue mi manera de introducirte en la familia - rió -'Algún día me lo agradecerás.

-Seguro - bufó.

-Tiempo al tiempo, ruliña.

-Con el tiempo regresaré a mi tierra - se encogió de hombros. Empezaba a sentir pena al decir aquello en voz alta.

-Ya sabes que eres bienvenida en mi casa el tiempo que quieras, Lía - le palmeó la mano antes de levantarse y dejarla sola.

Lo sabía. Se lo había repetido cientos de veces. Y en esa ocasión, se lo planteó seriamente.

-Hola, cielo - Cailean se sentó en la silla contigua - ¿Te han dejado sola?

-Parece que sí - le sonrió.

-Bien - acercó su silla un poco más - Yo me encargo de entretenerte ahora.

-Creía que ya lo habías estado haciendo.

-Eso sólo era un calentamiento.

Su mente viajó rápidamente a la habitación de Cailean y a las cosas... calientes que habían estado haciendo y sus mejillas se tornaron de color escarlata. Él lo notó, cómo no hacerlo, y sonrió con descaro. Estaba segura de que lo había dicho a propósito. Le gustaba mortificarla, de eso no le cabía la menor duda.

-¿En qué has pensado? - le guiñó un ojo - Está muy colorada.

-Como si no lo supieses - su mohín le hizo reír.

-Tal vez deberíamos ir a dar otra vuelta y me lo explicas por el camino.

-¡Ah, no! Nos vamos a quedar aquí y vamos a disfrutar de la boda de tu hermana. Cuando todo el mundo hable de ella y tú puedas seguir la conversación, me lo agradecerás.

-Yo te agradecería más poder seguir una conversación contigo sobre este día - se acercó para susurrarle al oído - Sólo contigo.

-Vamos a bailar - se levantó, llevándolo con ella. La risa de Cailean los acompañó.

Para cuando se dio por finalizada la boda y terminaron de despedir a los invitados, había anochecido. Fiona insistió en que Robert y ella se quedasen a dormir en la casa. Y, por más que aquella idea la pusiese nerviosa, debía admitir que era buena. Robert había estado bebiendo y no quería que condujese hasta su casa. No estaba tan borracho, pero sí lo suficientemente achispado como para no dejarle conducir.

Fiona la acompañó hasta la habitación de Kirsty. Ella y Duncan pasarían la noche en un hotel, para tener mayor privacidad en su noche de bodas. Robert tenía su propia habitación en la casa, aunque pocas veces la utilizada. Fiona la ayudó a instalarse, aunque habría podido hacerlo sola, y se imaginó que estaría buscando el momento adecuado para hablar con ella. Porque en aquella familia todos parecían tener algo que decirle. Sólo tenía que esperar.

-¿Estarás bien así? ¿Necesitas algo más? Sólo tienes que pedirlo.

-Todo bien, Fiona. No necesito más. Gracias - le sonrió - Por todo. Os estáis portando muy bien conmigo.

-No te mereces menos, Lía. Lo que tú has hecho por mi padre, es impagable.

-Nos ayudamos mutuamente - intentó restarle importancia.

-Mi padre estaba muy mal, Lía - se sentó en la cama y la instó a hacer lo mismo - No sabes hasta qué punto. Se quería morir. Y creo que lo habría logrado, si no fuese por tus cartas.

-Una pérdida como la suya es difícil de asimilar.

-Demasiados años juntos - asintió - Yo siempre aspiré a un amor como el que ellos tenían. Jamás los oí discutir por nada. Siempre tenían una sonrisa en los labios y una palabra amable para todos. Cuando murió mi madre, mi padre se quedó destrozado. Primero se encerró en su casa, luego dejó de comer. Y finalmente encamó. Oí hablar de la terapia por carta y lo apunté a ella porque estaba desesperada. No creí que funcionaría, pero lo hizo. Aunque algo me dice que la razón de eso has sido tú y no la terapia.

-Como he dicho, nos ayudamos mutuamente.

-Ya sé que tú también lo pasaste mal. Y eres tan joven.

-Así me recupero antes - al menos eso quería creer.

-Mi padre me habló mucho de ti. Te admira. Tu fortaleza para enfrentarte a la pérdida de tus padres. Tu valentía para intentar alcanzar tus sueños. Tu sencillez y tu candidez - le tomó una mano con ternura - Y quiero que sepas que, para nosotros, ya eres una más de la familia. Tal vez la boda de Kirsty no haya sido el mejor día para conocernos pero me alegro mucho de que hayas podido estar aquí. Y espero de corazón que decidas quedarte una buena temporada. Si mi padre te agobia, no dudes en venirte con nosotros. Te acogeremos encantados.

-Gracias, pero Robert es fantástico. Me siento muy a gusto con él.

-¿Significa eso que te quedarás más tiempo? Sé de alguien que se alegrará de saberlo - le sonrió.

-No lo sé - se sonrojó - Todavía me lo estoy pensando.

-Si te sirve para decidirte, jamás había visto a Cailean tan feliz como desde que te conoce.

-Eso sólo lo complica más, Fiona.

-¿Por qué?

-Por si sale mal. Esto va demasiado rápido. Dudo que ninguno de los dos esté pensando bien lo que estamos haciendo. Podría ser todo un desastre - tomó aire - No sé. Es...

-Estás asustada - sentenció.

-Supongo que eso lo resume perfectamente - le dedicó una sonrisa tímida.

-Quien no arriesga, no gana. ¿Quién te dice que de esto no pueda salir nada bueno? No deberías centrarte en lo malo - le sonrió - Yo veo en ti a una joven encantadora que ha salvado a mi padre y que está haciendo feliz a mi hijo. Si incluso está pensando en regresar a Inverness y establecer aquí un bufete propio. Eso debería significar algo, ¿no crees?

-Supongo.

-¿Hay alguien esperándote en España? - parecía que la idea la preocupaba.

-Nadie.

-En ese caso, sólo prométeme que te lo pensarás.

-Lo pensaré.

-Bien - le palmeó la mano y se levantó - Buenas noches, Lía. Y decidas lo que decidas, bienvenida a la familia.

Cuando Fiona se fue, permaneció sentada en la cama en el mismo lugar en el que la había dejado. Su cuerpo parecía no querer responder, mientras su mente trabajaba frenética en busca de la inspiración divina. ¿Sería capaz de arriesgarse? Era bien cierto que no tenía nada que perder, salvo su tiempo si aquello fracasaba estrepitosamente. Y en ese momento, tiempo tenía de sobra. Con un trabajo que podía hacer a distancia, un piso que podría alquilar para tener ingresos extra y una vecina que les echaría un ojo a sus inquilinos, nada la retenía en España realmente. ¿Podría ser tan valiente como las heroínas de sus libros favoritos?

Se levantó para deshacer la cama. Aunque debería ser todo lo contrario, no tenía demasiado sueño, pero aún así decidió que era mejor acostarse. Su mente seguía dándole vueltas a lo que había hablado con Fiona mientras apartaba las mantas.

En un impulso, dejó atrás la cama y abrió la puerta de su cuarto. Dejó de pensar para no arrepentirse por el camino de lo que estaba a punto de hacer. Quien no arriesga, no gana. Quien no arriesga, no gana. Quien no arriesga, no gana. Se repetía una y otra vez para no flaquear.

Golpeó la puerta con demasiado cuidado y esperó paciente a que se abriese. Después de unos interminables segundos, pensó que tal vez no la habría oído. Cuando se disponía a golpearla de nuevo, desapareció de delante de ella y dio paso a una imagen que la dejó sin respiración. Cailean llevaba tan solo el bóxer que horas antes había tocado con sus propios dedos. Su rostro se coloreó al instante.

# 8

-Lía - estaba claramente sorprendido de verla.

-¿Puedo pasar? - se mordió el labio, muy nerviosa. Había decidido arriesgarse. Ahora era el turno de Cailean.

Lía estaba frente a él, con una de sus camisetas favoritas a modo de pijama, y le estaba preguntando si podía pasar a su habitación. La respuesta a esa pregunta era sencilla, por supuesto. No tenía ni que planteársela. Fuese el motivo que fuese para estar allí, él lo aceptaría mientras pudiese estar con ella.

-Claro - se apartó para dejarla pasar y cerró la puerta tras ella - ¿Pasa algo?

-Nada - la oyó decir - Por el momento.

Le daba la espalda pero estaba seguro de que se había puesto roja. Extendió una mano para tocarla pero se detuvo a escasos centímetros de su hombro. No la tocaría hasta estar seguro de lo que quería de él. Si lo hacía, lo más probable es que no pudiese detenerse. Y no quería asustarla. Sabía que tenía dudas sobre lo que les estaba sucediendo, él mismo no lograba entenderlo tampoco. La única diferencia entre ellos era que él había decidido aceptarlo y aprovecharlo. Lía tenía dudas y también respetaba eso. La respetaba a ella.

-¿Te encuentras bien? - tanteó.

-Perfectamente - no se giró todavía.

-Suenas nerviosa.

-Estoy nerviosa.

Haciendo uso de toda su fuerza de voluntad para no ir más allá de su hombro, la sujetó con firmeza y la giró hacia él. Necesitaba mirarla a los ojos, saber qué hacía allí. Porque tenerla tan cerca y contenerse para no besarla lo estaba matando. En cuanto quedaron de frente, se apartó unos pasos de ella, para evitar la tentación.

-Lía - le rogó. Sí, su nombre había sonado como un ruego desesperado, pero no le importaba.

-Tu madre me dio un consejo hace un momento - lo miró a los ojos con tanto anhelo que su corazón saltó en su pecho de emoción - Y estoy aquí para seguirlo.

-Mi madre es una mujer sabia - le sonrió para tratar de suavizar el ambiente, que parecía tensarse por momentos.

-Lo es.

En cuanto Lía dio un paso vacilante hacia él, ya no pudo detenerse. Recorrió la distancia que los separaba y la envolvió en sus brazos. Su boca buscó desesperadamente la suya y la besó. Gimió al sentir sus cálidos labios y llevó una mano hasta su nuca para mantenerlos presionados contra los suyos. Lía era como una droga. Cuanto más probaba de ella, más necesitaba para poder saciarse. No había nada mejor que sentir su menudo cuerpo apretado contra el suyo.

Caminó hasta la cama y se detuvo cuando sus piernas chocaron con ella. Liberó su boca de mala gana y la miró a los ojos. Brillaban de pasión y tenía las pupilas dilatadas. Sus labios estaban inflamados y rojos. Y su rostro, en llama viva. Y sin embargo, seguía pensando que era adorable. Nunca una palabra se había adecuado tanto a una persona.

-¿Estás segura de esto, Lía? - quería asegurarse de que no se arrepentiría al día siguiente, porque una vez traspasasen ese límite, no habría vuelta atrás. Él no se lo permitiría - No tienes que hacer nada que no quieras.

-Lo sé - le sonrió - Quiero hacerlo.

-No te dejaré ir - le recordó - ¿Lo sabes?

-No hables tanto y bésame, Cailean. Antes de que la vergüenza regrese a mí.

No pensaba permitir que eso sucediese así que la besó de nuevo. Mientras lo hacía, la ayudó a quitarse la camiseta y luego la recostó en la cama con cuidado. La admiró antes de subir con ella en la cama. Sabía que la incomodaba su mirada pero no podría apartarla aunque quisiese. Estaba tan hermosa en su cama que quería grabar la imagen en su retina para siempre.

-¿Has cambiado de opinión? - le preguntó indecisa.

-Jamás cambiaré de opinión - le sonrió y se recostó sobre ella - Eres preciosa, Lía. Nunca dudes de ti misma.

-Tú sí que eres precioso - sonrió.

-Ya estamos - la besó.

No quería empezar con una guerra verbal. Quería besarla y quería amarla como ella se merecía. Quería demostrarle con gestos, lo que con las palabras no se atrevía, por miedo a asustarla. Quería hacerla comprender cuán intensos eran sus sentimientos por ella. Quería hacerla suya. No sólo por una noche, sino por muchas más. Y en todos los aspectos de su vida.

Recorrió su cuerpo con las manos y con los labios, amándola con ambos. Sus gemidos sofocados lo volvían loco. Sabía que se estaba conteniendo por si la escuchaban y eso le hacía pensar en cómo sería tenerla cuando nada detuviese su pasión. Gimió y su entrepierna palpitó de deseo.

Lía lo acarició y su cuerpo se encendió más, si aquello era posible. Todo parecía más intenso con ella. Sus pequeñas manos lo atrapaban en una espiral de placer incapaz de controlar. Quería más. Siempre quería más de ella.

-Lía - gimió contra su cuello, mientras se dejaba arrastrar por el éxtasis que su cálida acogida le provocaba, incluso con la protección de por medio.

Nunca antes se había sentido igual al hacer el amor con nadie. Muy protector, llegando incluso a posesivo. No podía dejar de pensar en que no permitiría que ningún otro hombre la tocase. Necesitaba saber que sería el único para ella. Porque, desde luego, para él Lía sí lo sería desde entonces.

-Quédate a dormir conmigo, Lía - le dijo besándola después.

-Si nos descubren... - la interrumpió con otro beso.

-Somos adultos - le guiñó un ojo - Y creo que nadie se sorprendería.

La besó una tercera vez al ver su intenso sonrojo. Seguía siendo tan adorable. Su adorable Lía. Suya.

-Está bien - asintió con timidez.

-Bien - la besó de nuevo - Buenas noches, cielo.

-Buenas noches, Cailean.

La envolvió en sus brazos y supo que podría hacerlo el resto de su vida, si ella se lo permitía. Notó cómo se quedaba dormida al momento y sonrió satisfecho. Le parecía un sueño tenerla entre sus brazos y no quería despertarse de él. Haría lo que fuera por mantenerla allí para siempre. Nunca creyó que sucedería tan rápido pero estaba loco por ella. Esperaba, necesitaba, quería que ella sintiese lo mismo. Quería enamorarla. Sí, sencillamente quería a Lía en su vida. Para siempre.

A pesar de las protestas de una colorada Lía, por la mañana bajaron de la mano. Estaba deseando proclamar a pleno pulmón que era suya pero se contuvo por ella y su vergüenza. Al llegar a la cocina, sus padres y su abuelo estaban ya allí. Si alguno de ellos sospechaba o sabía a ciencia cierta que habían pasado la noche juntos, no lo demostraron. Vio el evidente alivio en el rostro de Lía, tan expresiva como siempre. Se tragó las ganas de besarla.

-Buenos días - Robert les sonrió - Ya creíamos que tendríamos que ir a despertaros.

-Ha sido un día muy largo, Robert - le contestó Lía mientras se sentaba.

-Y una noche intensa - le susurró al oído cuando se sentaba junto a ella. Ocultó el sonrojo, fingiendo doblar su servilleta, que por otro lado ya estaba perfectamente plegada.

-¿Qué planes tenéis para hoy? - preguntó Fiona.

-¿Descansar? - contestó Robert con otra pregunta - Al menos yo. Ya no estoy para tanto exceso. Pero Cailean podía llevarse a Lía a dar una vuelta. Tal vez a Culloden Moor.

-Me encantaría verlo - dijo con demasiada efusividad Lía. Se sonrojó al notar que había hablado demasiado rápido - Lo siento. Igual me he pasado de entusiasmo. No es un buen recuerdo de...

-No pasa nada - la interrumpió y le guiñó un ojo - Es parte de nuestra historia. Y estaré encantado de enseñártelo.

El sonrojo continuó tentándolo y tuvo que reprimir el deseo de besarla. Sabía que si hacía eso delante de su familia, la mortificaría todavía más. Necesitaba asegurarse de que su relación se afianzaba, no que se evaporase. Aún así le tocó una rodilla por debajo de la mesa. El doble sentido de la frase pendía sobre ellos, como un recordatorio de lo que habían hecho por la noche.

-¿Alguien más quiere venir? - consiguió decir Lía. No apartó su mano.

-Alpin y yo nos quedaremos en casa con mi padre. No somos tan viejos - le sonrió a Robert mientras hablaba - pero necesitamos más tiempo para recuperarnos.

-Solos tú y yo, Lía - movió las cejas hasta que la hizo sonreír.

-Qué novedad - rió bajito, todavía un poco avergonzada.

Alpin les prestó una vez más el coche y Fiona les preparó una cesta con comida para que pudiesen pasar el día fuera. Estaba convencido de que se habían puesto de acuerdo para que eso sucediese, pero no sería él quien protestase. Le encantaba la idea de pasar otro día a solas con Lía.

-Tienes una familia increíble - le dijo Lía por el camino. Era extraño que ella iniciase la conversación, solía ser más bien silenciosa. Le gustó eso.

-Gracias - le sonrió - Tú también lo eres.

-No lo decía para que me elogiases de vuelta, Cailean.

-Lo sé. Pero quería hacerlo. ¿No puedo piropear a la chica que me gusta? - probó a introducir el único tema que no se le iba de la cabeza. Quería aclarar lo que había entre ellos. Formalizarlo de algún modo, porque ya no se conformaba con llamarse amigo. Quería más.

-Supongo que puedes - ocultó el rostro mirando por la ventanilla y supo que se había ruborizado.

-¿Y podría, la chica que me gusta, decirme si querría ser algo más que una amiga?

Lía lo miró y vio el desconcierto y la sorpresa en su rostro. ¿Acaso no se esperaba aquella pregunta? Después de lo que había pasado entre ellos, él no entendía que pudiese ser de otro modo. Por un momento temió que hubiese pasado la noche con él a modo de despedida. No se le había pasado por la cabeza aquella opción.

-¿Lo preguntas en serio? - parecía insegura.

-Muy en serio. ¿Por qué lo dudas?

-Esto está sucediendo demasiado deprisa - se encogió de hombros.

-He leído en algún lugar que sólo hacen falta 8 segundos para enamorarse.

En cuanto lo dijo, supo que había ido demasiado lejos. Lía se sentía agobiada si hablaban de profundizar la relación, así que hablar de amor sería demasiado para ella. La miró un momento, deseando no estar conduciendo para estudiar bien sus reacciones. Se maldijo por haber sido tan imprudente. No quería asustarla.

-Eso es más rápido que lo nuestro - le sonrió y él respiró aliviado.

Entonces calló en algo. Había dicho por primera vez la palabra *nuestro*. La miró de nuevo y ella miraba al frente pero continuaba sonriendo. Era tan guapa. Nunca se cansaría de observarla. Llevó su mano hasta su muslo y la dejó allí. Cuando Lía posó la suya encima y enredó sus dedos, sonrió. Su corazón normalizó el latido. Todo parecía estar bien.

-Todavía no has contestado a mi pregunta, Lía - le dijo minutos más tarde, tentando a su suerte.

-No sé que responder - admitió.

-Sólo di que sí - apretó la mano contra su muslo.

-Tarde o temprano me iré - ya no había convicción en sus palabras y supo que podría hacerla cambiar de opinión sobre eso si elegía bien sus palabras.

-Podrías posponerlo un tiempo - se mordió el labio - Darnos una oportunidad.

Estaba deseando llegar a Culloden Moor para poder mirarla a los ojos mientras hablaban. No poder ver su cara le estaba matando. Finalmente su necesidad de verla pudo más y aparcó a un lado de la carretera. Se giró hacia ella y buscó sus ojos.

-¿Lía?

-Realmente lo dices en serio - suspiró - ¿Estás seguro de esto?

-Nunca en mi vida he estado más seguro de nada - la tomó de las manos - Espero no asustarte con lo que voy a decirte, Lía, pero me arriesgaré. Por ti, lo que haga falta. Adoro cuando hablas, cuando sonríes, cuando ríes. Adoro tu mirada tierna y tímida a la vez. Adoro tu forma de sonrojarte por todo y aún así enfrentarte a lo que lo provoca. Adoro el tacto de tus manos sobre mi rostro cuando me acaricias. Adoro la forma en que encajas en mis brazos. Lo adoro todo de ti. No puedo asegurarte que esto dure eternamente, pero sí te prometeré que haré todo lo posible porque lleguemos juntos a viejos. No sé cómo sucedió pero estoy totalmente enganchado a ti. Me haces falta hasta para respirar.

Por favor, Lía, dame una oportunidad para demostrarte que esto que sentimos puede funcionar. Que podemos funcionar como pareja.

Mientras hablaba, el rostro de Lía se iba cubriendo de rojo carmesí pero en ningún momento dejó de mirarlo a los ojos. Que permaneciese en silencio no ayudaba, pero se aferró a la tímida sonrisa que parecía querer hacerse ver. Eso le daba esperanzas de que había actuado correctamente al confesarle lo que sentía. Le había dicho que arriesgaría y así había sido.

-¿Qué más debo hacer para convencerte, Lía? Sólo dilo y lo haré - empezaba a ponerse nervioso. Había desnudado su corazón ante ella y se sentía vulnerable. Necesitaba que le dijese algo. Bueno o malo, pero algo.

-Cailean, yo...

-No - le puso la mano en la boca - Si vas a decir que no, no quiero oírlo.

-¿Me dejas hablar? - apartó su mano de la boca y la sonrisa que amenazaba con salir minutos antes, estaba allí, aliviando su corazón.

-Lo siento - le sonrió - Creí que me rechazarías.

-Y eso es algo que te sucede muy a menudo.

-Lía - le rogó - Por favor.

-Estoy asustada, Cailean. Creo que eso es algo más que evidente - le sonrió y sostuvo sus manos para animarla a seguir hablando - He tenido un par de novios pero siempre han llegado después de años de amistad. Jamás me había... nunca había pasado directamente a la relación y eso me pone nerviosa. Pero tú te has arriesgado por mí confesándome como te sientes y me siento en la obligación de corresponderte de igual modo.

-No quiero que sea una obligación, Lía.

-Si me conoces, como dices - fue su turno para taparle la boca a él - sabrás que si no me obligo a hacerlo, no hablaré. Lo que siento es genuino, no una obligación.

-De acuerdo - le besó los dedos y ella se ruborizó todavía más, si era posible. Estaba tan adorable que deseaba besarla, pero se contuvo porque necesitaba con mayor urgencia saber lo que ella tenía para decirle - Te escucho.

-Cuando nos conocimos en el autobús, me quedé totalmente embobada contigo. Eras tan guapo, tan educado, tan agradable. Me parecía una suerte haber coincidido contigo y quería aprovecharlo al máximo. Jamás creí que nos seguiríamos viendo después. Ni en mis mejores sueños pensé que estaríamos hoy aquí. En innegable que me gustas. Dios, sería una hipócrita si dijese que tus palabras no me han afectado. Pasaría el resto del día besándote sólo por lo que acabas de confesarme. Pero la vida me ha enseñado a base de golpes que las cosas buenas sólo le pasan a los demás así que, si vamos a intentar que esto funcione, has de tener mucha paciencia conmigo.

-Lo que haga falta, cielo - la interrumpió, incapaz de contenerse. Había aceptado, al menos eso le parecía a él, y quería besarla. Se acercó a ella pero lo detuvo.

-No he acabado. He dicho que te debía una confesión y pienso dártela en cuanto reúna el valor suficiente - se mordió el labio y su rostro continuó rojo como las brasas. Después de unos segundos y un largo suspiro, continuó hablando - Me encanta la forma en que me miras, tan sincera y directa. Me encanta tu guiño de ojo, aunque suela seguir a alguna frase que me coloree el rostro. Me encanta tu sonrisa y la forma en que te muerdes el labio. Me encanta cuando me tocas, cuando me abrazas, cuando me besas. Me encanta lo que me haces sentir aunque también me asuste su intensidad. Y me encanta saber que yo te hago sentir lo mismo. Puede que la mitad del tiempo esté con mis dudas rondando mi cabeza, pero la otra mitad soy plenamente consciente de que lo nuestro podría funcionar. Si puedes conformarte con eso de momento, estoy dispuesta a intentarlo.

-Me conformo - la atrajo hacia él - pero te prometo que haré desaparecer esa mitad llena de dudas.

Ni siquiera le dejó continuar, si es que todavía no había terminado. Había aceptado y con eso le bastaba. La besó con tanta pasión como pudo reunir, demostrándole con los labios lo que con palabras no podía, por el momento. Todo a su tiempo, se repetía mientras profundizaba el beso. Ahora era suya, por más dudas que dijese tener. Él estaba lo suficientemente seguro por los dos y le demostraría que no había nada que temer. Funcionaría.

-Deberíamos continuar - le dijo, todavía pegado a sus labios - pero me gusta besarte.

-Podemos besarnos en cuanto lleguemos - rió ella.

-Me has convencido - se separó de ella después de un último beso y arrancó el coche.

No tardaron mucho en llegar, el viaje hasta Culloden Moor no llevaba más de veinte minutos y ya habían recorrido la mayoría del camino antes de detenerse. Como habían hecho antes, sus manos estaban enlazadas en el regazo de Lía, pero esta vez Cailean sonreía abiertamente por ello. Estaba feliz.

-Ven a aquí - la abrazó en cuanto bajaron del coche - Culloden y el recuerdo de lo que allí pasó no resulta demasiado romántico y yo quiero besarte.

Lía se ruborizó pero no protestó cuando sus labios se unieron de nuevo. Tal vez fuese una simple apreciación suya, pero se sentía diferente ahora. Más intenso, más real. Apretó el abrazo sobre ella para sentir su cuerpo contra el suyo y las imágenes de lo que había sucedido entre ellos esa noche regresaron a su mente con fuerza. Gimió cuando su entrepierna despertó y se obligó a detener el beso, recordando donde estaban.

-Será mejor empezar la visita - aclaró la garganta antes de hablar.

-Sí - también ella estaba afectada por el beso.

 No se dirigieron al centro de visitas, había estado allí en muchas ocasiones y haría de guía para Lía. Vio cómo preparaba su cámara y sonrió pensando en todas las fotos que harían juntos. Porque esta vez no se contendría con nada. Le demostraría a Lía cuán increíble sería tenerlo como novio.

-Es un lugar hermoso - la oyó decir - pero irradia... tristeza. Me siento... descorazonada. La batalla de Culloden fue terrible.

-¿Sabías que murieron 1200 personas en tan sólo una hora?

-Fue una masacre - se estremeció.

-La inferioridad numérica y armamentística de los jacobitas era innegable. Poco podían hacer 5400 hombres contra 8000. Entre los jacobitas, sólo el 25% portaba espadas. El resto usaba picas o hachas, en el mejor de los casos. El ejército británico contaba con tres regimientos a caballo y doce batallones de a pie. Además, contaban con la ayuda de muchos otros clanes de las Highlands. El terreno tampoco ayudaba. Era demasiado irregular para que los jacobitas pudiesen usar su *carga Highland*, que tantas victorias les había dado. También eran un blanco fácil para la artillería británica.

-Tenían las de perder antes incluso de iniciarse la batalla.

-Quisieron adoptar una campaña de guerrilla pero el príncipe Carlos se negó. Eso los llevó a una desastrosa derrota.

-Tantos hombres muertos por una mala decisión.

-Las guerras no traen nada bueno - la besó en la coronilla mientras apretaba su abrazo. Cuando lo miró por encima de su hombro, rozó sus labios - Paseemos. Así podrás sacar fotos.

-Sí - sonó triste.

-¿Estás bien, cielo?

-Este lugar me entristece.

-¿Quieres irte?

-No - se separó de él y le sacó una foto improvisada - Forma parte de la historia de Escocia y eso es lo que he venido a buscar.

-Una historia en Escocia - no pudo evitar bromear con ella.

-Tonto.

 Aunque estaba revisando la foto, pudo ver que sonreía. Se acercó a ella para mirar por encima de su hombro y la abrazó de nuevo. Ahora que era suya, quería tenerla tan cerca como pudiese.

-Mira que cara tengo - rió.

-Una preciosa.

-Ya empezamos con lo de precioso - fingió molestarse - Preciosa eres tú, Lía.

-Los hombres también pueden ser preciosos - lo miró divertida y aprovechó para besarla otra vez.

No discutiría con ella por eso. Si pensaba que era precioso, lo sería. Por ella, cualquier cosa. La tomó de la mano y comenzaron a caminar por el páramo. A cada rato, Lía se detenía para sacar una foto, pero a él no le importaba. Podría pasarse el día entero viéndola así, concentrada en su labor de fotógrafa.

Estaba seguro de que su mente de escritora podía encontrar historias que contar en aquel lugar. Y en ese momento, sintió curiosidad por saber cómo escribía, cuanto de ella ponía en el libro y cuanto era inventado. Pensó que le encantaría leer lo que escribía y descubrir un poco más de ella a través de sus palabras.

Desde que se sentó con ella en aquel autobús, su curiosidad por ella fue en aumento. Ahora, no quería perderse ni un solo detalle de su vida y su historia. Tomó nota mental de ello, mientras sonreía cuando Lía lo apuntó con el objetivo una vez más.

-Son unas fotos fantásticas, Lía.

Se habían detenido para comer algo y ahora estaban mirando las fotos que había sacado Lía a lo largo de la mañana. La había sentado en su regazo y tenía la barbilla apoyada en su hombro para mirar por encima de ella. Se sentía muy bien tenerla así.

Al principio la había sentido algo tensa, pero ahora apoyaba la espalda contra su pecho en total abandono. Movió la mano en su cintura y la acercó más a él. Su boca se dirigió por inercia a su cuello y se lo besó. Cuando sintió que inclinaba la cabeza para darle mayor acceso, la apretó más con el brazo. Atrapó sus labios cuando se giró un poco hacia él.

Su mano libre voló hasta su nuca para permitirse un mejor acceso a su boca. Lo que empezó como un gesto de ternura hacia ella, se estaba convirtiendo en algo caliente y apasionado. Lía se movió en sus piernas para sentarse de frente. Apenas fue consciente de que había dejado la cámara mientras se cambiaba de sitio pero supo que lo había hecho en cuanto sintió sus dos manos sobre el cuello y el cabello. Recorrió su espalda lentamente, besándola con más urgencia. Sentía palpitar su entrepierna y sabía que debería detenerse pero le faltaban las fuerzas para hacerlo. Quería más de Lía. Y por cómo se aferraba a él, ella sentía lo mismo.

-Eres como una droga - le susurró contra la boca - Nunca tengo suficiente de ti.

No lo había pensado, simplemente salió de sus labios. Detuvo el beso para mirarla, necesitaba saber que no la había asustado o algo por el estilo con su confesión. Cuando la tenía entre los brazos se olvidaba de contener sus pensamientos. Le había pedido paciencia y quería hacerlo bien para ella. Cuando la vio sonreír, se sintió aliviada.

-Nunca me habían llamado droga.

-Tal vez solo lo eres para mí - rozó sus narices.

-Tal vez - su timidez amenazó con volver y la besó de nuevo antes de que sucediese. No le daría tiempo a pensar en ello.

Sintió que se le escapaba un gruñido, surgido desde lo más hondo de su interior y se detuvo otra vez. Acabaría por querer hacer el amor con ella allí mismo si no dejaba de besarla. Y por más que la idea le agradase, no era el lugar ni el momento. Retiró algunos mechones de cabello de su hermoso rostro y le sonrió. Tenía los labios inflamados y un ligero rubor en sus mejillas. Adorable. Simple y llanamente adorable.

-Será mejor seguir - carraspeó para tragarse aquellas palabras que tanto ansiaba decir pero que tanto le preocupaba que se le escapasen antes de tiempo. Paciencia, se dijo. Paciencia.

-Sí.

-Si quieres, podemos ver el video que proyectan en el museo.

-Me conozco la historia - negó con la cabeza - prefiero seguir sacando fotos.

-En ese caso - le sonrió - Yo quiero muchas fotos nuestras.

-¿Más?

-Más - se acercó a ella y la rodeó por la cintura - Muchas más. Infinitas fotos.

-No creo que tenga espacio en la cámara para infinitas fotos - rió.

-Podemos intentarlo - se encogió de hombros antes de besarla fugazmente - Empecemos.

Durante un par de horas más, recorrieron Culloden Moor ajenos al resto del mundo. Comportándose como una pareja de turistas más, que se retrataba en posturas graciosas y originales. Por primera vez, consiguió que Lía se sintiese tan a gusto con él que posó para algunas de esas fotos. Escuchar su risa era todo un deleite para sus oídos. Su corazón, ya implicado en todo cuanto sentía por ella, aleteaba eufórico en su pecho.

La tocaba en cada ocasión que tenía. A veces un simple roce con los dedos en un brazo, a veces tomando un mechón de su cabello en las manos. Otras veces, abrazándola. Y muchas más, besándola. Lía parecía empezar a acostumbrarse a ello porque ya no se ruborizaba con tanta frecuencia. Echaría de menos sus sonrojos pero le gustaba mucho más la Lía que le sonreía abiertamente y le hablaba con más naturalidad. La que se movía con más desparpajo e incluso bromeaba con él. Para cuando regresaron al coche, Lía parecía más relajada que cuando llegaron a Culloden.

-Ha sido un día perfecto - le dijo de camino a casa.

-Sí - le sonrió antes de mirar por la ventanilla.

Viajaron en silencio, como otras tantas veces. No era molesto. Claro que con Lía todo estaba bien. Incluso el no hablar de nada.

-¿Qué vamos a hacer cuando lleguemos a casa de tus padres?

-¿Cenar? - le guiñó un ojo.

-Cailean. Sabes a qué me refiero.

-¿Qué quieres hacer? Estoy a tu entera disposición - Lía se ruborizó.

-Supongo que si vamos a intentar que esto funcione, deberían saberlo - se encogió de hombros, parecía cohibida de nuevo.

-Haremos lo que te haga sentir más cómoda, cielo. Me has pedido paciencia y eso haré.

-Te lo agradezco pero no somos críos. Ocultar una relación a los padres no es algo que hagan los adultos.

-Y somos adultos, al parecer - rió.

-Algunos más que otros, al parecer - bufó.

-Me encanta cuando hacer eso.

-A mí me encanta cuando miras a la carretera mientras conduces.

-Por supuesto, cielo - rió de nuevo, pero le hizo caso. En eso tenía razón.

Podía ver cómo se ponía más nerviosa a medida que se acercaban a la casa y posó la mano en su muslo para tranquilizarla. Lía lo miró y sonrió. Enredó los dedos con los suyos y regresó la mirada al paisaje. Su corazón latió más fuerte por ella y las palabras pugnaron una vez más por salir fuera. Todavía no, se dijo.

-No tenemos por qué hacerlo, Lía.

-Somos adultos - le sonrió, recordándole su anterior conversación.

-Algunos más que otros.

Salieron del garaje sonriéndose el uno al otro. Le había pasado el brazo por los hombros y ella rodeaba su cintura con el suyo. Se miraban a los ojos y no pudo evitar besarla. Estaba tan guapa cuando sonreía de aquel modo.

-Veo que el paseo ha sido productivo - se sobresaltaron y detuvieron sus pasos.

-Hola, abuelo - le sonrió, sin soltar a una ruborizada Lía.

-Hola, hijo.

-Robert - Lía sonrió también pero se notaba tensa.

-Diría bienvenida a la familia, pero creo que hace tiempo que formas parte de ella - le guiñó un ojo y su sonrojo se intensificó.

-No la mortifiques más, abuelo.

-No pretendía hacerlo - se acercó a ellos y la besó en la mejilla después de susurrarle algo que la dejó todavía más sonrojada.

-¿Qué te ha dicho? - le preguntó en cuanto se quedaron solos.

-Lo que yo ya había empezado a sospechar.

-Que es...

-Que su intención cuando me invitó a venir a Escocia era emparejarme contigo.

# 9

Nunca en su vida se había sentido más fuera de lugar y acogida al mismo tiempo. Cuando los padres de Cailean supieron de su relación, todo fueron abrazos y sonrisas. Y aunque respondió a todas ellas, sentía que estaba viviendo una realidad que no era la suya.

Para ser sincera, desde que había conocido a Cailean en el autobús, su realidad se había descolocado totalmente. Le parecía estar viviendo la vida de otra persona. A ella nunca le pasaban cosas buenas. Era de las que tenían que conformarse con una vida insulsa llena de altibajos.

Pero no todo había sido cosa de Cailean. El haber conocido a Robert ya había cambiado su vida. Había redescubierto el placer de las cartas escritas a mano. El esperar un tiempo a que llegase la respuesta. El abrir el sobre con emoción por descubrir qué nuevas historias le traía. Si decidió ir a Escocia fue sólo por lo bien que se sentía hablando con él por carta.

Y ahora le había dicho que su intención había sido emparejarla con su nieto. Un nieto que resultó ser el mismo chico que le gustó en el autobús. El mismo chico que ocupaba sus pensamientos en todo momento desde que sus ojos se posaron en él. Ya no podía negar que le gustaba mucho. Más de lo que le había gustado nadie en su vida. Y eso la tenía atemorizada. Porque a ella nunca le pasaba nada bueno.

-¿Estás bien? - Cailean le acarició la espalda mientras esperaban a que sirvieran la cena.

-Abrumada - le confesó.

-Mi familia puede ser un poco... efusiva.

-Lo he visto.

La rodeó en un tierno abrazo y le besó el cabello. Estar en sus brazos era increíble y cerró los ojos, rodeando su cintura con los brazos. Podría quedarse así por siempre. Al menos estaría segura de que no despertaría del sueño que estaba viviendo.

-Podría quedarme así para siempre - susurró sin darse cuenta de que Cailean la estaba escuchando.

-Y yo - le contestó él.

-Pues hagámoslo - se sonrojó en cuanto Cailean rió. Los dobles sentidos otra vez.

-Cuando quieras, cielo - acercó su rostro para besarla.

-Vamos a cenar, chicos - los llamó Fiona, interrumpiendo el beso.

Cailean la llevó de la mano hasta la cocina. Parecía no querer perder el contacto con ella en ningún momento. Así había sido durante todo el día. Tampoco es que fuese a protestar, le gustaba que fuese tan atento y cariñoso. Era parte de su encanto. Una gran parte de él, que la estaba enamorando poco a poco.

En la cocina los esperaban ya sus padres y Robert. Les sonrió a todos y cuando le devolvieron el gesto, pensó en lo que habría sucedido si sus padres todavía estuviesen vivos. Probablemente nunca hubiese conocido a Robert, ni hubiese viajado a Escocia y por tanto, no hubiese conocido a Cailean. Y por primera vez en mucho tiempo, sintió que la muerte de sus padres no carecía de todo de sentido. Si la había llevado hasta allí, hasta aquel momento, la pena no sería tan grande. Ni los remordimientos por no haber ido con ellos en el coche aquel día.

-Estás muy pensativa, ruliña - Robert la ayudó a sentarse, moviendo la silla para ella - ¿Qué pasa por esa cabecita tuya?

-Pensaba en mis padres - le confesó. A Robert no podía mentirle.

-Espero que fuese algo bueno - la miró con reproche mientras se sentaba a su lado.

-Ya sabes lo que siento con respecto a su muerte - se encogió de hombros apenada - Ahora estaba pensando que tal vez, todo haya sucedido para que yo pudiese estar hoy aquí. Es un pensamiento egoísta pero al menos su muerte tendría algo más de sentido.

-Una muerte nunca tiene sentido, Lía - apoyó la mano sobre la suya - Podemos anclarnos en el pasado y sufrir por ella o tratar de superarla y seguir adelante con nuestra vida. Tú no eres la responsable su muerte. Pasó y ya.

-¿Estás utilizando mis propias palabras para consolarme? - lo miró con suspicacia.

-Son tan válidas para ti como lo fueron para mí - le guiñó un ojo.

-Abuelo, ese es mi sitio - Cailean los interrumpió, sin saber lo que había estado pasando.

-Búscate otro, hijo - le dijo sin dejar de mirarla a ella - Ya has acaparado a mi invitada todo el día. Ahora me toca a mí.

Se sonrojó intensamente pero no dejó de mirarlo tampoco. Finalmente una sonrisa escapó de sus labios y se acercó a para besarlo en la mejilla y abrazarlo. Robert siempre había sabido animarla en sus peores recaídas.

-Gracias, Robert.

-Siempre que lo necesites, ruliña.

-Me voy a poner celoso.

-Deberías - bromeó Robert - Te recuerdo que yo la conocí primero.

-Pero ella me eligió a mí - Cailean le siguió la broma.

-Si eso es lo que quieres creer, me parece bien - lo miró sonriente - No seré yo quien mate tu ilusión.

-Ya basta - los reprendió con ternura Fiona - Estáis incomodando a la pobre Lía.

-En algún momento tendrá que acostumbrarse - contestaron ambos al mismo tiempo. Estallaron en carcajadas después de mirarse.

-Vaya - dijo Robert tratando de controlar la risa - Hacía tiempo que no nos sucedía eso.

-Hacía tiempo que no nos veíamos, abuelo - había arrepentimiento en la voz de Cailean.

-No empieces tú también - lo interrumpió - Uno por día para consolar es suficiente. Cenemos o tu madre nos matará por dejar enfriar la comida.

Mantuvieron una amena conversación durante la cena. Todos se turnaron para contarle anécdotas sobre Cailean y Kirsty, cada cual más divertida. Por primera vez desde que se conocían, pudo ver a Cailean avergonzado en más de una ocasión. Aunque supo disimularlo bastante bien.

Después de despedirse de todos, subieron para acostarse. Cailean la llevaba de la mano, como venía haciendo ya durante todo el día. Cuando llegó el momento de separarse, la arrastró con él hacia su cuarto. Fiona y Alpin iban tras ellos y sintió cómo su rostro comenzaba a arder. Intentó frenar a Cailean pero no pudo.

-Buenas noches - les dijo a sus padres mientras abría la puerta y dejaba libre la entrada para ella.

-Buenas noches, chicos.

Sus padres entraron en su propia habitación sin decir nada más y ella hizo lo propio en la de Cailean, no sin antes lanzarle una mirada asesina. Al menos eso pretendía que fuese. Su deslumbrante sonrisa indicaba que había fracasado en su empeño por reprenderlo.

-Somos adultos, cielo - la abrazó.

-Muy gracioso - frunció el ceño. Eso sí se le daba bien.

-¿Qué era eso de consolar a alguien que dijo mi abuelo? - Cailean se puso serio de repente.

La llevó hasta la cama y la sentó en su regazo. Le acariciaba la espalda para consolarla y se sintió bien. Muy bien. Con Cailean todo era perfecto. Y eso asustaba, porque nadie era perfecto. Imposible.

-¿Tienes algún defecto, Cailean? - le soltó de repente. No tenía intención de cambiar de tema, pero sentía verdadera curiosidad.

-Muchos - la besó sonriendo - pero quiero saber porqué dijo eso mi abuelo.

-Por mis padres - una sombra de dolor cruzó su rostro y Cailean la abrazó.

-No tienes que decir nada si no quieres, Lía - la mantenía abrazada mientras hablaba - pero te escucharé si decides hacerlo.

-Tampoco hay mucho más que decir que lo que ya te conté - suspiró.

-Pero sí hay algo que te preocupa.

-El problema con la muerte de mis padres, no es sólo su muerte en sí - se acomodó en su regazo para poder mirarlo de frente - sino los remordimientos que sentí durante meses por no haber ido con ellos en el coche. Todavía lo pienso a veces.

-Hoy fue una de esas veces - aventuró.

-Precisamente hoy no. Hoy pensé que tal vez su muerte no fue en vano - frunció el ceño - Que si no hubiese sucedido, yo no estaría hoy aquí. Con vosotros. Contigo.

-Y te sientes mal por pensar eso.

-Un poco - agachó la cabeza.

-Lía - la obligó a mirarlo - tú no tienes la culpa de lo que les pasó. Ni tampoco tienes la culpa de haberlos sobrevivido. Y por supuesto, no puedes culparte por querer ser feliz. No he podido conocerlos pero estoy seguro de que ellos no querrían que desperdiciases tu vida, sólo porque ya no pueden tener la suya. Eres una mujer increíble, Lía. Más fuerte de lo que yo llegaré a ser nunca. Y...

-No empieces tú también, Cailean - le tapó la boca con la mano - Todo eso ya me lo han dicho mil y una veces. Me sé la cantinela de memoria. Pero nada cambiará el hecho de que ellos murieron y yo no. Lo he asimilado ya, en serio, sólo que hay días en que no puedo evitar sentirme mal por ello. O pensar en el tan temible 'Y si...' Eso es lo peor de todo. ¿Y si hubiese llegado a tiempo para ir con ellos? ¿Y si hubiesen esperado por mí al ver que no llegaba? ¿Y si los hubiese llamado para pedirles que me recogiesen en el trabajo como pensé en hacer?

-Lía - trató de interrumpirla.

-Pero nada de esos 'Y si...' me los van a devolver - siguió hablando - Así que es una pérdida de tiempo. Lo sé. Lo acepto. Pero los remordimientos me asaltan cuando bajo la guardia es algo que no puedo evitar. He aprendido a lidiar con ellos. Tu abuelo me ayudó. Más de lo que cree.

-También tú lo ayudaste a él, Lía. Yo no sabía nada de lo mal que lo estaba pasando - la pena empañaba sus palabras - Nunca me lo dijeron. Podría haber intentado animarlo. Estoy seguro de que lo habría logrado. Siempre estuvimos muy unidos. Le fallé, Lía. Debería haber estado a su lado y no lo hice. Pero me consuela saber que te tenía a ti. No podría haber elegido a nadie mejor que tú para...

-Ya vale, por favor - lo detuvo - No hablemos más de eso. Hoy ha sido un día maravilloso y no quiero estropearlo hablando de cosas tristes.

-Como quieras - tomó su rostro en sus manos y la besó - No tenemos que hablar de nada, si no quieres. Es más, estoy dispuesto a hacer muchas cosas contigo que no implican para nada tener que hablar.

Cuando se sonrojó al imaginar a qué cosas se estaba refiriendo, Cailean rió. Se giró en un rápido movimiento, dejándola tumbada de espaldas sobre la cama. Sus besos le impidieron protestar, aunque en realidad no tenía intención alguna de hacerlo. En cambio, recorrió su espalda con las manos y sujetó su camiseta por el borde para quitársela. Cailean le facilitó la tarea incorporándose un poco, apoderándose de su boca de nuevo, antes incluso de que la camiseta tocase el suelo. En esta ocasión no había rastro de la dulzura de la primera vez pero no le

177

importaba, también ella tenía esa urgencia por sentir sus cuerpos desnudos y unidos. El resto de la ropa no tardó en seguir el camino de la camiseta.

Las manos de Cailean la enloquecían y sus labios húmedos recorriendo todo su cuerpo apenas le dejaban pensar con claridad. Sólo podía sentir. Cada caricia, cada beso, cada roce de sus cuerpos. El calor que emanaba de ellos y los enardecía. El frenético latir de sus corazones acompasados. Sus respiraciones aceleradas. Sus gemidos y jadeos sofocados para que no saliesen de aquel cuarto, donde es estaban amando una vez más. Todo se reducía a las sensaciones y a los sentimientos. Intensas unas y profundos los otros.

-Mierda.

Por sus prisas y la poca atención que puso, Cailean terminó en el suelo cuando intentó alcanzar el cajón de su mesita de noche. Debería haberse preocupado por él, preguntarle si se había hecho daño, pero lo único que logró hacer fue reírse. Tanto que tuvo que sujetarse el estómago, porque llegó a dolerle. Parte del ardor que sentía segundos antes había desaparecido pero ver a Cailean en el suelo mirándola con el ceño fruncido bien merecía la pérdida.

-Muy graciosa, cielo - recuperó el preservativo del cajón y se subió de nuevo a la cama. Era evidente que trataba de contener su propia risa - Ahora tendrás que pagar por haberte reído de mí.

Antes de que pudiese preguntar a qué se refería, lo tenía encima y volvía a besarla con auténtica avidez. En cuestión de segundos sentía hervir la sangre en sus venas y su cuerpo clamaba por una liberación que sólo Cailean le podía dar. Se mordió el labio para no gritar su nombre cuando lo sintió entrar en ella. Había disfrutado de la dulzura de la noche anterior, pero aquello era infinitamente mejor. Se aferró a él y se dejó llevar por el placer que le provocaba. Sintió que llegaban a su liberación juntos.

-Si esta es tu forma de castigarme - le dijo cuando logró recuperar el aliento, ya acurrucada en sus brazos - tendré que reírme de ti más veces.

Sabía que su rostro estaba en llamas pero, después de lo que acababan de compartir, no le importaba lo más mínimo. Estaba saciada y se sentía plena. Cailean la acercó más a él y la besó en el cabello. En ese momento no podía pedir más.

-Intentaré hacer más veces el ridículo para que puedas reírte de mí - lo oyó decir. La risa bailaba en su voz.

-¿Te duele? - lo miró, ahora preocupada.

-El orgullo, quizá - le guiñó un ojo.

-Eso se cura rápido.

-Habla por el tuyo - bromeó con ella.

Estiró el cuello hacia él para besarlo y él se acercó al notar lo que quería hacer. El roce de sus labios provocó un aleteo en su estómago. ¡Quién le iba a decir que las mariposas del amor existían de verdad!

-Ahora ya me encuentro un poco mejor - le sonrió - pero necesitaré más de estos para curarme del todo, cielo.

La besó de nuevo, esta vez alargando el momento. La dulzura de la primera vez había regresado.

33

-Buenos días, cielo.

Despertarse con la perpetua sonrisa de Cailean es más de lo que alguien podría soportar. Invitaba a hacer lo mismo, así que no se resistió. Ni protestó cuando le acarició la mejilla con ternura, ni cuando la besó. Dulce despertar.

-¿Qué tal está tu orgullo? - se atrevió a bromear con él.

-Mejor - le guiñó un ojo.

-¿Qué hora es? - su intensa mirada empezaba a ponerla nerviosa.

-Las once, creo.

-En ese caso, tendremos que levantarnos ya - intentó incorporarse.

-O podemos quedarnos en cama - la recostó de nuevo - Estamos solos en casa.

-¿Cómo lo sabes?

-Mis padres han quedado hoy con Kirsty y Duncan. Mañana se van de viaje de novios - le sonrió - Y mi abuelo ha venido hace un rato a decirme que se iba a dar una vuelta. Creo que tenía planes con una mujer.

Lo último lo había susurrado y eso la divirtió. ¿Robert y una mujer? No es que le pareciese mal, todo lo contrario, pero le extrañaba no haber oído hablar de ella antes.

-¿Estás seguro?

-Iba muy bien vestido - se encogió de hombros - Como preparado para una cita.

-Ya lo sabremos, si es así - intentó levantarse de nuevo.

-¡Ah, no! Me gusta tenerte aquí, en mi cama - se inclinó hacia ella y la besó.

-Tenemos que levantarnos, Cailean. No podemos estar en la cama todo el día.

-¿Quién lo dice? - le besó en cuello.

-Yo.

-Mmmm - ronroneó - Convénceme.

-Te daré una patada en el culo si no nos levantamos ya - rió.

-Pero bueno - la miró sorprendido - ¿Quién eres tú y qué has hecho con la Lía adorable que conozco?

-La Lía adorable tiene hambre - se mordió el labio.

Cailean gruñó, pero la dejó libre, tumbándose de espaldas en la cama y ocultando sus ojos con un brazo. No pudo resistir el impulso de besarlo fugazmente antes de levantarse.

-Tendrás que hacerlo mejor, cielo, para compensarme - rió él sin moverse.

-Primero alimenta mi estómago - le lanzó la camiseta que había recogido del suelo - y luego negociamos.

Cailean se levantó como un resorte y la sujetó por la cintura. Fue un movimiento tan rápido, que no pudo ni intentar escapar. Estaba sorprendida de que un hombre tan alto tuviese tanta fluidez de movimientos.

-Creo que he despertado a la fiera - ronroneó de nuevo - Me gusta.

-Creía que te gustaba la Lía adorable.

-Sigues siendo adorable - la besó.

Como había dicho Cailean, estaban solos en la casa. Le preparó un rápido desayuno, no le dejó ayudar, y comieron en silencio. Sus miradas se encontraban todo el tiempo y las sonrisas escapaban de sus labios con frecuencia. Parecemos dos enamorados, pensó. Y tal vez lo fuesen.

-¿Qué haremos hoy? - le preguntó mientras recogía los restos del desayuno.

-¿Qué te parece dar una vuelta por Inverness? Podríamos llamar a mis padres después para quedar con ellos y despedirnos de mi hermana.

-Genial. Me gustaría verla antes de que se vayan.

Pasaron el resto de la mañana y parte de la tarde paseando por las calles de Inverness. Parándose a visitar el Kiltmaker Center, donde les explicaron, o más bien a ella, cómo se fabricaban los tartanes. Recorriendo la Church Street, la calle más antigua de la ciudad, dominada por un campanario, el Steeple, que según le dijo Cailean, tuvo que ser enderezado en el 1816 tras un terremoto. Deteniéndose en el Museo y Galería de Arte de Inverness, donde pudo descubrir más sobre la historia de aquella región, gracias a los tesoros encontrados datados de la época de los pictos y los vikingos.

Y finalmente, después de hablar con los padres de Cailean, decidieron acercarse a admirar el castillo de Cawdor, que aún estaba habitado por la familia de origen. Tenían tiempo de sobra hasta reunirse con su familia y Cailean le prometió que merecería la pena ir hasta allí.

-Cuenta la leyenda que el conde de Cawdor cargó un asno con un cofre lleno de oro y lo dejó vagar - le explicó Cailean divertido - El asno se paró a descansar debajo de un árbol y allí fue donde comenzó a construir su castillo. Al parecer en él hay una sala oscura en la planta baja de la torre, donde estaba la guardia por aquel entonces, que tenía un acebo plantado en medio. Dicen que se murió en 1372 por falta de luz.

-¿A quién se le ocurre plantar un árbol en una habitación oscura? - rió.

-Al conde, al parecer - le guiñó un ojo - Es un castillo muy interesante, con el puente levadizo y todas esas torres y torretas. Dicen que está lleno de pasadizos secretos y que tiene algunas prisiones bastante misteriosas. Pena que no se pueda ver por entero.

-Sí que suena interesante. Digno de crear una historia sobre él.

-Se te han adelantado - rió - Shakespeare.

-Macbeth, lo sé.

-Es hora de regresar - miró su reloj - Ya estarán llegando a Inverness.

Entraron en el centro comercial mientras Cailean hablaba con su madre por teléfono, le estaba indicando donde encontrarse con ellos. Cailean la llevaba de la mano y caminaba con decisión. Las tiendas quedaban atrás a tal velocidad que apenas podía ver nada de lo que vendían.

-Frena, Cailean - le pidió - Mis piernas son más cortas que las tuyas.

-Lo siento - se paró, la miró con una amplia sonrisa, la besó en los labios y continuó su camino más despacio. Sus mejillas todavía ardían cuando se reunieron con su familia.

-Lía - Kirsty se abrazó a ella con la efusividad que la caracterizaba - Qué alegría que ahora seas de la familia. Ya sabía yo que mi hermano no podía ser tan tonto como para dejarte escapar.

-Hola, Kirsty - acertó a decir. Su rostro se carbonizaría en algún momento de su estancia en Escocia, de eso estaba segura.

-Hola, Lía - Duncan la besó en la mejilla, más comedido - Me alegro de volver a verte.

-Y yo a ti - le sonrió.

-Con el tiempo te acostumbrarás a ellos - le sonrió.

-Eso espero.

-Lía Kirsty volvió a por ella y Duncan sonrió de nuevo hacia ella - tienes que prometerme algo.

-¿Qué? - casi le daba miedo a preguntar.

-Que estarás aquí cuando vuelva de mi viaje de novios.

-Bueno, yo...

No pudo terminar la frase porque la estridente voz de una pelirroja con cuerpo de modelo y rostro angelical, la interrumpió. Caminaba hacia ellos con una gran sonrisa en su boca de labios plenos y rosados. Sus ojos gris verdoso brillaban de alegría.

-Cailean - se abrazó a él con entusiasmo - No tenía ni idea de que habías regresado de Edimburgo. ¿Cuánto hace que no vienes? No puedo creerlo. Tenemos que recuperar el tiempo perdido.

Su corazón se comprimió al ver aquella escena. Una impresionante mujer abrazando a Cailean y hablándole de un modo demasiado íntimo, como para no darse cuenta de que había pasado algo entre ellos en el pasado. Si es que no continuaba sucediendo en el presente. Antes de que pudiese comprender lo que hacía, ya estaba retrocediendo lentamente para alejarse de todos ellos.

-Hola, ruliña - Robert la rodeó por la cintura y la llevó de nuevo con los demás - Veo que la oportunista no ha perdido la esperanza después de cinco años.

Nadie lo había visto llegar, por lo que pudieron mantenerse un poco al margen de la conversación de Cailean y la pelirroja. Por el ceño fruncido de Robert y sus anteriores palabras, estaba claro que aquella chica no le gustaba. Pero eso no significaba que a Cailean le sucediese lo mismo.

-Cailean, hijo - lo llamó Robert - Estamos esperando por ti.

-Sí, abuelo - se despidió de la pelirroja con un ademán y se acercó sonriente a ellos - No te había visto llegar.

La miró a ella, le sonrió y le pasó el brazo por los hombros. Parecía tan relajado y tranquilo como siempre. Incluso la besó antes de caminar detrás de su familia, como si minutos antes no hubiese tenido a una pelirroja impresionante colgada del cuello. Inspiró profundamente para tratar de serenarse. Robert le había dicho al oído, antes de separarse, que hablase con Cailean. Sabía que debería hacerlo, pero temía parecer una mujer controladora y celosa. Ella no era así.

Durante el resto de la tarde, nadie comentó nada sobre la joven así que decidió que lo dejaría estar. Por más que Robert no dejase de mirarla de aquel modo tan significativo. No era asunto suyo con quien hablase Cailean. Él había tenido una vida antes de conocerla a ella y debía respetarla.

-No te vayas, Lía - le pidió Kirsty cuando se despidieron - Quiero encontrarte aquí cuando regrese.

-Haré lo que pueda - le sonrió.

-Hazle caso - le dijo entonces Duncan - O irá a España a por ti.

-Será bienvenida - sonrió de nuevo.

-Lía y yo iremos en mi coche - les informó Fiona a todos cuando ya salían del centro comercial - Cailean, llévate a tu padre contigo.

-¿Por qué?

-Porque soy tu madre y tienes que hacerme caso - la sujetó por un brazo para llevársela con ella - Nos vemos en casa.

En cuanto se subieron al coche, Lía comenzó a sentir cierta incomodidad. Nunca había estado a solas con Fiona y no sabía qué decirle. Además, temía lo que fuese a decirle ella. Porque de algo estaba segura, la madre de Cailean quería hablarle de algo sin que éste se enterase.

-Shanene ha ido detrás de mi hijo desde que se conocieron en el instituto - le dijo nada más arrancar.

-Sí que eres directa - se sonrojó.

-He visto cómo intentabas alejarte de nosotros en cuanto ella llegó - la miró con preocupación - Si mi padre no hubiese llegado en ese momento, yo misma te habría llevado de vuelta con nosotros. Nunca me gustó esa chica. Sé que ellos estuvieron juntos en alguna ocasión, pero me alegré mucho de que no funcionase.

-¿Por qué me cuentas todo esto?

-Porque temo que te apartes de mi hijo si alguien decide meterse en medio. Tú le haces mucho bien, Lía. Nunca lo había visto tan feliz. Y no quiero que esta niña tonta destruya lo que estáis empezando a construir.

-Cailean es libre de hablar con quien quiera - se encogió de hombros.

-No con ella - le sonrió - Me niego. Y si tú no haces nada al respecto, lo haré yo. Ya la he soportado demasiado tiempo.

-No sabría qué hacer, tampoco.

-Habla con Cailean. Cuéntale de tus dudas. Creo que él no se ha dado cuenta de lo mal que te hizo sentir el verlos abrazados.

-No voy a reclamarle por eso.

-Solo dile lo que sentiste. No os guardéis secretos ni resentimientos. La base de una relación es la confianza, Lía. Te lo digo yo, que llevo casada más de treinta años.

-De acuerdo.

-Me alegra tanto ver que os estáis dando una oportunidad - le sonrió - No quiero que se estropee por algo que se solucionaría siendo sinceros el uno con el otro.

-Está bien, Fiona. Hablaré con él - le prometió.

Cuando llegaron a la casa, Cailean la esperaba en el garaje. Su amplia sonrisa la tranquilizó un poco. Después de todo, alguien que sonreía así al verla no podía estar pensando en otra mujer, ¿no? Le devolvió el gesto, aunque con menos entusiasmo del que se habría esperado.

-He ido a casa a buscar ropa, Lía - Robert le entregó una bolsa - Ya que parece que nos quedaremos unos días más aquí.

-Gracias, Robert.

-Te he traído también el portátil.

-Estupendo.

Era tarde, así que se retiraron a sus cuartos. Cailean insistió en llevarle las bolsas y le dejó hacer. Lo siguió, cada vez más nerviosa.

Una última mirada hacia Fiona le hizo ver que tenía que hablar con él. Le gustase o no, tenía que hacerlo.

-¿Te importa si paso las fotos al portátil primero? - se mordió el labio. Necesitaba tiempo para reunir el valor suficiente para hablar.

-Puedes hacer lo que quieras, cielo - se sentó junto a ella frente al escritorio - ¿Puedo yo verlas?

-Claro. Aunque la mayoría ya las has visto.

-Lo sé - se acercó más y la besó en el cuello - Yo sólo quiero estar a tu lado.

-Cailean - se ruborizó. ¿Cómo iba a decirle algo de Shanene cuando él no dejaba de hacer aquellas cosas tan increíbles por ella? Parecería una hipócrita. O una idiota, en el peor de los casos.

Permanecieron en silencio mientras descargaba las fotos y las revisaba. Desechó algunas, que no se veían tan bien como le habían parecido en la cámara. Sentía la mano en Cailean jugando con su pelo distraídamente y sus nervios continuaban a flor de piel. Le costaba manejar el ratón del portátil y estaba segura de que Cailean lo notaría en cualquier momento.

-¿Estás bien, Lía? - la tan temida pregunta.

-Sí - mintió.

-Pareces inquieta - sujetó sus manos para que dejase de trabajar y lo mirase - ¿Qué sucede?

-Yo...

Su teléfono sonó en ese momento y saltó en el sitio del susto. Rápidamente se levantó para contestar. Primero, porque le daba la excusa perfecta para posponer aquella conversación; segundo, porque era extraño que alguien la llamase a esas horas. En cuanto vio el nombre de Helena, su vecina, se preocupó.

-¿Qué sucede? - le habló en español - ¿Qué?... Pero... ¿Quién querría hacer algo así? Mucho menos a mí... No, Helena, no te culpes. Suficiente haces con echarle un vistazo de vez en cuando... No, tranquila. No te martirices más por eso... Ya, lo entiendo... Diles que tomaré el primer vuelo que encuentre disponible... Tranquila, Helena, de verdad. No pasa nada. Iré en cuanto pueda. Y no te preocupes por mis vacaciones. Las pospongo y listo... Nos vemos pronto... Adiós.

-¿Qué pasa? - Cailean parecía preocupado.

-Me han robado en el piso - se sentó de nuevo, lo necesitaba - Helena ha ido esta tarde a verlo y se lo ha encontrado todo revuelto.

-Eso es horrible - se sentó junto a ella y la abrazó.

-Ha llamado a la policía pero necesitan que se haga un inventario de lo que falta - lo miró - Tengo que irme ya. Debo buscar un vuelo y regresar a España cuanto antes.

-Voy contigo.

-No, Cailean. Tú te quedas con tu familia.

-No te voy a dejar sola en una situación como esta.

-No estaré sola. Además, tú has venido a pasar tiempo con tu familia y eso es lo que vas a hacer. No voy a discutirlo contigo - dijo decidida.

-Prométeme que volverás en cuanto se solucione todo - tomó su rostro entre sus manos - Prométemelo y te dejaré ir sola.

-Volveré cuando todo esté bien - asintió. No estaba segura de cuándo sería eso, pero prefería creer que podría regresar en breve.

-Ni se te ocurra no regresar, Lía - posó los labios en los suyos y pudo sentir la urgencia en el beso. Simplemente le correspondió con igual intensidad.

-Tengo que ir ahora a casa de tu abuelo a buscar mis cosas - le dijo una vez encontró un vuelo disponible - Saldré a las 7 de la mañana, no puedo esperar.

-Yo tengo las llaves de su casa. Podemos ir sin tener que molestarlo.

-Deberíamos dejarles una nota - frunció el ceño - Para que no se preocupen si no nos ven cuando despierten.

-Buena idea - la tomó de la mano - Vamos.

Salieron en silencio de la casa, todavía unidos por sus manos. Cailean le abrió la puerta del coche y cuando iba a subir, la detuvo. Volvió a besarla y permanecieron abrazados por un tiempo. En un momento de debilidad, se sintió tentada a pedirle que se fuese con ella. No quería separarse de él, no con las dudas que tenía, pero tampoco quería apartarlo de su familia después de cinco años sin verlo.

Durante el trayecto, se mordió el labio hasta que le dolió. Se maldijo a sí misma por no tener el valor suficiente para hablar con él. Y se odió por maldecirse y no hacer nada más. Si tuviese el vicio de morderse las uñas, ahora mismo estaría sin ellas. Lo miró de reojo y respiró hondo para tratar de serenarse.

-¿Estás bien? - Cailean apoyó la mano en su muslo y la miró con preocupación.

-Un poco nerviosa.

-Todavía no puedo creerme que te hayan robado en casa.

-Ni yo. Ni siquiera tengo nada de valor - se encogió de hombros - Tal vez la tele, pero tampoco es de las más modernas. El portátil lo tengo conmigo.

-Él o ellos no podían saberlo.

-Supongo que vieron una casa deshabitada y aprovecharon - bajó la cabeza - Por suerte Helena no estaba allí cuando sucedió. Si le llega a pasar algo por mi culpa...

-Eh - la obligó a mirarlo - No es culpa tuya. Tú no podías saber que entrarían por la fuerza en tu casa.

-Pero yo le pedí que fuese de vez en cuando, para airearla más que nada. No tenía ningún otro motivo por el que ir. Ni siquiera...

-Lía - la interrumpió - No te martirices por algo que no sucedió.

-Lo sé - suspiró - Lo siento. Tiendo a dramatizar.

-¿Seguro que no quieres que te acompañe?

-Seguro - le sonrió - Tu familia lleva mucho tiempo esperando poder disfrutar de ti. No les voy a privar de tu compañía por una tontería.

-Que te hayan robado no es una tontería.

-¿Quién dramatiza ahora? - bromeó - Estaré bien. Serán un par de días, como mucho.

-Toda una eternidad.

-Sabrás entretenerte - se mordió el labio al notar la amargura con que se tiñeron sus palabras.

-¿A qué ha venido eso?

-A nada - miró por la ventanilla - No me hagas caso. Son los nervios.

-Lía - la llamó - Habla conmigo.

-Es por Shanene - susurró.

-Shanene - apretó su muslo para que lo mirase - ¿Te has estado preocupando por Shanene todo este tiempo?

Se encogió de hombros. No sabía que decir sin sonar patética. Así es como se sentía, al menos. Ninguno de los dos habló porque habían llegado a la casa. Lía quiso adelantarse para no tener que enfrentarse a Cailean pero él tenía las llaves así que tuvo que esperarlo. Se sentía avergonzada de que supiese que hablar con Shanene le había molestado y no se creía capaz de mirarlo a los ojos.

-Lía - Cailean la giró hacia él - No hay nada entre Shanene y yo. Tuvimos varias citas en el pasado pero nunca llegó a más. Dejamos de vernos incluso antes de que me fuese a Edimburgo. No es más que una amiga. Tienes que creerme.

-Te creo - le dijo después de mirarlo un momento a los ojos.

-¿En serio? - sonaba esperanzado.

-Sí, Cailean. Si me dices que no hay nada entre vosotros, te creo.

-Gracias, cielo - la envolvió en sus brazos de manera protectora y se sintió bien al instante. Cailean tenía ese efecto calmante que tanto le gustaba. Rodeó su cintura con sus manos permanecieron así durante unos minutos.

-Si no nos separamos ya, acabaré perdiendo el vuelo - dijo, más tranquila.

-Un minuto más - rió él, pero la dejó ir.

Mientras ella recogía sus cosas, Cailean la observaba desde la cama. Su mirada la ponía nerviosa, pero intentó fingir que no le afectaba. Necesitaba centrar su atención en lo que estaba haciendo para no olvidarse de nada.

-¿Te lo llevas todo? - la pregunta de Cailean la sobresaltó.

-No he traído muchas cosas, la verdad.

Cailean se levantó y caminó con deliberada lentitud hacia ella. Estaba guardando su ropa interior y se había quedado quieta, con unas braguitas en la mano. Se las arrebató, esgrimiendo una sonrisa juguetona, y las guardó en el bolsillo de su pantalón.

-Estas me las quedo - le dijo después - Así tendrás que volver a por ellas.

Antes de que pudiese decir o hacer nada, la besó. Todas sus terminaciones nerviosas reaccionaron al unísono, dejándola trémula entre sus brazos. Se aferró a sus hombros con fuerza mientras se sentía alzar por él. Debía admitir que tenía mucha fuerza, para poder cargar con ella. La depositó con cuidado en la cama y la miró con aquella intensidad que la hacía derretirse por dentro.

-Tenemos tiempo todavía y me gustaría darte algo más por lo que regresar - le dijo antes de besarla de nuevo.

Hicieron el amor lenta y suavemente. Cailean fue tierno con ella, tal y como lo había sido la primera vez. Le mostró con caricias y con besos lo que con palabras no le decía. Y aquello era más duro de sobrellevar que el hecho de tener que irse sin él. De nuevo deseó poder pedirle que la acompañase, pero no lo hizo. Su familia estaba primero. Ella sabía bien lo que era querer verla y no poder. No deseaba que Cailean se arrepintiese en un futuro por no estar con ellos tanto como le hubiese gustado. Mucho menos sería ella la causante de eso.

Disfrutaría de su compañía en aquellas horas que les quedaban antes de su vuelo y se despediría de él después. Por nada le permitiría ver cuánto le afectaba separarse de él. Porque si antes había dudado, ahora estaba totalmente segura de que lo que sentía por Cailean era mucho más fuerte de lo que había pensado en un principio. No se lo diría, porque ni siquiera era capaz de admitirlo para sí misma, pero se había enamorado de él. Loca y perdidamente.

# 10

No le gustaba nada tener que dejarla ir. A pesar de que le había repetido en varias ocasiones en su camino hacia Edimburgo que regresaría, tenía la sensación de que aquellos últimos besos que se estaban dando en la terminal del aeropuerto sabían a despedida definitiva. Y eso era algo que no le gustaba en absoluto.

El viaje en coche había sido mucho más corto que el que habían hecho en autobús cuando se conocieron. Y tenía un regusto amargo. No era para nada como aquella otra vez, cuando se descubrió admirando a una extraña y deseando conocerla más. Ahora estaba enamorado de ella y seguía queriendo saberlo todo sobre su vida, pero tenían que separarse. Y en esta ocasión, una llamada de teléfono no los juntaría.

Habían enlazado sus manos todo el tiempo que pudieron, pero sentía que no era suficiente. Los nervios de Lía crecían a medida que se acercaba la hora de su partida y parecía estar perdiéndola de algún modo. Se sentía ausente, con la mente en otra parte. Por primera vez, algunos de sus silencios se les hicieron incómodos. Se repetía una y otra vez que sólo era por el robo, pero nada le quitaba de la cabeza que había algo más detrás de todo eso.

-Déjame ir contigo, Lía - le rogó una última vez, consciente de que ya era imposible.

Por megafonía anunciaban el embarque. El último aviso. La abrazó una vez más y tuvo que hacer acopio de toda su fuerza de voluntad para soltarla después. No quería dejarla ir. Sentía que una parte de sí mismo se iría con ella. La besó de nuevo, con mayor apremio.

-Tu fam...

-Lo sé - la interrumpió - Sólo pensaba en voz alta, Lía. Déjame soñar un poquito, cielo.

Trató de bromear para eliminar algo de tensión pero supo que había fracasado de nuevo cuando la sonrisa de Lía lució apagada. Si no conociese la historia de su familia y cuán mal lo había pasado ella por lo sucedido en aquel fatídico accidente, habría hecho oídos sordos a sus razones y se habría ido con ella a España. Pero sabía lo importante que era para ella que se quedase.

Y, por otro lado, ahora que estaba en Edimburgo, podría aprovechar para hablar con sus socios en el bufete. Lo arreglaría todo para regresar a Inverness. Tal vez se uniría a algún otro bufete o abriría su propio despacho. Llevaba meses pensando en esa posibilidad. Trabajar en los casos que le interesaban y no en los que le asignaban. Representar a quien tenía menos recursos, algo que en su actual puesto no podría ni pensar siquiera. Tal vez ganase menos dinero, pero haría lo que realmente quería, lo que lo había motivado a convertirse en abogado.

-Tengo que irme ya - la voz de Lía lo volvió a la realidad.

-Te echaré de menos - la abrazó - Vuelve pronto, Lía. Por favor.

-En cuanto pueda.

Se besaron de nuevo y, como las veces anteriores, le supo a despedida. No dijo nada no obstante, por no parecer demasiado ansioso, pero le preocupaba que una vez en España decidiese quedarse allí. Apretó sus labios contra su frente y se separó de ella a regañadientes. Le habría gustado mantenerla en sus brazos para siempre.

-Hasta pronto, Lía - no diría adiós. Nunca podría decírselo.

-Hasta pronto, Cailean - incluso su sonrisa le decía que podría decidir quedarse en España.

Cuando la vio desaparecer por el pasillo, su corazón se aceleró. La ansiedad creció en él hasta el punto desear correr tras ella para decirle aquello que rondaba su cabeza desde que pasaron el día juntos y que se había callado por no asustarla. Ahora el asustado era él. ¿Y si no volvían a verse? ¿Y si había desperdiciado su única oportunidad de decírselo? No quería pensar en esa posibilidad. Sin embargo, la presión en su pecho le recordaba que era tan real como la de reencontrarse en unos días. Quizá más todavía.

-Mierda - maldijo en bajo.

Pero ya era tarde. No había rastro de Lía ya y, aunque lo hubiese, no lo habrían dejado pasar para reunirse con ella. Aquello sólo sucedía en las películas. Desanduvo el camino hasta el aparcamiento arrastrando los pies. Su cuerpo parecía no querer reaccionar. Desde luego, su corazón estaba en aquel avión con Lía.

-Mierda - dijo de nuevo, ahora enfadado consigo mismo, mientras metía la llave en el contacto.

Se quedó parado, sin llegar a arrancar, mirando al infinito. Nunca antes se había sentido así. Tan desanimado, tan pesimista, tan vacío. Lía había sabido completar su vida en tan sólo una semana y ahora notaba su ausencia más incluso que la de su familia en todos los años que habían pasado separados. El impulso de correr tras ella renació en él pero se obligó a acallarlo.

-Mierda, mierda y más mierda - golpeó con fuerza el volante.

Tomó su teléfono y buscó el número de Lía. Necesitaba hablar con ella, decirle lo que sentía. No quería que se fuese sin saberlo. Tal vez aquello supusiese una diferencia. En cuanto lo encontró, su dedo se movió hacia la tecla de llamada, decidido a hacerlo. Se detuvo en el último segundo, dubitativo.

-Así no. No por teléfono, idiota - habló nuevamente en alto. Quien lo escuchase, lo creería loco, pero no le importaba. En ese momento nada podría alterarlo más de lo que ya estaba.

Decidió entonces enviarle un mensaje deseándole un buen vuelo y pidiéndole que lo avisase en cuanto estuviese en su casa. No era ni de lejos lo que quería decirle, pero tendría que ser suficiente por el momento. Si tenía que bombardearla a mensajes y llamadas durante los días en que estuviesen separados, lo haría. Le recordaría a todas horas que la estaba esperando de vuelta y que no aceptaría excusa alguna para no hacerlo. Y cuando la tuviese en sus brazos de nuevo, entonces y sólo entonces, se confesaría ante ella. No cometería el error de callarse dos veces seguidas. No cuando las consecuencias podían ser perder definitivamente a Lía.

-Prometido - recibió en respuesta al momento - Ahora debo apagar el teléfono, vamos a despegar. Cuídate mucho, Cailean. Y pide perdón a tus padres y a Robert por irme sin despedirme de ellos. Espero que no se enfaden demasiado conmigo.

-No es un adiós definitivo, Lía - le envió de regreso rápidamente - Lo comprenderán.

Ese mensaje ya no le llegó, había apagado el teléfono. Suspiró de frustración aún cuando sabía que lo leería en cuanto aterrizasen. Lo sentía como un mal presagio.

-Mierda - repitió mientras arrancaba el coche.

Arreglaría sus asuntos en Edimburgo y regresaría con su familia. Ahora, más que nunca, necesitaba de ellos. Y de los consejos de su abuelo. Él, sin duda, sabría animarlo mejor que nadie.

Desayunó en la misma cafetería donde solía hacerlo cada mañana desde hacía casi cinco años y, por primera vez, le pareció falta de encanto. Ya nada era igual sin Lía. Ni siquiera se sintió con ánimos de leer el periódico, como tenía por costumbre.

Después de pagar la cuenta y comprobar la hora, caminó a paso lento hasta el edificio donde estaba su despacho. Sus socios ya estarían allí y se llevarían una sorpresa al verlo. No lo esperaban hasta la siguiente semana. Qué rápido cambiaban los planes, pensó. Una semana antes les había dicho que se ausentaría el fin de semana. Dos días después había aumentado sus vacaciones a dos semanas. Y ahora quería dejar el bufete definitivamente.

No se arrepentía del cambio, tal vez conocer a Lía era el empujón que necesitaba para llevar a cabo sus verdaderos planes. Había pensado tanto en ello que casi estaba decidido a hacerlo, pero siempre había algo que lo retenía. Ahora, estaba resuelto a cambiar de vida. A cumplir sus sueños. Todo gracias a ella.

-Te hacíamos en Inverness - lo saludó Edward - ¿Ya te has cansado de tu familia?

-He tenido que acompañar a mi novia al aeropuerto - que bien sonaba aquella palabra. Deseaba poder seguir usándola por mucho tiempo - y he decidido venir a haceros una visita. Tengo que hablar con vosotros.

-Vaya - exclamó James - Hace una semana te fuiste siendo un soltero orgulloso y ahora, ¿regresas con novia?

-Ya ves - se encogió de hombros - ¿Podemos hablar, chicos?

-Claro.

Se trasladaron al salón de reuniones, sería más privado. Tampoco es que hubiese nadie más allí pero no querían ser interrumpidos si llegaba algún cliente. Se sentó frente a ellos y los observó por un momento en silencio.

Llevaban juntos desde que se conocieron en la universidad. Antes incluso de graduarse, ya habían estado haciendo planes para montar su propio bufete de abogados. Habían superado muchos baches juntos, pues todo parecía ser impedimentos para unos jóvenes recién salidos de la universidad. Su falta de experiencia les había resultado un gran obstáculo en más de una ocasión, pero como abogados que eran, habían sabido salir adelante. Le apenaba tener que separarse de ellos pero sabían que algún día lo habría hecho. Jamás les había ocultado su deseo de representar a quien tenía menos recursos.

-Ha llegado el día, ¿no? - se le adelantó Edward.

-Y esa novia tuya tiene algo que ver - concluyó James.

-Vaya - se recostó contra el respaldo de la silla - Ha sido más fácil de lo que creía.

-Nos conocemos - rió Edward - Cuando nos comentaste que alargarías tus vacaciones ya nos olimos algo.

-Yo ya me lo imaginaba en cuanto anunciaste que irías a la boda de tu hermana. Sabía que en cuanto regresases a casa, ya no volverías con nosotros. Esa idea tuya lleva demasiado tiempo rondando tu cabeza.

-Cierto. Los últimos meses me lo estaba planteando más seriamente. Aquí ya estáis encauzados, no me necesitáis. Es hora de que intente hacer aquello que me ha motivado a ser abogado. Debo ser consecuente conmigo mismo.

-Por nosotros sabes que puedes quedarte cuanto quieras, Cailean - le dijo Edward - pero está bien que lleves a cabo tus sueños. Te echaremos de menos.

-Vendré de visita. Y seguramente os llamaré pidiendo consejo en más de una ocasión.

-Nosotros también te molestaremos, no lo dudes - rió James - Y te iremos a ver. Quieras o no.

-Cuando queráis. Ya lo sabéis.

Estuvieron un par de horas más concretando detalles, aunque en realidad ya lo tenían muy hablado porque nunca les había ocultado que su asociación sería provisional. De hecho, habían tomado precauciones cuando fundaron el bufete para que su salida no causase demasiados contratiempos a los otros dos.

Cuando se despidió de ellos, sintió cierto desasosiego. Tenía ganas de emprender aquella nueva aventura pero alejarse de sus amigos era demasiado amargo. Habían pasado muchos años juntos. Muchas cosas también. Demasiadas despedidas para un solo día, pensó con pesar.

Fue directo a su apartamento para empezar a empaquetar sus cosas. No tenía sentido marcharse sin haberlo hecho. Aprovecharía el viaje, ya que estaba allí. Mientras subía en el ascensor, su teléfono sonó y contestó con rapidez pensando como un tonto que podría ser Lía. Ni siquiera miró primero.

-¿Qué es eso de que Lía se ha ido? - Robert sonaba preocupado.

-Le han robado en el piso y ha tenido que irse, abuelo - le falló la voz.

-¿Dónde estás, hijo?

-En el apartamento. Voy a recoger todo. Quiero volver a casa.

-Esa es una buena noticia pero tu voz no suena bien.

-Lía se ha ido, abuelo. ¿Cómo esperas que suene?

-Voy para allá, muchacho.

-No, abuelo. Puedo hacerlo solo. Regresaré en cuanto termine.

-No te quiero solo en este momento.

-Estaré bien. De verdad. No te preocupes por mí. Estaré ocupado empaquetando mis cosas - abrió la puerta mientras sostenía el teléfono contra su hombro - Es algo que debería haber hecho hace mucho y necesito completar el ciclo solo.

-Está bien, hijo. Pero no te quedes más de lo necesario. Y llámame si necesitas ayuda. Sabes que iré encantado.

-Lo sé, abuelo - guardó silencio un momento - Lo siento mucho, abuelo.

-¿Qué sientes?

-No haber estado ahí para ti cuando me necesitabas.

-No hay nada que sentir. No habrías podido hacer nada, hijo. Yo no quería vivir.

-Lía sí lo hizo.

-Lía no era mi familia. Con ella siempre fue fácil hablar. Sobre todo porque no la veía. Liberó mi pena con sus cartas, pero sobre todo recibiendo las mías. Poder sacar fuera lo que me estaba carcomiendo por dentro me arrancó de mi miseria.

-Lía es impresionante.

-¿Seguro que no quieres que vaya?

-No, abuelo. Iré en cuanto pueda. Y seguiremos esta conversación. Tenemos mucho de qué hablar.

-Nos pondremos al día - se imaginó a su abuelo sonriendo y lo imitó.

-Te he echado de menos, abuelo.

-Y yo a ti, hijo. Y yo a ti.

-Voy a empezar con esto. Nos vemos pronto.

-Para lo que necesites, Cailean - añadió antes de despedirse - Nos vemos.

En cuanto colgó, la sonrisa desapareció de su rostro. Pensar en lo cerca que había estado de no volver a ver a su abuelo sin saberlo, le dolía. Le había fallado, por más que él le dijese que no era así. Le compensaría por ello. Hallaría el modo de hacerlo. Su abuelo siempre había formado parte de su vida, una parte muy importante. A él había acudido en busca de consejo muchas más veces que a su padre. Y se sentía mal por haber estado ausente cuando él más lo necesitaba.

Miró su pequeño apartamento y suspiró. Había pasado grandes días en él, al menos eso le habían parecido. Ahora, tras conocer a Lía, lo veía con otros ojos. Parecía frío e impersonal. Demasiado solitario. Tal y como había sido su vida los últimos años. No se había comprometido con nada ni con nadie, salvo con su trabajo. Le había parecido suficiente hasta una semana atrás. Ya no más, pensó.

-Empecemos.

Apenas empezaba la tarde cuando sonó su teléfono. Lo miró ansioso y sonrió al ver que era un mensaje de Lía. Hacía horas que habría llegado a su destino, a pesar de tener que hacer trasbordo, pero no quiso agobiarla y decidió esperar a que ella escribiese primero.

-Perdona no haberte escrito antes, Cailean. Helena me estaba esperando en el aeropuerto y me llevó directamente al apartamento. Ha sido abrumador verlo tan revuelto. Me he puesto a revisarlo todo hasta que los nervios han podido conmigo. He tenido que parar y entonces recordé que no había encendido el teléfono todavía. ¿Cómo están todos? ¿Se han enfadado mucho conmigo? ¿Qué tal tu viaje de vuelta? Menudo rollo acabo de soltar pero me ha sentado bien.

Tenía tantas cosas que decirle, que un mensaje no sería suficiente. Además, deseaba escuchar su voz. Adivinar por ella cuán preocupada estaba. Los mensajes eran demasiado impersonales y fríos. Marcó el número sin pensarlo y esperó que Lía decidiese contestar.

-Hola - la oyó decir con timidez y su corazón se desbocó. Una simple palabra y ya estaba deseando estrecharla entre sus brazos y besarla.

-Hola, cielo. ¿Cómo estás?

-Mejor. Más tranquila ahora.

-Me alegro. Pero recuerda que estoy dispuesto a ir a consolarte si lo necesitas.

-Tu familia te necesita más que yo. ¿Cómo están?

-No te preocupes por ellos. Lo han entendido perfectamente.

-¿Qué tal tu viaje? ¿Llegaste bien?

-Sigo en Edimburgo.

-¿Y eso?

-Estoy empaquetando mis cosas. Me voy definitivamente a Inverness.

-¿No lo habrás hecho por mí?

Sonaba tan compungida que no quiso bromear con ello, por más que su primera intención había sido esa.

-Hace tiempo que quería poner mi propio despacho. En realidad ese ha sido siempre mi objetivo pero lo he estado aplazando. Volver a casa me ha hecho ver que debía dar el paso por fin. He estado alejado de mi familia demasiados años. Mi abuelo me ha necesitado y no he estado ahí para él. Eso es lo que más me atormenta.

-No es culpa tuya, Cailean. Robert estaba mal porque no quería vivir sin tu abuela. Se apartó de todos porque así lo quiso.

-Tú lo ayudaste.

-Escribir a una desconocida es fácil.

-Eso me ha dicho mi abuelo.

-Tiene razón.

Lía guardó silencio pero tenía la sensación de que seguiría hablando así que esperó. De nuevo, los silencios con ella habían vuelto a ser tranquilos y relajados. A pesar de la distancia, la sentía a su lado en ese momento.

-Su primera carta - siguió después de unos minutos - fueron seis folios llenos de pena, dolor y desesperación. Jamás en mi vida he llorado tanto por alguien. Y ni siquiera lo conocía. Descargó toda su amargura en aquellas páginas. Tuve que detenerme varias veces antes de terminarla. Y aún así, no supe lo realmente mal que llegó a estar hasta que tu madre me lo dijo.

-¿Mi madre habló contigo de eso?

-El día de la boda. Cuando me acompañó a la habitación de tu hermana. Me dijo que quería morirse.

-Debería haber estado con él, Lía.

-Robert está bien ahora. No te tortures por eso.

-Te echo de menos, Lía. Y nos hemos visto hoy - la oyó reír - No estoy bromeando.

-Lo siento - sentía cómo trataba de acallar su risa y finalmente rió con ella.

-Eso ha sonado a desesperación, ¿no?

-Un poco. Pero es muy tierno - añadió, ya si rastro de risa en su voz.

-Me gusta más ser tierno que desesperado.

-Me gustas más tierno que desesperado.

-¿Acabas de decir que te gusto? - sonrió.

-Creo que eso ya lo sabías.

-Pero me gusta oírtelo decir. Hace que la separación sea más llevadera.

Oyó voces de fondo y un suspiro de Lía.

-Tengo que colgar, Cailean. Han llegado Helena y Óscar con la comida.

-Helena es tu vecina. ¿Quién es Óscar?

-Su hermano.

-Tu ex.

-Sí - suspiró de nuevo - Hubiera preferido que no estuviese aquí, pero no puedo echarlo. Me sabe mal, después de haber ayudado a Helena con lo del robo hasta que llegué yo.

-¿Estarás bien? Debí haber ido contigo.

-No te preocupes. Puedo tolerarlo. Ahora tengo que colgar.

-Hablamos por la noche.

-Está bien. Te llamo en cuanto esté sola. Adiós, Cailean.

-Adiós, cielo - en cuanto Lía colgó, añadió - No te olvides de mí.

Si había estado preocupado por ella hasta ese momento, ahora se sentía tan desesperado como había sonado durante su llamada. Óscar. Ese maldito ex suyo estaba con ella ahora mismo. Y no podía dejar de pensar en que el muy canalla intentaría aprovecharse de la vulnerabilidad de Lía para intentar atraparla de nuevo.

-Confías en ella, Cailean - se dijo en voz alta para tratar de serenarse - A Lía le disgusta tenerlo cerca.

Pero por más que se lo repetía, no podía dejar de pensar en ello. Tenía muchas cosas que empaquetar todavía pero ya no le apetecía hacerlo. Necesitaba liberar tensiones para no llamar de nuevo a Lía y mantenerla ocupada al teléfono lo que restaba de tarde.

Tomó unos pantalones cortos y una camiseta de tiras, calzó sus deportivas favoritas y salió a correr. El ejercicio lo calmaría. Siempre lo había hecho. Y si eso fracasaba en esta ocasión, al menos le serviría para aparcar la tentación de llamarla otra vez.

Lía nunca le había contado la verdad sobre aquella relación, sólo que había sido un auténtico desastre y que deseaba golpearlo. Se aferró a eso y continuó corriendo hasta que sus pulmones amenazaron con colapsar. Se detuvo, apoyando sus manos en las rodillas y respiró profundamente hasta que el aire volvió a circular con normalidad por su cuerpo. Sus piernas apenas lo sostenían. Estiró un par de veces sus músculos forzados y regresó al apartamento, corriendo de nuevo.

Cuando llegó, se fue directo a la ducha. Permaneció bajo el agua durante largos minutos, dejando que el chorro terminase de relajar a su dolorido cuerpo. Si fuese tan sencillo con la mente, pensó. Porque aquel tal Óscar seguía tan presente en ella como cuando había salido a correr.

Se obligó a continuar guardando cosas aunque lo único que le apetecía era tumbarse en el sofá y llamar a Lía para volver a oír su voz. Su risa. Había sido sincero cuando le había dicho que la extrañaba aún cuando se habían visto esa misma mañana. En tan sólo una semana, se había apoderado de sus pensamientos, de su alma y de su corazón. Y se sentía abrumado por la fuerza de aquellos sentimientos. Sin embargo, estaba dispuesto a aceptarlos. Sólo temía que Lía no le correspondiese porque, de ser así, acabaría totalmente destrozado. Y él no tendría a una Lía por carta que le arreglase el corazón como había hecho con el de su abuelo.

-Hola - la voz de Lía lo despejó completamente - ¿Ya dormías?

Se había quedado dormido en algún momento de la noche, no recordaba cuando, y contestó la llamada sin mirar la pantalla. Se sentó en el sofá y sonrió mientras peinaba con una mano su cabello revuelto. Para atender a Lía jamás sería tarde, aunque lo llamase de madrugada. Miró el reloj de la pared y vio que pasaban unos minutos de la medianoche.

-Puedes despertarme las veces que quieras, cielo - se acomodó mejor, dispuesto a mantener una larga conversación con ella. No estaba dispuesto a menos que eso.

-Si quieres te dejo dormir. Es tarde y...

-Ni se te ocurra colgar - la interrumpió - ¿Recuerdas que tenemos pendiente hablar toda la noche? Bien podría ser esta, esa noche.

-¿No prefieres dormir? - sonaba insegura.

-Preferiría tenerte entre mis brazos pero me conformaré con escuchar tu voz.

Sabía que estaría sonrojada y sonrió imaginándosela. El silencio tras la línea le aseguraba que así era. Estuvo tentado a bromear con ella, incluso a pedirle una fotografía, pero decidió que prefería preguntarle sobre su día. El recuerdo de Óscar lo seguía atormentando y quería saber qué había sucedido con él.

-¿Estás en tu casa?

-Con Helena. Mi piso no está habitable todavía.

-¿Cómo fue la tarde? - no quería preguntar directamente sobre él, aunque se moría de ganas.

-Un poco agobiante. Hubiese preferido estar sola pero no me dejaron. Y después está lo de la comisaría. Lo peor de todo.

-¿Te robaron muchas cosas?

-En realidad nada. Eso es lo más frustrante. Estaba todo revuelto pero no me falta nada. Ni se han llevado la televisión, que era lo de más valor en la casa. La policía me ha tenido horas en la comisaría preguntándome sobre eso. Ya me temía que me detuviesen por sospechosa de tener drogas o algo así en casa.

-¿Qué? - no podía estar hablando en serio.

-Bueno, algo de eso insinuaron. Me puse tan histérica que creo que por eso me dejaron volver a casa. ¡Drogas! ¿Te lo puedes creer? Es de locos.

-No te imagino en negocios de ese tipo, cielo. Y dudo que la policía lo haga también. No has de preocuparte por eso. Será una rutina que llevan.

-Rutina o no, me interrogaron sobre eso. Ha sido horrible. Todavía tiemblo cuando lo pienso.

-Debería haber ido contigo.

-No empieces, Cailean. No quiero que te preocupes por eso.

-Lo sé, pero querría estar contigo para ayudarte. Soy abogado, ¿recuerdas? Podría haber intervenido. No me hace gracia que tengas que depender de tus vecinos.

-Helena es una amiga. No le importa.

¿Acaso estaban evitando el tema de su ex a propósito? Esa era la sensación que le daba. Se sentía incómodo no pudiendo hablar abiertamente con ella sobre él. No quería que las dudas se interpusieran entre ellos, sobre todo a tantos kilómetros de distancia. Inspiró profundamente antes de hablar.

-¿Y Óscar?

-A Óscar ni lo menciones - notó la ira en su voz - Por él hubiese preferido estar sola. Hoy más que nunca he querido darle ese puñetazo.

Rió. No pudo evitarlo, se le escapó antes siquiera de intentar controlarlo. Cuando oyó la risa de Lía, supo que no se había molestado y parte de su enfado por el ex se disipó. Aunque seguía queriendo estar allí con ella, al menos sabía que Lía no sentía nada por aquel hombre. El alivio que sintió le liberó de la presión que había estado notando en el pecho desde que le habló de Óscar.

-Haberlo hecho.

-Por falta de ganas no fue.

-Eres demasiado buena, cielo.

-Lo sé - suspiró, como si aquello fuese alguna maldición y no una virtud.

-No lo decía como una crítica, Lía.

-Pero en realidad lo es. A veces me gustaría poder ser más directa. Ser capaz de decir las cosas sin miedo a que alguien resulte herido por mis palabras.

-Cuando eres sincero corres el riesgo de que alguien resulte dañado. Pero si no dices lo que sientes realmente, también puedes acabar lastimando a esa persona, aunque no lo pretendas.

-También tú puedes resultar lastimado en el proceso. Tanto si hablas como si no - la oyó suspirar de nuevo - ¿Por qué tiene que ser tan complicado todo?

-La vida es complicada, pero tiene sus recompensas - quería animarla pero no sabía muy bien de qué estaban hablando ahora mismo. Desde luego no era de Óscar.

-Eso es cierto.

-¿Estás bien? Te noto triste.

-Estoy cansada. Ha sido un día duro.

-Y yo aquí, impidiéndote dormir - fue su turno para suspirar - Soy un egoísta.

-Me gusta hablar contigo, Cailean.

-Me gusta que te guste - rió - Me pasaría la noche entera hablando contigo pero quiero que descanses, cielo. Mañana te llamo y continuamos la conversación.

-Hablemos un poco más - le pidió.

No podía negarse, por supuesto. Tampoco quería hacerlo. Permanecería despierto toda la noche si era lo que Lía quería. Así que continuaron hablando hasta bien entrada la madrugada. No supo cual de los dos se quedó dormido primero y probablemente no lo sabría nunca, pero tampoco le importaba mucho, simplemente le gustó haberlo hecho hablando con ella.

Una vez más había sentido aquella conexión con Lía, la que le decía que todo estaría bien entre ellos mientras no la perdiesen. Por un momento, durante su despedida, había creído que la separación los distanciaría no sólo en kilómetros. Ahora, tenía la sensación de que Lía regresaría a él, a pesar de todo.

A la mañana siguiente le envió un mensaje de buenos días nada más despertar, que ella le contestó rápidamente, y se dispuso a terminar de empaquetar sus cosas. Quería regresar a casa al día siguiente y todavía le quedaban algunos asuntos pendientes antes de poder volver. Había estado casi cinco años sin ver a su familia y nunca los había extrañado. Ahora, que llevaban tan sólo un día separados, necesitaba de su compañía más que nunca.

Su abuelo lo llamó esa misma tarde para ver cómo iba y para ofrecerle de nuevo su ayuda. Por un momento estuvo tentado a aceptarla, pero en realidad no era necesario así que se tragó las ganas de tenerlo allí con él y se negó a que hiciese el viaje por su propio egoísmo. Hablaron durante una hora, que se les quedó corta, pero si quería estar listo para el día siguiente, no podía entretenerse mucho más.

Después de comer, Lía y él se enviaron algunos mensajes. Ella seguía con su piso, recolocándolo todo de nuevo, pero esta vez sola. El alivio de saberla lejos de Óscar, aligeró a su corazón y le mantuvo el resto de la tarde con una sonrisa en los labios.

# 11

-No puedes hablar en serio, Lía.

-Claro que sí, Óscar - suspiró de nuevo. Empezaba a molestarle tenerlo todo el tiempo tras ella.

Desde que había llegado a su casa, no había tenido ni un solo momento para sí misma. Helena la había ayudado primero y después se le había unido Óscar. Les agradecía todo cuanto hacían por ella pero se sentía acorralada. Sobre todo por él.

Verlo, le recordaba lo mal que lo había pasado por su culpa. Había intentado olvidarlo, más que nada porque era el hermano de una de sus mejores amigas. Una de las pocas que tenía, en realidad. Pero al mirarlo, sentía de nuevo la humillación y el dolor. No podría perdonarlo por más que él le rogase. Las disculpas habían llegado demasiado tarde.

-¿Y si vuelven?

-¿Para qué? Si no se han llevado nada.

-Tal vez te buscaban a ti.

-Sí, ya - bufó - Esto no es una serie policiaca, Óscar. Nadie querría secuestrarme.

-Lía, quédate con nosotros en casa - le pidió de nuevo.

-No, Óscar. Esta noche duermo en mi casa.

-A Helena no le va a gustar.

-Tu hermana estará de acuerdo conmigo.

-No quiero que te vayas - se acercó a ella.

-No, Óscar. No empieces con eso de nuevo.

-¿No vas a perdonarme nunca? Ya te he dicho que fue el mayor error de mi vida.

-Haberlo pensado antes. No puedes pretender que lo olvide sin más. Ya no puedo confiar en ti.

-Te juro que te compensaré.

-He dicho que no.

-Es por ese tío, ¿verdad? El de la foto.

-Él no tiene nada que ver. Tú metiste la pata. Es tu culpa.

-Ya - se alejó de ella furioso y golpeó la puerta con el puño antes de girarse hacia ella de nuevo - ¿No dejarás de reprochármelo nunca?

-Jamás he hecho eso.

Cuando se acercó de nuevo, retrocedió asustada. Estaba muy alterado y temía que cometiese alguna locura de la que luego se arrepentiría. No quería más problemas con él.

-Lía, dame otra oportunidad - la sujetó por los brazos - Te juro que esta vez no te fallaré.

-Suéltame, Óscar.

-Está bien, lárgate - la soltó - No me importa.

Lo vio salir de la casa y cerró los ojos cuando escuchó el fuerte portazo. Nunca lo había visto tan enfadado. Y jamás había temido que le hiciese daño. Hasta ese día. Óscar era muy temperamental pero sabía controlarse. Boxeaba para liberar toda esa energía, había sido recomendación de su médico.

Junto a él se había sentido segura. Esa había sido una de las razones por las que había empezado su relación. Después de sentirse tan vulnerable por la muerte de sus padres, Óscar resultó ser una balsa de salvamento en medio del embravecido mar en que se había convertido su vida. Había sido tierno con ella, la había consolado sin importarle si era de día o de noche.

Le debía mucho por eso y lo sabía. Pero no podía dejar en el olvido su traición. Precisamente por tratarse de él, lo que había hecho era imperdonable. Con cualquier otro habría sido fácil, pero no con él. Confiaba ciegamente en él y en su amor. Descubrir que no era la única le había roto el corazón, ya de por sí demasiado débil. Si hubiese sido una, tal vez podría haberlo obviado. Pero habían sido tantas. Y tantas veces.

-Olvídalo - se dijo, recogiendo sus cosas para salir de la casa - Óscar no sabe lo que significa la palabra fidelidad. No va a cambiar ni por ti, ni por nadie.

Salió al pasillo y se dirigió a su apartamento. Helena vivía en el décimo piso del edificio, cinco por encima de ella. Tomó las escaleras, necesitaba despejar la mente y bajarlas le ayudaría. Después de dos noches en casa de su amiga y con Óscar rondando a su alrededor, la soledad de su casa se le antojaba el paraíso.

Había cambiado la cerradura de la puerta y aprovechó para añadir una protección extra. El cerrajero le había asegurado que nadie podría forzar aquella puerta. Esperaba, por su propia tranquilidad, que fuese cierto. Pasó el pestillo y suspiró. Estaba en casa.

-Hola, Lía - leyó el mensaje que le había llegado mientras dejaba sus cosas en su cuarto - ¿Cómo estás hoy? ¿Ya sabes algo más sobre el no-robo? Te echo de menos.

Los continuos mensajes y las llamadas de Cailean la animaban siempre. En algunas ocasiones se sentía como si estuviesen todavía cerca. Pero la realidad era otra bien distinta. Les separaba todo un mar. Kilómetros de distancia que cada día pesaban más sobre ella. Temía que lo que había nacido entre ellos, se fuese diluyendo con el paso del tiempo.

-Hola, Cailean - le contestó - Acabo de llegar a casa. Hoy por fin dormiré aquí. Ya lo necesitaba. La policía sigue investigando, aunque no creo que sepamos nunca lo que sucedió en realidad.

Han hecho pruebas y han traído a perros pero no han encontrado rastro ninguno de drogas, así que al menos esa hipótesis ha sido descartada.

-Entonces, ¿ya puedes volver conmigo?

-Todavía no me dejan salir del país. Dios, esto parece surrealista. Jamás creí que diría algo así.

-Parece de película, cierto. Pero no me gusta nada. Preferiría tenerte aquí conmigo.

-Supongo que cuando se les agoten las vías de investigación, lo dejarán estar. Después de todo, nadie ha resultado herido y no me falta nada. Tal vez sólo fueron unos vándalos con ganas de molestar.

-¿Estás segura de querer quedarte ahí?

-Tú también no, Cailean.

-¿Quién más te ha dicho eso?

Dudó en decirle la verdad. Sabía que le molestaba que hablase con Óscar, aunque nunca le había pedido que no lo hiciese. Eso sólo le hacía quererlo más. Respetaba sus decisiones aún cuando no estuviese de acuerdo con ellas. Cailean parecía tan perfecto, que a veces temía que lo estuviese idolatrando de algún modo. Descubrir que se había estado engañando a sí misma podría ser devastador.

-Óscar. Estaba decidido a que me quedase con ellos otra noche más. Discutimos y se fue muy enfadado.

-¿Puedo llamarte? No me gusta hablar estas cosas por mensaje.

Era por cosas como esa que Cailean era tan único. Respiró hondo y trató de controlar su corazón. Necesitaba tranquilizarse antes de hablar con él. De otro modo, notaría lo alterada que había quedado por la discusión con Óscar. No quería preocuparlo sin motivos.

-Quería darme una ducha. Lo necesito. ¿Hablamos luego?

-Ya estoy en casa. Podríamos probar con Skype. Me apetece verte. ¿Qué te parece?

-Vale - contestó después de pensarlo un momento - Te aviso cuando haya terminado.

-Te esperaré, cielo.

Se mordió el labio, pensando en todos los significados que podría tener aquella simple frase. ¿Esperarla hasta cuándo? No podía sacarse de la cabeza a Shanene. Aunque él había dicho que no había nada entre ellos, no estaba tan segura de que ella pensase lo mismo. Y ahora Cailean estaba en Inverness. Demasiado cerca de ella.

-Me daré prisa - le escribió, después de borrar la imagen de la pelirroja de su mente.

Si hablar por Skype le ayudaba a que Cailean no se olvidase de ella, se quitaría la vergüenza de encima como fuese y hablarían toda la noche si era necesario. Porque su corazón no resistiría otro revés. Si Cailean desaparecía de su vida, sería ella quien necesitaría que alguien le diese, por carta, motivos para seguir respirando.

Cuando avisó a Cailean de que ya estaba lista, mentía miserablemente. Nunca estaría lista para hablar con él por Skype. De hecho, nunca lo había utilizado. Era demasiado vergonzosa para eso. Ya le resultaba suficientemente difícil hablar por teléfono, como para tener que ver también a alguien en la pantalla.

Se sentó frente a su escritorio y aceptó la llamada entrante de Cailean. Por suerte para ella, no tenía que estar de pie pues sus piernas no la sostendrían. Cuando lo vio en la pantalla, con aquella inmensa sonrisa, lo imitó al momento. Su corazón latió más rápido y su respiración se entrecortó. Había olvidado cuanto le afectaba.

-Hola, cielo - le dijo - Estás preciosa.

-Preciosísima - alzó los ojos.

-Yo nunca te mentiría - sonrió más.

-Creo que esta conversación ya la hemos tenido.

-Y parece que sigues sin fiarte de mí - le guiñó un ojo para restar importancia al pequeño reproche.

-Eso parece - se sintió cohibida de repente. Era como tenerlo enfrente de nuevo.

-Bonita casa - rió él, para borrar el ceño fruncido que empezaba a asomar en su rostro.

-Es pequeña pero funcional - se encogió de hombros.

-¿Me la enseñas?

-Vale - sonrió - Deja que le ponga la batería al portátil.

Tomó la batería del cajón y se acercó al portátil para colocarla. Se olvidó totalmente de que la cámara seguía encendida y sus pechos quedaron demasiado cerca de ella. Oyó la risa de Cailean mucho antes que sus palabras.

-Gracias por las vistas, cielo.

Retrocedió y se llevó la mano al pecho. Tenía el rostro totalmente colorado. Probablemente no habría visto demasiado, pero se sentía igualmente avergonzada. No estaba acostumbrada a usar la cámara. Todo eso era nuevo para ella.

-No tienes que avergonzarte, Lía - le guiñó el ojo de nuevo - No es como si no supiese lo que hay debajo de tu ropa.

-No lo estás arreglando, Cailean - lo reprendió.

-Lo siento - levantó las manos pero sonrió, antes de bromear con ella una vez más - Veamos tu casa, ya que parece que es lo único que estás dispuesta a enseñarme.

Su sonrojo se intensificó pero sujetó el portátil con ambas manos, procurando no mostrar nada más de su piel en el proceso. Mientras se movía, revisaba que Cailean pudiese ver bien las habitaciones.

-Este es el salón - le dijo - Pequeño pero cómodo. Y en aquella esquina está la cocina, de concepto abierto. Pequeña pero funcional.

Continuó caminando y llegó a un pequeño pasillo que daba paso a tres puertas. Abrió la primera de ellas y le enseño un baño.

-Pequeño pero coqueto - sonrió al escucharlo reír.

-Me ha quedado claro que todo es pequeño.

-Como yo - dijo mientras accedía a la habitación de invitados - Un cuarto pequeño, también, pero perfecto para visitas. Aunque no suelo tener muchas.

-¿Es una invitación?

Giró la pantalla para mirarlo. Cailean estaba apoyado en la mesa, con la cara muy cerca de la pantalla y sonreía abiertamente. Cuando la vio, le lanzó un beso, provocando un nuevo sonrojo en ella. Movió el portátil de nuevo para mostrarle la casa y así poder ocultarse de él. Claro que ya había visto lo que quería, o eso creía porque estaba riendo.

-Me encanta cuando te sonrojas, Lía.

Sí, definitivamente había visto lo que quería. Ignoró el calor de sus mejillas y entró en la última habitación. La suya. Ni siquiera sabía por qué la había dejado de última. Movió el portátil hacia la puerta del baño privado y la abrió para enseñárselo.

-Pequeño pero coqueto - lo oyó decir y rió - Ya me lo sé de memoria.

-Eres un alumno aplicado - se permitió bromear con él. Muy contrariamente a lo que creía, se estaba divirtiendo con la video-llamada.

-Tú eres una maestra excelente.

Colocó el portátil sobre la cama y se recostó frente a él. Cailean se había acostado también en su cama. Recostado de lado, con el portátil mostrando su pecho desnudo y los tensos músculos del brazo que sostenía su cabeza, estaba impresionante. Se mordió el labio para reprimir un gemido.

-¿Y ahora qué? - dijo él, mirando su boca.

-Ya no hay más que mostrar - dijo cohibida.

-Estoy viendo todo lo que me interesa - su mirada regresó a su rostro, que volvía a estar rojo. Cuando sonrió, le devolvió el gesto.

-Siempre sabes lo que decir para que una mujer se sienta halagada.

-Solo digo la verdad, cielo. No creas que voy por ahí diciendo estas cosas a todas las mujeres.

-Espero que no.

-Desde luego que no. Y que sepas - le sonrió - que esta es la primera vez que uso el Skype con una chica.

-¿Así que también es tu primera vez? - se sonrojó en cuanto lo dijo.

-He tenido muchas primeras veces contigo, Lía. Y me encanta.

Su teléfono sonó, rompiendo la magia que se estaba creando entre ellos. Suspiró y le pidió disculpas con la mirada. Cailean le guiñó un ojo.

-Te espero aquí - le dijo.

Contestó a la llamada después de ver que era Helena. Seguramente había llegado a casa y se la había encontrado vacía.

O tal vez Óscar ya había llegado y le habría dicho que estaba en su casa.

-Hola, Helena.

-¿Al final estás en tu piso?

-Sí. No me sentía cómoda en tu casa. Lo siento.

-No tienes que sentirlo, Lía. Sé lo difícil que es para ti estar cerca de mi hermano. Sólo quería asegurarme de que estabas bien. Óscar parecía tan enfadado cuando llegué, que no quise preguntarle nada. ¿Habéis discutido?

-No quería que me fuese - le dijo con pena. No le gustaba la tensión que se creaba en casa de su amiga por su culpa.

-A este imbécil ni caso, Lía. Se le pasará. O que no las hubiese hecho.

-Ya, pero por mi culpa discutís mucho.

-Ya discutíamos antes, Lía. Somos hermanos, está en nuestra genética - rió - ¿Has hablado hoy con Don Musculitos?

-Estamos hablando por Skype - se sonrojó. Aunque sabía que Cailean no podía entender nada de lo que hablaban, no podía evitarlo.

-Skype. Vaya, y yo interrumpiéndoos.

-No es lo que crees, Helena.

-Nada, nada. Os dejo con lo vuestro - rió de nuevo - Mañana quedamos y me das los detalles. Es mi día libre.

-No es lo que crees - repitió.

-Pues no seas tonta y aprovecha. Buenas noches, Lía. Hablamos mañana.

-Adiós, Helena.

Cuando regresó a la cama, Cailean seguía en la misma posición y una sonrisa traviesa iluminaba su rostro. Si no estuviese completamente segura de que no las había entendido, creería que había escuchado todo cuando decían. Su sonrojo se intensificó.

-¿Hablando de mí? - por un momento se sorprendió de su pregunta - Sólo capté la palabra Skype.

-Me preguntó por ti - respiró aliviada.

-¿Le has hablado de mí?

-¿Te molesta que lo haya hecho?

-Al contario, cielo - le sonrió más - Me encanta.

-Y ahora, ¿qué? - preguntó, intentando no mirar a su pecho desnudo. Los nervios podrían traicionarla si lo hacía.

-Ya me has enseñado todo cuanto querías, ¿no? - le guiñó un ojo de nuevo y sonrió.

Su sonrojo se intensificó y la sonrisa de Cailean se amplió. Cuando se mordió el labio para controlar su respiración, que se había acelerado con sus palabras, los ojos de él se desviaron hacia su boca. Aquello se estaba poniendo inquietante y trató de encontrar un tema de conversación que desviase sus pensamientos del increíble cuerpo de Cailean.

-¿Cómo están tus padres? - la risa de Cailean la sonrojó más.

-Bien. No me pidas que los haga venir porque no voy a compartirte con ellos, Lía.

-Yo no...

-Es broma, cielo - la interrumpió - Si quieres los llamo.

-No hace falta. Con saber que están bien, es suficiente.

-Mi abuelo te echa de menos - le sonrió - Hoy me preguntó que cuando volvías.

-Ojalá lo supiese.

Permanecieron en silencio de nuevo, mirándose. No era como estar juntos pero al menos podían verse. Cailean se acercó a la cámara, hasta que sólo su cara ocupó toda la pantalla. Instintivamente, ella se acercó un poco.

-Tengo ganas de abrazarte - le confesó él - Y me está matando no poder hacerlo.

Se retiró de nuevo, sin apartar los ojos de los suyos. Su corazón se había acelerado y aclaró la garganta, de repente la sentía muy seca. Se mojó los labios y vio, incluso a través de la cámara, cómo las pupilas de Cailean se dilataban.

-Voy a por agua - le dijo con la voz ronca y él asintió.

-Yo soy más previsor - sonrió y le mostró un plato con comida y un vaso con agua.

-Vuelvo enseguida - rió.

El tiempo que tardó en prepararse una cena rápida le ayudó a tranquilizarse. Ver de nuevo a Cailean, aunque fuese a través de una pantalla, le estaba afectando. Las dudas que había tenido desde que se separaron parecían desaparecer al mirarlo. Al ver su sonrisa, su risa, su guiño de ojos. Era como tenerlo a su lado de nuevo.

Regresó a la habitación y decidió luchar con su timidez. No creía que pudiese hacer algo con él a través de la cámara como había sugerido Helena, pero sí podía ofrecerle las mismas vistas que él le estaba regalando. Se quedó en ropa interior e inspiró varias veces para que la vergüenza no pudiese más que ella. Cuando se recostó en la cama de nuevo, su rostro estaba tan rojo que lo sentía arder. Tú puedes, se dijo mentalmente.

-He vuelto - le dijo con voz entrecortada, al ver que él estaba mirando hacia otro lado.

Cailean giró el rostro hacia la cámara con una gran sonrisa que se convirtió en una expresión de asombro cuando la vio. Se mordió el labio, nerviosa. Se sentía insegura y empezaba a arrepentirse de haberse mostrado así ante él.

-Estás increíble - le dijo con voz ronca.

Sus dudas desaparecieron una vez más en cuanto él habló. Sabía cómo hacerla sentir la mujer más bella del mundo. Dos palabras suyas y ya estaba temblando por él. Le sonrió, sin soltar su labio inferior.

-Me ha encantado eso de que fueses a buscar agua - le sonrió.

Ahogó un sofoco cuando la intensidad de su mirada la atravesó. Sentía arder cada parte de su cuerpo expuesta. Bebió agua para intentar refrescarse pero no sirvió de mucho. Tal vez para que él observase sus movimientos con más atrevimiento. ¿O eran sus pechos los que captaban su atención?

-No sé si ha sido buena idea - dijo, la timidez se había apoderado de ella de nuevo.

-Yo no estoy de acuerdo - ronroneó. Sí, Cailean ronroneó y a ella le pareció un ruido hipnótico - Pero no quiero que te sientas incómoda, Lía.

-Nunca había hecho algo así.

-Ni yo - le guiñó un ojo - Si eso te sirve de algo. Podemos improvisar juntos.

Se mordió el labio de nuevo antes de asentir. Notaba que también él estaba nervioso y eso la ayudó a relajarse. No tenía muy claro qué debía hacer ahora, así que se limitó a recostarse de forma que la cámara captase la mayor parte de su cuerpo. Ya te ha visto, se decía para convencerse de que podía hacerlo. Cuando Cailean hizo lo mismo, descubrió que sólo llevaba el bóxer. Y estaba excitado. Ya le has visto, se dijo intentando que su rostro no se pusiese rojo de nuevo. Fracasó estrepitosamente.

-No te avergüences, Lía - le dijo él, confundiendo el motivo de su rubor.

-No es por eso. Es por ti. Por tu... - antes de que pudiese asimilar lo que iba a decir, las palabras ya habían salido de su boca y su mirada había regresado a su entrepierna.

-Eso es por ti - le guiñó un ojo - Y para ti.

Se pasó la mano por su erección mientras la miraba a los ojos. Todavía conservaban la ropa pero ella se sentía húmeda y caliente. Sus ojos descendieron y gimió cuando él aumentó el ritmo. Quería cerrar los ojos e imaginarse que estaban juntos pero no podía apartar la mirada. Cailean la había atrapado con sus movimientos.

Lo sintió jadear y lo miró a la cara. Siguió la dirección de sus ojos y se descubrió a sí misma tocándose. Ni siquiera era consciente de estar haciéndolo. Cuando sus miradas se encontraron de nuevo, toda vergüenza fue olvidada. Inspiró profundamente antes de retirar su sujetador. La braga le siguió al poco tiempo, cuando Cailean se quedó desnudo también. Si iban a seguir hasta el final, querían hacerlo lo más real posible.

Sus miradas no se volvieron a separar, mientras se tocaban. No necesitaban ver lo que estaban haciendo, sino simplemente sentir. Se excitaron con cada gemido y cada jadeo. Con cada respiración acelerada. Con cada latir de su corazón. Con cada toque de sus manos, imaginando que era el otro quien lo hacía. Se amaron con los ojos.

La distancia que los separaba desapareció, ya no había una cámara entre ellos. Estaban unidos por sus miradas y por la pasión que despertaban con sus manos. Cailean apoyó una mano en la pantalla y ella lo imitó. Casi podía sentir el calor de aquella mano en la suya. Cerró los ojos cuando se corrió. En su mente, solo estaban Cailean y ella, piel contra piel.

-Lía - la llamó con voz quebrada y ella abrió los ojos.

Sus manos continuaban pegadas a la pantalla. La sonrisa de Cailean invitaba a devolvérsela y así lo hizo. Tembló al comprender lo que habían hecho y se sonrojó intensamente, pero no apartó la mano.

-Lía - dijo él de nuevo y lo miró a los ojos - Yo...

Un golpe en la puerta lo detuvo. Lo vio ponerse la ropa interior rápidamente y dio permiso para entrar. Un segundo después, Robert se asomó a la pantalla. Por suerte, ella ya se había cubierto con una gran camiseta vieja que usaba de pijama los días de más calor.

-Sólo quería desearte unas buenas noches, Lía - le sonrió - Y recordarte que te estamos esperando.

-Buenas noches, Robert.

-Seguid con... - los miró a ambos una última vez antes de reír - lo que estuvieseis haciendo.

-Abuelo - lo reprendió Cailean.

-Yo he sido joven - le guiñó un ojo - Y hubiese dado cualquier cosa por tener estas nuevas tecnologías cuando tu abuela y yo estuvimos separados en la universidad.

-Robert - fue su turno para reprenderlo.

-Buenas noches, muchachos.

Cuando se quedaron solos de nuevo, el calor en su rostro ya no se debía a la excitación sino a la vergüenza. Había regresado. Cailean le sonrió y le envió un beso a través de la pantalla.

-Vaya manera de romper la magia del momento - bromeó.

-Tu abuelo es único - no sabía si lo había dicho como una queja o como un cumplido. Pero era totalmente cierto.

-En todo - asintió.

Se quedaron en silencio, mirándose a los ojos. Como cada vez que sucedía, no era incómodo. Se sonreían tontamente.

-Gracias, Lía.

-¿Por qué?

-Por ser tan maravillosa. Y no me refiero a lo que acaba de pasar - rió - Me refiero a todo lo que hemos vivido desde que nos conocimos.

-Entonces yo también tendría que darte las gracias por lo mismo.

-Yo sólo quería llevarte a la cama - le guiñó un ojo.

-Lo sé - le siguió la broma.

-Lía - se había puesto serio de nuevo - Antes de que mi abuelo nos interrumpiera, quería decirte algo.

-Adelante - lo animó.

-Yo... - la puerta de su cuarto se abrió de nuevo y él gruñó - Mierda.

-Nosotros también queremos saludar a Lía - sus padres se asomaron a la pantalla sonriendo - Buenas noches, Lía.

-Buenas noches - rió.

-Vuelve pronto. Buenas noches, hijo.

-Lo siento - se disculpó cuando sus padres se fueron.

-Al menos han interrumpido ahora y no hace diez minutos - se sonrojó al pensarlo.

 -Cierto.

-¿Qué querías decirme?

La miró intensamente, hasta el punto de casi incomodarla. El calor subió a su rostro y se removió, ajuntando la camiseta a sus piernas. Cailean bien podría devorarla con aquella mirada.

-Creo que lo dejaré para otra ocasión - suspiró frustrado - Ahora no sería lo mismo ya.

-De acuerdo - le sonrió para que no se sintiese mal por haber sido interrumpido dos veces.

-Buenas noches, cielo. Te llamaré mañana.

-Buenas noches, Cailean. Dulces sueños.

-Tú serás mi sueño, Lía - le sonrió antes de que se cortase la llamada.

Lía suspiró y se recostó en la cama. ¿Por qué no podía sentirse así de segura con él todo el tiempo? ¿Por qué cuando no lo veía, sólo podía recordar los engaños de Óscar y temía que Cailean hiciese lo mismo? Porque su autoestima nunca había sido muy fuerte. Suspiró una vez más y se cubrió con la sábana. Al cerrar los ojos, cayó en un profundo sueño donde Cailean le sonreía y la miraba como sólo él sabía hacer.

# 12

-Buenos días, pervertida - Helena entró en su piso con una amplia sonrisa en los labios - ¿Cómo te fue con la sesión de Skype? ¿Disfrutaste de las vistas? ¿O de algo más?

Llevaba un vestido negro ajustado y estaba maquillada. Su cabello caía en ondas perfectamente colocadas. Nunca entendería como lo lograba. Sus tacones resonaban sobre el suelo de madera mientras andaba. Para Helena ir arreglada era algo habitual, aunque tal vez en esa ocasión se había pasado un poco. Parecía lista para comerse el mundo. El mundo nocturno, pensó. Y una idea empezó a formarse en su mente, esperando que no fuese lo que creía. Hizo el gesto de invitarla a pasar, a pesar de que ya había entrado. Helena sonrió.

-En primer lugar, no soy una pervertida - se sonrojó al pensar en lo que había sucedido entre ella y Cailean - Y en segundo lugar, no voy a hablar contigo de lo que pasó o no pasó.

-Eso quiere decir que hubo tema - rió mientras se sentaba en el sofá y la miraba por encima del respaldo - Creo que tendré que ir a Escocia a buscarme uno para mí. ¿Tiene un hermano?

-Déjalo ya, Helena - se sentó con ella, totalmente abochornada - Y no, no tiene hermanos. Sólo una hermana.

-Qué pena - se encogió de hombros y la miró fijamente antes de continuar hablando - ¿Tan increíble es ese novio tuyo?

-Él no es mi... - suspiró - O sí lo es. Se me hace tan raro pensar en él como mi novio. Ni siquiera estoy segura de lo que tenemos ahora mismo. Ni de cuánto durará...

-Ni se te ocurra, Lía.

-¿Qué? - la miró desconcertada.

-Compararlo con mi hermano - la amenazó con un dedo - Yo lo quiero con locura y siempre me tendrá ahí para él, pero reconozco que con las mujeres es un auténtico cabrón.

-No deberías decir eso de tu hermano.

-Es la verdad, Lía. Y si me hubieses dicho que estabas con él, te habría advertido antes de que te lastimase - negó con la cabeza - Eres tan reservada con todo que no lo vi venir.

La vio quitarse los tacones y subir las piernas al sofá. La miraba con pesar, no por ella, sino por lo que había pasado. Ella sabía cuánto daño le había hecho su hermano y se sentía mal por no haber podido evitarlo. Habían hablado de ello en varias ocasiones pero nunca llegaban a un entendimiento. Helena se culpaba y no era capaz de hacerla cambiar de idea por más que le dijese lo contrario.

-Olvídalo. Lo de tu hermano es agua pasada - le dijo una vez más.

 -Para él no.

-Pues que se lo hubiese pensado antes de engañarme con todas ellas - bufó.

-Es un hijo de pu...

-Helena - la interrumpió.

-No me mires así, Lía. Y mucho menos lo defiendas en esto. Ambas sabemos que no es mal chico pero... le pierden las faldas.

-Más bien lo que hay debajo - se tapó la boca en cuanto lo dijo.

-Cierto - rieron juntas - No veas lo enfadado que estaba cuando recibió la foto con tu guapo escocés. Me encantó que hicieses eso. Se lo merecía.

 La abrazó. Ese era otro de sus rasgos al que le había costado acostumbrarse. Helena era muy espontánea en sus muestras de afecto. Siempre estaba tocando y abrazando. No podía evitarlo, estaba muy arraigado en ella.

-Fue idea de Cailean - sonrió al recordarlo.

-Hasta el nombre es sexy - fingió un desmayo y ambas sonrieron.

-¿Quieres tomar algo? - intentó cambiar de tema.

Hablar de Cailean la ponía nerviosa, sobre todo porque sabía dónde terminaría aquella conversación. Con Helena era siempre así. Directa en todo y sin ninguna vergüenza. Preguntaba lo que quería saber aunque eso te incomodase a ti.

-No - se levantó de un salto - Vístete. Nos vamos de compras.

-No estoy yo para eso, Helena - se quejó.

Tiró de ella hasta lograr levantarla del sofá. Tampoco es que hubiese puesto demasiada resistencia. En el fondo le apetecía salir de la casa. Ya no se sentía tan cómoda en ella como antes. Saber que habían entrado en ella y habían revuelto sus cosas le preocupaba. Le inquietaba pensar que quisieran regresar a terminar el trabajo. Fuese cual fuese aquel trabajo y si es que había uno. Se estremeció.

-Pero yo sí, así que me acompañas - la miró de arriba abajo, no había visto su reacción - Y ponte algo bonito porque cenaremos fuera e iremos a tomar unas copas después.

-Te recuerdo que mañana trabajas.

-No - le sonrió triunfante - Mi jefe me ha recompensado por todas las horas extras que he estado haciendo y me ha dado el día también. Me tienes toda para ti, nena.

La hizo reír, como siempre. Helena era puro fuego y energía positiva. Había sido su mayor apoyo cuando sus padres murieron. Sin ella, se habría sumido en la desesperación y tal vez, habría acabado como Robert, metida en cama sin ganas de vivir. Independientemente de lo que había sucedido con su hermano,

Helena era para ella más que una simple amiga. Era su familia ahora.

-Ve - le ordenó empujándola hacia su habitación - Algo bonito, Lía. O te vestiré yo misma.

Sonrió, no podía evitarlo. Helena era un bálsamo para ella. Y, como la conocía, hizo lo que le pedía. Se vistió con ropa bonita, se maquilló un poco y se puso tacones. No era algo que hiciese habitualmente, pero cuando Helena se lo proponía, nadie la detenía. Mejor no discutir con ella. Saldrías perdiendo.

-Tráeme unos zapatos bajos - la oyó gritar a través de la puerta - y llévate otros para ti. No quiero acabar con los pies destrozados antes de la noche. Y vamos a andar mucho esta tarde.

-¿Por qué no has traído de casa? - le tendió unas bailarinas negras cuando salió de su habitación. Ella llevaba otras iguales.

-Las prisas - se encogió de hombros - Vamos, Lía. Disfrutemos del día.

-Y la noche - suspiró.

Helena la arrastró tras ella. Cuando cerró la puerta, pensó que tal vez necesitaba aquello. Una tarde de chicas y una noche loca. Había estado agobiada desde que había llegado y sólo cuando Helena la hizo prepararse para salir, lo comprendió. Quedarse en casa sólo complicaría más su situación. Su mente no dejaría de pensar en cosas negativas, así funcionaba, y todo lo bueno que tenía quedaría relegado al fondo de su subconsciente.

Mientras iban en el coche de su amiga, decidió enviarle un mensaje a Cailean para avisarlo de que no estaría disponible hasta el día siguiente. Quería tener toda su atención puesta en su día de chicas.

-Diviértete, cielo - le escribió él de vuelta - Lo necesitas.

-Demasiado perfecto - le envió ella.

-Para nada, cielo. Me muero de celos por no poder ser yo quien te lleve por ahí. Pero quiero que estés bien y tu amiga sabrá como entretenerte.

-Gracias, Cailean. Por todo - repitió sus palabras de la noche anterior.

-Gracias a ti, cielo.

Guardó el teléfono y suspiró. Hoy serían simplemente Lía y Helena. Dos amigas inseparables que buscaban diversión y entretenimiento. Lo necesitaba. Realmente lo necesitaba.

No recordaba cuantas copas habían bebido, pero habían sido bastantes. Se sentía mareada. Helena estaba intentando ligarse a un moreno de ojos verdes que la miraba embelesado, no le resultaría difícil lograrlo. No quería interrumpirlos pero se acercó a ellos igualmente.

-Voy al baño - le informó al oído.

-Te acompaño.

-No, tú diviértete - le sonrió. O al menos esa fue su intención, con tanto alcohol en sus venas ya no estaba segura de poder controlar los músculos de su cuerpo.

Caminó con paso inseguro, atenta a todos para no chocar con nadie. Lo menos que necesitaba ahora era que alguien quisiese entablar conversación con ella. No se veía capaz de hablar con coherencia. Sonrió al llegar al baño, ilesa.

Mientras esperaba a que llegase su turno, se mojó la cara varias veces, poniendo cuidado en no desmaquillarse. No es que le importase demasiado, pero Helena era capaz de volver a maquillarla si la veía sin él. Inspiró varias veces a pesar del olor tan repugnante que había en el baño. Necesitaba despejar la mente.

Cuando salió del baño, chocó contra alguien. No se esperaba a nadie tan cerca de la puerta. Levantó la mirada hacia su rostro para pedirle perdón y se sorprendió al ver a Óscar. Retrocedió pero él la sujetó por un brazo con suavidad pero en firme.

-¿Podemos hablar? - le preguntó.

-Ahora no, Óscar. He bebido mucho.

-Por favor - vio la súplica en sus ojos y supo que cedería.

-Vamos fuera - suspiró - Necesito aire.

No avisó a Helena porque sabía que no la dejaría ir sola. Miró hacia ella y la vio abrazada al moreno. Mejor dejarla disfrutar a su manera. Ella terminaría pronto la conversación y después se iría a casa. Había sido suficiente por ese día para ella.

-Siento mucho lo del otro día en mi casa - empezó él en cuanto estuvieron en el aparcamiento - No quise asustarte.

-No estaba asustada, Óscar. Sé que nunca me harías daño.

-Yo sólo quiero que me perdones por lo que te hice - se acercó a ella pero se detuvo a unos pasos - No he podido dejar de pensar en ti desde que rompimos.

-Haber pensado en mí antes de engañarme con todas aquellas mujeres - el alcohol le daba alas para decir todo cuanto no se atrevería si no hubiese bebido - Si hubiese sido una, tal vez podría olvidarlo. Pero fueron muchas, Óscar. Muchas.

-No creí que me importases tanto. Yo...

-Y lo dices tan tranquilo - lo interrumpió - ¿Sabes el daño que me hiciste? Yo estaba mal por la muerte de mis padres y tú me remataste, Óscar.

-Lo siento mucho, Lía - se acercó de nuevo a ella - Estoy tan arrepentido. Déjame demostrarte que puedo cambiar. Por ti, lo haré. Te juro que...

-Déjalo, Óscar - se separó de él - No quiero saber nada de tus promesas. Destrozaste mi confianza en ti hace tiempo.

-Lía...

-No - retrocedió de nuevo cuando Óscar intentó abrazarla - No lo hagas más difícil.

-Es por él, ¿verdad? - la acusó - ¿Cuánto hace que lo conoces? ¿Realmente crees que te quiere? No eres más que una turista con la que pasar el rato, Lía. No seas ilusa.

-No tiene nada que ver con él - le dolió que dijese aquello - Tiene que ver contigo y con que me hayas engañado.

-¿Cuánto crees que durará? - le gritó cuando ya se alejaba de él - Yo puedo hacerte feliz. Estoy aquí y lo estaré siempre. Te lo demostraré.

-Tarde - dijo en bajo. Las lágrimas empañaban sus ojos.

Llamó a un taxi y esperó a que llegase. La noche había acabado para ella y de la peor manera. Óscar había abierto viejas heridas con sus palabras. Las dudas regresaron a ella con más fuerza. ¿Y si tenía razón? ¿Cuánto tardaría Cailean en cansarse de ella? Porque estaba claro que no podrían verse tan pronto como él esperaba.

-Me voy a casa, Helena - escribió después de indicarle al taxista la dirección - Perdona por no avisarte antes pero no me encuentro muy bien.

A pesar de que creía que no lo leería, sí lo hizo y le contestó al momento.

-¿Estás bien? He visto a Óscar. ¿No habrás tenido un encontronazo con él? Parecía muy enfadado.

-No pasó nada. Sólo quiero irme a casa. Ya hablaremos. Diviértete.

Helena la conocía bien. Probablemente insistiría en saber lo que había pasado pero no esa noche. Esa noche estaría ocupada con el moreno y ella podría controlar sus sentimientos antes de hablarle. Se limpió las lágrimas y suspiró. El alcohol siempre intensificaba todo. Lo bueno y lo malo.

Pagó el viaje y subió las escaleras para despejarse todavía más, todavía le bailaba el suelo. Entró en casa después de intentar abrir un par de veces y fracasar. Ni siquiera entendía cómo había podido hablar de una forma tan coherente con Óscar, con lo borracha que estaba todavía.

Dejó los zapatos en algún lugar del salón, el bolso en el pasillo, el vestido en la entrada de su cuarto y se tiró en la cama en ropa interior. No tenía fuerzas para más. Se cubrió con la manta como pudo y se quedó totalmente dormida, en un sueño inquieto.

Su teléfono la despertó. Lo buscó sin abrir los ojos y contestó de igual modo. Le dolía la cabeza y estaba tan cansada como cuando se había acostado. Ocultó su rostro de nuevo en la almohada mientras hablaba.

-Hola - gimió.

-Parece que anoche alguien se lo pasó bien - oyó reír a Cailean.

-No me lo recuerdes - gimió de nuevo - Creo que voy a morir.

Las palabras de Óscar reverberaban en su mente todavía mientras se acomodaba en la cama. Con cada palabra de Cailean perdían fuerza, pero aún así, continuaban torturándola sin descanso.

-Te creo. Por la voz que tienes, diría que te has bebido la botella de whisky que te regalé.

-Ni me acordé de ella. Mejor así. O no habría sobrevivido.

-Me gusta la Lía resacosa.

-¿Por qué no tiene filtro? - supuso, todavía medio dormida. No pensaba lo que decía, realmente.

-En realidad me gusta Lía - dijo - Sea como sea.

-Que suerte tiene esa Lía.

-La suerte es mía.

Gimió otra vez cuando intentó incorporarse en la cama. Cailean rió de nuevo pero ni siquiera le molestó que le divirtiese su malestar. Estaba demasiado dolorida para pensar en ello. Se había excedido y ahora pagaba las consecuencias.

-De modo que... la noche estuvo bien.

-La de alguna mejor que la de otra.

-¿Por qué dices eso? - notó la preocupación en su voz.

-Por nada.

-Lía.

-Discutí con Óscar. No es nada, en serio.

-Claro que lo es. ¿Te ha molestado? ¿Se ha propasado contigo? - sonaba frustrado - Odio estar tan lejos, Lía.

-No pasó nada, Cailean. En serio, no te preocupes. Solo aclaramos algunos puntos.

-¿Estás bien, cielo?

-Sí - dijo después de un momento en silencio.

No quería hablar con él de Óscar. Las dudas que había alimentado su ex seguían ahí a pesar de sentirse tan bien hablando con Cailean. ¿Cuándo se cansará de estar separados?, le gritaba su mente. Suspiró.

-Necesito comer algo - le dijo - Hablamos más tarde, ¿vale?

-Claro. Yo estoy haciendo algunas compras. Cuando vuelva a casa te llamo de nuevo, si te parece bien. Tal vez quieras dormir algo más - la diversión bailaba en su voz.

-No lo sé - fue evasiva - Ya lo vemos luego.

-¿Seguro que estás bien?

-Sí - mintió.

De repente, oyó al fondo una voz que conocía bien aunque solo la había escuchado una vez. Se tensó y todos sus instintos le gritaban que colgase antes de oír nada más. Aún así, no lo hizo. Y pudo escuchar cómo Shanene lo saludaba con aquella voz de diva que tenía y cómo él le correspondía al saludo. Se disculpó al momento para seguir hablando con ella, pero su mente pesimista no lo registró de ese modo.

-Te dejo - dijo de repente - parece que estás ocupado.

-Acabo de encontrarme con Shanene. Pero no tienes que colgar por eso. Sólo la he saludado.

-No importa. Seguro que tenéis cosas de que hablar.

-Lía, no es...

-Déjalo - lo interrumpió antes de que usase aquellas palabras que tanto odiaba - No pasa nada. Yo tengo hambre y tú puedes hablar con ella. No hay nada más que decir. Diviértete, Cailean. Hablamos después.

Colgó antes de que Cailean pudiese decir algo o antes de escuchar hablar de nuevo a Shanene acaparando su atención. Cuando las palabras de Óscar volvieron a asaltar su mente, las lágrimas cayeron rodando por sus mejillas y lo único que pudo hacer fue limpiarlas. Dolía. Dolía mucho.

Después de comer, sorprendentemente se había saltado el desayuno, se recostó en el sofá. Cailean le había enviado un mensaje unos minutos después de que cortase la llamada. Por sus palabras, sabía que estaba preocupado por ella y se sintió mal. Había intentado tranquilizarlo y le prometió que lo llamaría por la noche.

Ahora que el alcohol había desaparecido de su organismo por completo y de que estaba más despejada, se arrepentía de haberse despedido de una forma tan brusca con Cailean. Una vez más, lo había comparado con Óscar sin darle la oportunidad de explicarse.

Analizando lo que había sucedido durante la llamada, comprendió que Shanene había tenido la fortuna de encontrárselo justo en ese momento y seguramente había sabido aprovecharlo en su beneficio. Y ella, como una tonta, había caído en la trampa. O al menos eso esperaba que hubiese sucedido. Quería creer que Cailean no le había mentido cuando le habló de ella.

Suspiró por tercera vez consecutiva e intentó acomodarse en el sofá, pero no encontraba la postura adecuada. Sabía que el problema era su malestar por haber sido tan estúpida con Cailean, pero no se sentía con fuerzas para hablar con él por el momento. Tenía los sentimientos a flor de piel y no quería acabar llorando.

Primero necesitaba analizar cuanto había sucedido en las últimas horas y después podría hablar con él.

Le contaría la verdad sobre su relación con Óscar para que comprendiese de donde provenían sus inseguridades. Si de verdad quería que aquello funcionase, tendría que empezar a abrirse a él. Porque cada día estaba más enamorada y no quería dudar de él como lo hacía. O de sí misma.

-Hola, Helena - contestó al teléfono un par de horas más tarde - ¿Qué tal tu noche, pervertida?

-Ya, ya - rió - Echándome en cara mis propias palabras. Pues te diré que fui mucho más pervertida que tú. Acaba de llegar de su casa.

-¿Ahora? - miró el reloj - Pero si son las cuatro de la tarde.

-Tenía que ir a trabajar - rió de nuevo - o me habría quedado más tiempo.

-Eres increíble.

-Eso mismo me decía él anoche.

-No quiero saberlo, Helena. Ahórrame los detalles - se sonrojó.

-Bien, porque yo llamaba por el estúpido de mi hermano. ¿Qué te hizo anoche?

-Nada - suspiró - Quería pedirme perdón.

-No se te ocurriría perdonarlo - la interrumpió.

-¿Estaba contento cuando lo viste?

-Bien por ti. No se merece tu perdón. Además, tú ya tienes a tu escocés buenorro.

-Creo que metí la pata con él - se mordió el labio - Le corté la llamada cuando lo oí saludar a una amiga suya.

-Vaya, celos - se burló - Seguro que eso le puso cachondo, no te preocupes.

-Helena.

-¿Qué? Los tíos son simples.

-Contigo no hay forma de hablar en serio.

-Mira, Lía. Está claro que ese chico te gusta. Conociéndote, no le habrás contado nada de mi hermano así que, ya estás llamándolo y diciéndoselo. Para que él sepa el terreno que pisa. Se lo debes. Y te lo debes.

-Lo sé.

-Pues no lo pienses más y hazlo. Lánzate por una vez en tu vida. Igual te sorprendes de lo que logras.

-Gracias, Helena. Eres única.

-Eso también me lo dijo mi moreno meloso - rió.

-¿Vas a verlo de nuevo?

-Le he dado mi número y sabe donde vivo. Ahora está en sus manos.

-No pareces preocupada.

-No lo estoy. Me llamará.

-Ojalá yo fuese tan segura de mi misma como eres tú.

-Tú eres más dulce y eso gusta a los chicos mucho más.

-Cailean me dijo una vez que la palabra que mejor me describía era adorable.

-Tía, coge el primer vuelo que haya a Escocia y cómete a besos a ese hombre.

-No puedo irme, Helena - rió.

-Me hago pasar por ti, si es necesario. Pero no lo dejes escapar, Lía.

-Lo intentaré.

-Llámalo.

-Lo haré.

-Llámalo - repitió.

-Lo haré, Helena. Prometido.

-Bien. Ahora te dejo. Me ha llegado un mensaje y tengo la sensación de que mi moreno me echa de menos - rió - Llámalo y luego me cuentas.

-Adiós, Helena.

-Llámalo, Lía - colgó.

Definitivamente tendría que llamarlo. Sonrió algo más tranquila. Helena siempre le daba buenos consejos y, una vez más, había sabido animarla. Aún así, esperaría a la noche para hablar con Cailean.

Decidió salir a pasear, la tarde se le haría más corta de ese modo. Recorrió el paseo marítimo intentando no chocar con nadie. Hacía un día de sol maravilloso y parecía que todos habían tenido la misma idea que ella.

No era fan de la playa pero sí le gustaba escuchar el sonido del mar, la relajaba. Encontró un banco libre y se sentó en él para disfrutar del rugir de las olas. Las conversaciones y el ruido de los coches desaparecieron en cuanto cerró los ojos y se concentró en el mar. Respiró en profundidad y el olor a sal llegó a ella.

El claxon de un camión la despertó de su ensoñación. Se sobresaltó y abrió los ojos de golpe. Con el corazón desbocado, se levantó y decidió regresar a casa. Miró el reloj y vio que llevaba al menos una hora allí sentada. El tiempo había volado y ni cuenta se había dado.

Cuando llegó al portal de su edificio, buscó las llaves para abrirlo. Estaba rebuscando en su bolso cuando sintió que la empujaban contra la puerta con fuerza. Ni siquiera pudo gritar porque alguien le tapó la boca. El miedo se apoderó de ella.

-Por fin te encontramos, preciosa - susurró una voz en su oído - Te haces de rogar.

Las lágrimas acudieron a sus ojos en tanto sentía que el dueño de la voz se pegaba más contra su cuerpo. Podía sentir algo duro contra su costado y rogó porque no fuese una pistola. No quería morir. Mucho menos sin saber por qué.

-Ahora vas a abrir esa puerta y vamos a subir a tu piso para pasarlo bien un rato. ¿Te parece?

Mientras hablaba, apretó contra sus costillas lo que fuese que tenía en la mano, exhortándola a obedecer. Buscó de nuevo sus llaves con manos temblorosas y trató de abrir el portal en cuanto las encontró. Las lágrimas dificultaban la tarea.

-Vamos, preciosa. No tenemos todo el día.

No podía ver tras ella pero supuso que al menos eran dos porque aquel hombre hablaba siempre en plural. Esperaba que fuesen sólo dos. En cuanto la puerta se abrió, la empujó dentro sin contemplaciones.

-¿Qué coño pasa aquí?

Gimió al reconocer la voz. No sabía si sentirse aliviada o preocupada. Óscar apareció ante sus ojos poco después y parecía estar muy enfadado. Aquello podía ponerse peligroso y lo que tenía apuntando a sus costillas era un arma, Óscar y ella tenían las de perder.

-Será mejor que no te metas - dijo su captor.

-Será mejor que la sueltes.

-Oblígame.

Los siguientes minutos se sucedieron tan deprisa que apenas pudo registrar lo que ocurrió. Óscar se enfrentó a los tres asaltantes, al final habían sido tres, con sus manos limpias y ellos huyeron después de unos cuantos golpes intercambiados. El arma que había pensado que llevaban, ni siquiera había aparecido por ningún lado. Daba gracias por eso.

-¿Estás bien? - se acercó a Óscar, que sangraba por una ceja que le habían partido - Tenemos que ir al médico. Hay que darte puntos.

-¿Estás tú bien? ¿Te han hecho daño?

-Estoy bien - lo ayudó a levantarse - Vamos. Te acompaño a urgencias.

-No es necesario.

-Claro que sí. Tienes una brecha en la ceja.

-Seguro que no es nada. Ya la curo en casa.

-Óscar, tienes que ir al hospital.

-No es necesario - repitió - Vamos a mi casa. Tengo un botiquín de primeros auxilios. Me la curaré yo solo.

Lo siguió a regañadientes y le realizó ella las curas. Después de limpiar la herida, tuvo que admitir que no era tan grave como había pensado en un principio. Óscar se había quitado la camiseta manchada de sangre y la miraba en silencio mientras ella colocaba las tiras de aproximación.

Cuando la mano de Óscar le rozó el brazo, se separó de él y empezó a recoger las gasas manchadas de sangre. Le agradecía que la hubiese salvado pero aquello no cambiaba nada entre ellos. Ahora, una vez repuesta del susto, era consciente de su torso desnudo y de su intensa mirada. Su intento de tocarla la había puesto nerviosa.

-Será mejor que me marche ya.

-Lía - la tomó de la mano - No te reprimas conmigo.

-No me reprimo - se soltó.

-Sé que estás asustada. Si no hubiese aparecido yo...

-Te agradezco lo que has hecho, Óscar. Pero es mejor que me vaya.

-Vamos - la sujetó de nuevo - Conmigo puedes hablar.

-No hay nada de qué hablar. Suéltame.

-Acabo de salvarte la vida. ¿Eso no cuenta? ¿Acaso el escocés ese hizo lo mismo por ti? Lo dudo. Yo puedo protegerte. Estoy aquí. Ese tío está a kilómetros de ti. Nunca podría sustituirme.

-Óscar, estás desvariando. Suéltame, por favor.

-No. No hasta que comprendas que te necesito. Y que haré cualquier cosa por ti. Yo te quiero, Lía.

La puerta se abrió de golpe y ambos miraron hacia ella sorprendidos. Helena entró hecha una furia y dejó las llaves y el bolso de mala manera en la entrada. Se dirigió hacia su hermano sin dejar de mirarlo y lo empujó con fuerza. Lo miró de arriba abajo y lo amenazó con un dedo cuando le habló.

-Dime que no es verdad, maldito cabrón de mierda - prácticamente le estaba gritando - No, déjalo. No hace falta que hables. Por tus pintas está claro que es totalmente cierto. ¿Pero en qué coño estabas pensando, imbécil? ¿Es que no tienes un cerebro ahí arriba para usar?

-Déjame en paz, Helena. Tú no lo entiendes.

-El que no lo entiende eres tú, pedazo de burro - lo empujó de nuevo.

-Helena - la llamó Lía para tratar de tranquilizarla - ¿Qué pasa? Deja a tu hermano, acaba de salvarme de...

-Fue cosa suya, Lía. No lo defiendas - la interrumpió, mirándola con fiereza.

-¿De qué estás hablando? - la miró con confusión.

-Puedo explicártelo, Lía - empezó a decir Óscar - Yo sólo quería que volver contigo y...

-Te engañó, Lía - lo interrumpió Helena, tan enfadada como estaba - Los que te atacaron eran sus amiguitos del gimnasio.

-¿Qué? - los miró a ambos con lágrimas en los ojos.

-Me los encontré por el camino y los oí hablar de ello. Se estaban jactando de cómo habían logrado engañarte para que cayeses en los brazos de mi hermano - volvió su atención hacia él - Tú, estúpido inútil, ¿no tenías nada mejor que hacer que asustar así a Lía? ¿Acaso pensabas que con engaños podrías recuperarla?

-Lía - Óscar ignoró a su hermana e intentó acercarse a ella - Escúchame...

-No - se alejó de él - No me hables, Óscar. No quiero saber nada más de ti. Intenté ser tu amiga pero esto es... has cruzado la línea. Yo no... Esto es demasiado ya.

-Lo de su piso no habrá sido idea tuya también, cerebrito - lo acusó de repente Helena, interrumpiéndolos.

-Cállate, Helena - le gritó él, desesperado - No lo empeores.

-¡Oh, Dios! - gimió Lía - ¿Tú lo hiciste? Óscar, dime que no fue cosa tuya.

-Déjame que te lo explique, por favor.

-Basta. No más. No quiero volver a verte, Óscar. No me hables, no me mires, no te acerques a mí. Jamás.

-Te acompaño, Lía - se ofreció Helena - Y tú, estúpido, reza para que Lía no decida presentar una denuncia. Dios, casi estoy deseando que lo haga, sólo para que aprendas de una vez por todas que no se puede tratar así a las personas. Serás gilipollas.

-No, Helena - dijo ella - Esto se acaba aquí. No puedo hablar más de esto. Yo... necesito pensar. Tengo que irme.

-Espérame, Lía.

-No, Helena. Quiero estar sola. Lo necesito - la miró implorante - Mejor mañana.

Salió del piso de su amiga tan rápido como pudo y corrió escaleras arriba hasta el suyo. El corazón le palpitaba frenético, las piernas apenas lograban sostenerla y le temblaban las manos mientras intentaba abrir la puerta. Se sentía tan estúpida, tan humillada.

Las lágrimas empañaban su visión, lo que dificultaba el introducir la llave en la cerradura.

-Mierda - sollozó cuando se le cayó al suelo.

Se quedó por un momento en cuclillas, con la cabeza apoyada en la puerta. Cuando recuperó algo de fuerza, recogió las llaves y probó de nuevo. Esta vez pudo entrar a la primera. Cerró de nuevo y apoyó la espalda contra la puerta. Poco a poco se deslizó hasta el suelo, para quedar sentada en él. Se abrazó a sí misma y dejó que las lágrimas fluyeran libres. Ya no podía retenerlas más. Una vez más había sido manipulada por Óscar. Era tan crédula.

Se levantó después de varios minutos llorando y caminó como un zombi hacia su habitación. Se desvistió sin prestar demasiada atención a donde dejaba la ropa y se metió entre las sábanas. Sólo quería llorar. Y que el día terminase por fin. Había sido el peor día de su vida, después de la muerte de sus padres. Nada podría nunca superar ese otro día, por supuesto, pero este había sido terrible también. A su modo.

Media hora después compadeciéndose de su mala fortuna, como si fuese una luz brillante en medio de una oscura tormenta, la imagen de un Cailean sonriente inundó su mente. Había prometido llamarlo y no quería fallarle de nuevo. Y aunque no se sentía con fuerzas para hablar con él, decidió enviarle un mensaje. Al menos para tranquilizarlo. Se lo debía.

-Cailean - escribió - siento no poder llamarte como te prometí. Ha sucedido algo que... he sido una estúpida, como siempre. Perdóname. Por haber desconfiado de ti cuando tú siempre has sido honesto conmigo y has ido con la verdad por delante. No te merecías que te comparase con Óscar pero es lo que hice. Di por hecho que me engañarías como él hizo tantas veces y ni siquiera te dejé explicarte. Lo siento mucho. Tú no eres él. Tú jamás harías lo que él hizo. Lo sé ahora, pero lo olvidé en su momento. Soy tan fácil de engañar... Me siento estúpida. Pero ya no más. No quiero volver a verlo. Ahora solo necesito tiempo para pensar. Perdóname por no llamarte. No puedo hablar ahora. Lo siento. Lo siento mucho. No te preocupes por mí, estaré bien. Mañana, cuando todo se haya calmado en mi mente, te llamaré. Te lo prometo. Perdóname, Cailean. Por todo. Lo siento.

-Apagaré el teléfono, ahora necesito estar sola - añadió en otro mensaje - Te llamaré mañana.

En cuanto se aseguró de que le habían llegado ambos mensajes, apagó el teléfono y se sumergió de nuevo entre las sábanas. Pero algo había cambiado en ella mientras escribía, ya no quería llorar más por alguien que no lo merecía. Así que intentó ser fuerte por quién sí lo hacía. Por quién se preocupaba por ella. Trataría de arreglar el desorden en su mente esa noche y al día siguiente sería tan sincera con Cailean como debería haberlo sido desde el principio.

Óscar le había abierto los ojos de la peor de las maneras, pero era algo que debía agradecerle. Lo único, en realidad. Todo con él había sido una constante mentira y ahora podía ver la diferencia abismal que había con Cailean. Ni siquiera debería haberlos comparado en un primer momento, porque Óscar no le llegaba ni a la suela del zapato a Cailean. Eran tan distintos, que el simple hecho de ponerlos en el mismo baremo era de risa. Óscar era una alimaña de la peor calaña mientras que Cailean era bondad y sinceridad. Merecía que le correspondiesen de la misma forma.

Después de varias horas dándole vueltas a sus pensamientos, finalmente consiguió conciliar el sueño. Ahora que tenía claro lo que debía hacer, se sentía lo suficientemente relajada como para descansar un poco antes de enfrentarse a lo que el mañana le deparaba. Su nueva vida estaba a punto de empezar y esta vez quería hacerlo bien.

# 13

Se había retirado a su habitación temprano para poder hablar con Lía en privado, porque necesitaba explicarle que entre Shanene y él no había nada. Se había quedado intranquilo cuando le cortó la llamada tan bruscamente y sabía que había sido por ella.

Había intentado deshacerse de ella sin resultar borde pero Shanene no se lo había puesto fácil. Era una mujer insistente cuando algo le interesaba. Y le dejó muy claro que era a él a quien quería en ese momento. Al final había tenido que ser brutalmente sincero con ella y se había ido enfadada y ofendida. Poco le importó, porque sólo podía pensar en Lía y en lo que estaría pensando en ese momento. Le aterraba la idea de que decidiese no regresar a Escocia por culpa de Shanene.

Le había enviado un mensaje, temiendo que le cortase la llamada si intentaba hablar con ella. Los segundos de espera le resultaron eternos y aunque ella lo tranquilizó con su mensaje, él no podía quitarse de la cabeza que algo iba mal. Muy mal. Aún así, se prometió que esperaría a que ella llamase, tal y como le había prometido.

Nunca creyó que lo que recibiría sería un nuevo mensaje de ella. Y mucho menos ese mensaje. A medida que lo leía, la ira iba quemándole las entrañas. Para cuando terminó, deseaba ir a España sólo para golpear a Óscar hasta que le sangrasen los nudillos. Nunca en su vida había sentido un odio tan visceral por alguien a quien no conocía.

Se sentía impotente al ver el sufrimiento de Lía y no poder estar allí con ella para consolarla. Incapaz de quedarse quieto en la cama, se vistió rápidamente y salió de su cuarto. Necesitaba salir fuera para despejar la mente e intentar disipar la rabia que había nacido en él con cada palabra de Lía. Tenía que hacer algo. Lo necesitaba. Pero lo único que, en la distancia, podía hacer, no estaba a su alcance porque Lía había desconectado el teléfono.

-Voy a casa del abuelo - informó a sus padres, que todavía estaban levantados, viendo la tele.

-¿A estas horas? - preguntó su padre.

-Necesito hablar con él.

-¿Ha pasado algo, cariño? - su madre lo miró preocupada.

-No, mamá. No te preocupes. Sólo necesito hablar con él.

-¿Está bien Lía?

-Sí - mintió - No tiene nada que ver con ella.

-Llévate mi coche. Tu padre lo necesita mañana.

-Gracias, mamá - se acercó a ella y la besó en la mejilla.

-Conduce con cuidado, hijo.

-Lo haré, papá.

La casa de su abuelo no quedaba cerca pero necesitaba tanto hablar con él, que le aconsejase, que no le importaba salir en plena noche para ir a verlo. Durante el trayecto, su mente repasaba cada palabra de Lía. Se maldecía por no estar más cerca de ella. Nunca antes la había sentido tan lejos. Y no sólo en la distancia. A pesar de que le decía que hablarían, tenía la sensación de que algo iba mal.

No le sorprendía que lo comparase con su ex, era algo inevitable. También él la había comparado con las suyas. Pero siempre había ganado ella con creces. Nadie podía ser mejor que Lía. Ella era única. Lo que le irritaba era haber descubierto lo malnacido que había sido. No es que le hubiese explicado demasiado pero podía intuir lo que había sucedido. La rabia regresó a él, así como las ganas de golpearlo. Se aferró al volante con fuerza e inspiró varias veces para controlarse.

Cuando llegó a casa de su abuelo, dejó el coche atravesado en la entrada. Corrió hacia la entrada y golpeó la puerta varias veces. Ni siquiera pensó que tal vez estuviese ya durmiendo. No le importaba demasiado. Necesitaba hablar con él.

-Cailean - Robert lo miró sorprendido - No te esperaba. ¿Sucede algo, hijo?

-Lía - entró en la casa.

-¿Qué pasa con ella? ¿Tiene problemas?

-No sé qué ha pasado pero me ha escrito un mensaje que me tiene preocupado - habló atropelladamente - Me siento impotente. Querría estar allí con ella pero estoy aquí, sin poder hablarle porque ha apagado su teléfono. Ha prometido llamarme pero tengo miedo de que no lo haga. Siento que la estoy perdiendo, abuelo.

-Tú la quieres - le dijo con calma.

-Es mi vida - le confesó - No sé cómo pasó, pero ya no podría estar sin ella.

-¿Se lo has dicho?

-No - apartó la mirada - No me parecía bien decírselo por teléfono.

-Debiste decírselo antes de que se hubiese ido. Lía es muy insegura.

-Lo sé - se despeinó el pelo, frustrado - Debí hacerlo pero no lo hice. Y ahora me asusta que sea demasiado tarde. No puedo decírselo por teléfono, no me parece correcto. Y ella no va a volver. Abuelo, no va a volver. Lo presiento.

-A veces me pregunto si de verdad llevas mi sangre en tus venas - suspiró Robert, conservando la calma - Ven conmigo, muchacho.

Cailean lo siguió, más frustrado todavía. Había pensado que su abuelo le daría algún consejo útil pero se había limitado a decirle lo que debería haber hecho. Eso no le ayudaba. Miró a su espalda, impaciente. El corazón parecía querer escapar de su pecho y le molestaba que su abuelo estuviese tan tranquilo.

Lo vio escribir algo en un papel. Se estaba tomando su tiempo y él se desesperaba mientras tanto. Se mordió la lengua para no decirle algo de lo que sabía que se arrepentiría después. Quería mucho a su abuelo y apreciaba cuantos consejos le había dado a lo largo de su vida, pero en ese momento deseaba estrangularlo. Cuando tomó el papel de sus manos, lo hizo de forma demasiado brusca.

-Ahí está todo lo que necesitas. Espero que sepas qué hacer con ello - le guiñó un ojo y él puso los suyos en blanco.

Abrió el papel y leyó. Una sonrisa se dibujó en su rostro a medida que comprendía lo que era. Un plan se iba formando en su mente y la tranquilidad se apoderaba de cada parte de su cuerpo a medida que contemplaba las posibilidades.

-Veo que sí tienes mi sangre, después de todo - rió Robert - Ahora ocúpate de tu mujer, que yo me ocuparé de la mía.

Cailean lo miró desconcertado, hasta que su vista se desvió hasta el sofá de la sala de estar. Lorna MacDonald estaba sentada en él y le sonreía.

-Hola, Cailean - lo saludó - Hacía mucho tiempo que no te veía. Veo que te has convertido en todo un hombre.

-Hola, Lorna. No sabía que estabas aquí. Siento la interrupción - miró a ambos alternativamente.

-El amor bien lo merece - rió ella.

Lorna y su esposo habían sido grandes amigos de sus abuelos desde que él tenía uso de razón. Tras la muerte de su esposo, ella se había ido a vivir con sus hijos a Glasgow. Ni siquiera sabía que había vuelto. Ni que su abuelo sintiese interés por ella. Lo miró interrogativo y él se limitó a sonreír.

-Ve, hijo. No te demores con dos viejos como nosotros. Tienes mucho que hacer.

-Gracias, abuelo - lo abrazó - Eres el mejor. Te quiero.

-Y yo a ti, hijo. Y yo a ti.

# 14

-Olvídalo, Helena - le dijo por enésima vez - No voy a denunciar a tu hermano. Además, ¿tú no deberías estar defendiéndolo? Podría ir a la cárcel si lo hago.

-Se ha pasado de la raya - negó con la cabeza - Merece un escarmiento.

-Pues dáselo tú. Yo sólo quiero pasar página - suspiró y miró de nuevo su teléfono.

Lo había encendido esa misma mañana temprano y le decepcionó no encontrar ninguna llamada. Prometiste llamarlo tú, se recordó una vez más. Cailean sólo estaba dándole el espacio que ella le había pedido. Regresó la mirada hacia su amiga y vio el reproche en la suya.

-Llámalo.

-No sé si querrá hablar conmigo - no quería admitir que estaba asustada, pero era así - Debió creerme una loca con el mensaje que le envié. ¿Y si me corta la llamada?

-Llámalo - insistió.

Tomó el teléfono en sus manos y marcó el número. Si no lo hacía ella, se encargaría Helena y eso era algo que la asustaba todavía más. Esperó los tonos de llamada impaciente y nerviosa, pero recibió otros muy distintos. Colgó y miró preocupada a su amiga.

-Está apagado.

-O fuera de cobertura - se encogió de hombros - Puede que esté en algún lugar donde no tenga señal. Piensa en verde, Lía.

-Ojalá fuese como tú. Pero ya me conoces. El verde no es mi color - se levantó del sofá - Voy a preparar algo de comer. ¿Te quedas?

-No puedo - fue su turno para suspirar - Trabajo por la tarde. En realidad entro en una hora.

-Pues vete ya o llegarás tarde.

-Me quedaré diez minutos más - la siguió hasta la cocina y se sentó en un taburete.

-No hace falta. Estaré bien.

-Claro que hace falta - rió - Te obligaré a llamarlo de nuevo en diez minutos. Ya me iré después.

Rió con ella. Helena siempre sabía sacarle una sonrisa incluso en sus peores momentos. Era tan distinta de su hermano. Desechó aquel pensamiento y empezó a preparar su comida. Su amiga hablaba sin parar sobre Raúl. Su moreno de ojos verdes ya tenía nombre para ella también.

Aquello parecía serio, porque nunca le daba el nombre del chico si no tenía intención de continuar la relación con él. Se alegró por ella. Se merecía un poco de felicidad en su vida y Raúl parecía justo lo que ella necesitaba. Sus pensamientos volaron hasta Escocia, hasta Cailean. Miró de nuevo su teléfono.

-Hora de intentarlo de nuevo, Lía - Helena levantó las cejas y le sonrió.

-Apagado - le informó, después de unos segundos.

-O sigue en ese lugar sin cobertura - se acercó a ella y la besó en la mejilla - Sigue intentándolo, Lía. No te des por vencida.

-Gracias por todo, Helena. No sé qué haría sin ti.

-Aburrirte - la abrazó - Ya me contarás. Me voy.

-No trabajes mucho - se burló.

-Lo justo para que no me echen - rió ella, ya en la entrada.

Diez minutos más tarde, llamaron a la puerta. Se limpió las manos en el delantal mientras se acercaba para abrir. Sonreía pensando en qué se habría olvidado Helena para tener que volver. Era tan despistada que se olvidaría la cabeza si no la tuviese bien sujeta sobre los hombros. Abrió la puerta sin mirar primero quien era, segura de que Helena estaba al otro lado.

-Helena, Helena, ¿qué te has olvida...? - su voz se apagó cuando comprendió que no era ella. Permaneció inmóvil, con la mano todavía en la manilla de la puerta y sin pestañear. Su boca se había quedado abierta pero no era capaz de cerrarla. Ninguna parte de su cuerpo parecía responder a sus órdenes. Aunque tampoco estaba segura de estar enviando alguna.

-Hola, cielo.

-Cailean - pestañeó al fin - Estás aquí.

-Sorpresa - sonrió mientras extendía los brazos.

Entonces recobró el control de su cuerpo y se lanzó a ellos. Temblaba de emoción cuando sintió cómo la sostenía. Lo había echado tanto en falta. Y no había sido consciente de ello hasta ese momento. Todas sus dudas, como cada vez que estaba con él, habían desaparecido. De repente, no había nada que temer del futuro porque su futuro acababa de entrar por la puerta.

-No me lo puedo creer - lo miró a los ojos, los suyos bañados en lágrimas - Estás aquí.

-Estoy aquí, Lía - le sonrió - Contigo. Créetelo.

Lo besó. Necesitaba asegurarse de que era realmente él. Cailean avanzó con ella en brazos y cerró la puerta tras él, sin dejar de besarla. Ella se aferraba a él, temerosa de que fuese un sueño. Si se despertaba en ese momento, su vida acabaría también.

-¿Estás bien? - le preguntó él intentando mirarla a los ojos - ¿Qué...?

-Ahora no - lo besó de nuevo - Más tarde, por favor.

-Suerte que conozco tu casa - rió él entre beso y beso, mientras avanzaba por el pasillo en dirección a su habitación. No había necesitado que le dijese lo que deseaba de él en ese momento, porque también él lo quería.

La ropa desapareció de sus cuerpos y con ella todos los pesares y todos los miedos que habían sufrido ambos en los últimos días. Las caricias compartidas trajeron promesas de amor futuro y los besos, la confirmación de que el destino quería que ellos estuviesen juntos. Nada más importaba salvo ellos dos. En ese momento y a partir de él en adelante.

Hicieron el amor lentamente, abrazados, mirándose a los ojos, para estar seguros de que ya nada los separaría más. Mientras se movían al compás, sintiéndose piel con piel, comprendieron que no sólo estaban unidos por sus cuerpos. Había algo más profundo en aquel acto. En aquel momento. Cailean la besó en el mismo instante en que ambos alcanzaban la liberación. Había sido una promesa de futuro.

-No es un sueño - permanecían unidos, ninguno de ellos quería moverse todavía.

-No - la besó - Estoy aquí. Es real.

-Lo siento, Cailean - se abrazó a él - No debí dudar de ti. Yo...

-No digas nada, cielo - la interrumpió - Ya no importa.

-Claro que importa. No te lo merecías.

-No, Lía. El pasado no importa. Ni el tuyo ni el mío - la acarició con ternura - Ahora sólo importa el futuro. Y yo quiero que tú estés en el mío.

-Yo también quiero que estés en el mío - le sonrió con timidez. Por primera vez, no se había sonrojado.

-Te quiero, Lía. Debí decírtelo antes pero tenía miedo. Parecías tan temerosa de confiar en mí, que creí que si te confesaba la verdad te alejarías para siempre. Estos días han sido una auténtica tortura para mí. Si llego a...

-Yo también te quiero, Cailean - lo interrumpió tapándole la boca con la mano - Intenté no hacerlo por miedo pero te ganaste mi corazón mucho antes de que pudiese protegerlo de ti.

-Te quiero - la besó - Te quiero. Te quiero mucho, Lía.

Después de hacer el amor otra vez, se levantaron a regañadientes para comer. El estómago de Lía protestaba y él quería cuidar de ella. Ahora que sabía que también lo quería, se ocuparía de hacerla feliz cada día.

Le ayudó a terminar de preparar la comida y, aunque acabó más en su ropa que en su plato, se divirtieron tanto, que no les importó demasiado. Confesarse su amor les había relajado a ambos y ahora se sentían más cómodos y unidos que nunca.

-¿Qué pasó ayer? - le preguntó mientras comían - No es que quiera estropear este momento pero necesito saberlo.

-Creo que será mejor empezar por el principio - suspiró - Para que entiendas lo que pasó ayer. Aunque, sinceramente, hasta a mí me cuesta hacerlo.

-Te escucho - le apretó la mano con la suya un momento para apoyarla.

-Ya sabes que empecé a salir con Óscar después de la muerte de mis padres - asintió y ella continuó - Estuvimos juntos un año. Y en todo ese tiempo me engañó con cuanta mujer se le tiró a los brazos. No sé cuantas fueron pero tuve el... honor de conocer a unas diez de ellas. Si es que se puede decir así.

-Cabrón - se levantó y arrastró su silla hasta Lía para abrazarla, lo necesitaba más él que ella - Lo siento, Lía. Ese tío es un imbécil.

-No tienes que consolarme - aún así se apoyó en él - Ya sabes que lo único que me apetecía era golpearlo.

-Lo recuerdo - sonrió - Continúa.

-Después de romper con él, me dijo que se había arrepentido y que quería volver conmigo. Que cambiaría por mí. Pero ya era tarde. ¿Cómo confiar en alguien que me había engañado tantas veces?

-Imposible - la besó en la mejilla.

-El problema es que Helena es su hermana. Y es mi amiga. La única que conservé después del accidente de mis padres, la verdad. Así que nos veíamos continuamente.

-Por eso dejaste de ir a su casa a dormir - sentenció.

-Sí. Pero viven en el mismo edificio. Es inevitable vernos.

La besó de nuevo, sintiéndose impotente para liberarla del pasado. Le hubiese gustado estar con ella para alejarla de aquel canalla. Cuando le sonrió, se sintió más liviano. Lía era capaz de hacerlo enloquecer con una simple mirada.

-Estaba muy enfadado cuando me fui a Escocia.

-¿Por eso te enviaba los mensajes? Seguramente la foto lo puso furioso. Ahora me siento culpable.

-No lo hagas. Puede haberte detenido, pero se lo merecía - le sonrió de nuevo - En los mensajes me decía que estaba huyendo de lo que sentía por él. Ni siquiera le di importancia a sus palabras. Helena me dijo que estaba encaprichado conmigo por haber sido yo la que rompió con él pero creí que se le pasaría con el tiempo.

-No fue así.

-No. Fue él el que entró en mi piso. Lo revolvió todo para simular un robo y así hacerme volver.

-¡Qué hijo de...! - Lía lo detuvo tapándole la boca.

-Ayer me asaltaron tres hombres cuando llegué a casa de un paseo. Óscar apareció para rescatarme.

-No lo redimas por... - le tapó la boca de nuevo.

-Helena se enteró de que lo había planeado él. Los otros tres eran amigos suyos.

Se levantó de la silla furioso, aquello había llegado demasiado lejos. Había escuchado suficiente. La tomó de la mano y se acercó a la puerta.

-¿Qué haces, Cailean?

-Me vas a decir ahora mismo donde vive ese tío - la miró - Y le voy a mostrar con mis puños lo que opino de él, ya que con palabras no podré.

-No - lo frenó - No quiero que te pelees con él. Por favor.

-Iré puerta por puerta, Lía.

-No quiero que le pegues.

-Pues lo denuncias. Me vale también - la abrazó - No va a quedar impune.

-Déjalo estar. Por favor. Ya no me importa lo que le pase. No estaré aquí para que me haga más daño.

-¿Por qué dices eso? - la miró.

-Porque me voy contigo, Cailean. A Inverness. Venderé el piso y me iré contigo. Y si esto termina...

-No terminará.

-Si termina - lo acarició - me quedaré igualmente allí. Aquí no hay nada para mí.

-No terminará - la besó - No te voy a dejar escapar de mí, Lía. Te quiero.

-Te quiero - lo arrastró hacia la mesa - Acabemos de comer. Después me ayudarás a inventar una buena excusa para la policía sobre el robo para que cierren el caso.

-Te ayudaré en lo que quieras. Pídeme la luna y te la bajaré - le guiñó un ojo, intentando bromear con ella. Todavía sentía la tensión en el cuerpo y deseaba poder encontrarse por casualidad con Óscar. Le daría su merecido aunque luego tuviese que lidiar con una Lía enfadada.

-Tonto - le sonrió.

En la comisaría no quedaron muy conformes con la explicación que les habían dado pero a falta de pruebas, no tuvieron más opción que aceptarla. Habían decidido decir que unos niños del vecindario habían entrado en la casa como si se tratase de un juego pero que habían ido a disculparse y ella no quería presentar ninguna queja. Ante eso y la contundencia de Cailean como su abogado, traducido por ella, tuvieron que cerrar el caso.

-Tengo un buen abogado - sonrió al salir - Soy libre.

-Eres mía - la besó.

-Eso ha sonado muy posesivo.

-Protector - le guiñó un ojo - Mía para cuidarte y amarte.

Caminaron de la mano hasta el edificio donde vivía y cuando se disponían a entrar, Óscar salía del portal. Lía se tensó al momento y Cailean supo quién era él sin necesidad de que se lo dijesen. Sin mediar palabra, le golpeó en la cara con el puño. De la fuerza que le imprimió, lo tiró en el suelo. Le sangraba la nariz y sonrió satisfecho.

-Ahora puedes decirle que no le daré su merecido porque te respeto. Algo que él no ha sabido hacer - miró a Lía mientras hablaba - Pero que si lo vuelvo a ver antes de que nos vayamos, no tendré tanta misericordia con él.

Lía tardó unos segundos en reaccionar pero cuando lo hizo, le sonrió antes de traducir sus palabras a un acobardado Óscar. Le apretaba la mano con fuerza mientras hablaba y así fue cómo supo que no estaba enfadada con él. Cuando entraron en su piso, se abalanzó sobre él y lo besó.

-No quería que lo hicieses - le dijo después - pero ahora me alegro. Gracias, Cailean, por protegerme. Te quiero.

-Por ti lo que sea, cielo. Ya lo sabes - la besó de nuevo.

-Tal vez te pida la luna - rió ella - Sólo para saber si eres capaz.

-Pruébame.

-No hace falta. Tenerte a mi lado es lo único que quiero.

-Deseo concedido, señorita. Y ahora - la llevó con él hacia el dormitorio - te demostraré lo dispuesto que estoy a no separarme de ti nunca más.

-¿Nunca más?

-Nunca más - y la besó de nuevo.

# EPILOGO

**6 meses después**

Estaban todos. Su familia, sus amigos, Lía. Todos cuantos eran importantes en su vida habían decidido ir a la inauguración de su despacho en Inverness. Los miró a todos y se sintió dichoso. No eran muchos pero sí los suficientes para él.

-Te lo has montado bien - le dijo James una vez se acercó a ellos.

Lía estaba hablando con él y con Edward y la abrazó por la espalda, dejando un beso en su coronilla. Ella lo miró por encima del hombro y aprovechó para besarla en los labios también. Aquellos seis meses habían sido increíbles. Muchos cambios en su vida pero bien recibidos.

-He tardado en montarlo pero por fin está listo - le contestó - He estado un poco ocupado enseñándole a mi novia mi tierra y sus encantos.

-Sí. Ya hemos visto los encantos que le has enseñado - rió Edward mirando hacia sus manos, que reposaban en el abultado vientre de Lía.

Descubrir que la única vez que habían hecho el amor sin protección había tenido consecuencias fue toda una conmoción en su momento, pero ahora estaban entusiasmados con la idea de ser padres. Ambos aguardaban con emoción la llegada del bebé. Acarició su barriga con cariño y sonrió. No necesitaba mirar a Lía para saber que estaba sonrojada y eso le hizo ampliar aquella sonrisa. Había cosas que no cambiarían nunca.

-Hemos estado ocupados - continuó con la broma - ¿Qué quieres que te diga?

-Tu cara de felicidad lo dice todo, amigo - lo palmeó en el brazo James.

-Si me disculpáis - dejó un nuevo beso en Lía, esta vez en su mejilla - Creo que es hora de que diga unas palabras.

-No me hagas hablar a mí - le advirtió ella.

-Eso es cosa de mi abuelo - le guiñó un ojo y la besó en los labios antes de colocarse en medio de todos. Aclaró la garganta antes de alzar la voz - Atención, por favor.

Los presentes lo miraron expectantes y él hizo lo propio con ellos. Vio como Kirsty se acercaba a Lía y le rodeaba un brazo con los suyos. Una sonrisa cómplice iluminó su rostro cuando sus miradas se encontraron. Él simplemente asintió, casi imperceptiblemente.

-Antes de nada, quería daros las gracias por estar hoy aquí. Es un honor para mí poder compartir con vosotros la culminación de un sueño. Sueño que no habría hecho realidad si no fuese por alguien muy especial para mí - miró hacia Lía - Alguien que conocí de la forma más inesperada en un autobús.

El rostro de Lía se tornó rojo en cuanto lo oyó y empezó a negar con la cabeza pero Kirsty no la dejaba huir. Cuando extendió un brazo hacia ellas para invitarla a acercarse a él, su hermana la obligó a caminar. Le sonrió para animarla pero Lía continuaba moviendo la cabeza de un lado al otro. Al llegar a su altura, rodeó sus hombros con un brazo y la besó.

-¿No es adorable? - les dijo a todos - Para mí lo es.

Sujetó sus manos con las suyas y la miró a los ojos. Sabía que Lía estaba luchando contra la vergüenza y sonrió. Siempre sería adorable para él. Con aquella timidez que había ido perdiendo a medida que pasaba el tiempo pero que todavía persistía en algunos momentos como aquel.

-Nada de esto sería posible sin ti - ahora hablaba sólo con ella aunque todos podían oírlo - Tú me enseñaste la importancia de tener a la familia siempre presente. El valor de perseguir tus sueños y aquello que de verdad te importa. Nada sería lo mismo si no te hubiese conocido en aquel autobús. Seguiría con mi existencia vacía y solitaria. Tú llenas mi vida. Y quiero que me acompañes por el resto de mis días.

-¡Oh, Dios! - se sonrojó intensamente cuando lo vio hincar una rodilla en el suelo.

-Ya hemos empezado a formar nuestra propia familia - acarició su vientre antes de seguir hablando - pero no me conformo sólo con eso. Lo quiero todo contigo, Lía. ¿Podrías hacerme el hombre más feliz del mundo aceptando casarte conmigo?

-Sí - se mordió el labio y parpadeó varias veces para impedir que las lágrimas escapasen de sus ojos - Por supuesto que sí, Cailean.

-Te quiero - la besó.

-Te quiero.

Oyeron los aplausos de los demás de fondo pero sólo tenían ojos el uno para el otro. Desde el momento en que la había sostenido entre sus brazos, el mundo dejó de existir. Siempre era así con ella. La besó una vez más antes de que la arrancasen de sus brazos para felicitarlos a ambos. Para cuando pudieron volver a reunirse, ya se habían marchado la mayoría de los asistentes.

-¿Necesitáis que os acerquemos a casa? - se ofreció.

Kirsty estaba mirando por enésima vez el anillo de Lía y ni siquiera lo oyó. Su madre negó con la cabeza mientras le colocaba, por enésima vez también, la corbata. La besó en la frente y le dejó hacer, aunque se la quitaría en breve.

-Id a casa, vida - le dijo - Lía estará agotada. Papá y yo nos encargamos de todo.

-De acuerdo - la besó de nuevo, esta vez en la mejilla.

Se acercó a Lía. Su abuelo y Fiona estaban ahora con ella y ésta última tenía una mano en su vientre. Por su sonrisa, supo que el bebé se estaba moviendo. Las últimas semanas había estado muy activo.

-¿Ya sabéis si es niño o niña? - le preguntaba a Lía.

-Niña - contestó él abrazando a su prometida. Qué bien sonaba aquello - Tan hermosa como su madre.

-¿No era adorable? - lo miró por encima del hombro sonriendo.

-Eso también - la besó.

-¿Cómo se llamará? - preguntó Robert.

-Erin - respondió Lía, en esta ocasión.

-¿Cómo la abuela? - Robert los miró a ambos emocionado.

-Como la abuela - asintió él.

-Es un nombre precioso - corroboró Lía.

-No sé qué decir.

-No tienes que decir nada - Lía lo abrazó - Es lo menos que podía hacer por ti. Te debo mucho.

-No me debes nada, ruliña.

-Te debo mi felicidad - le sonrió - ¿Te parece poco?

-Esa te la has ganado tú sola - la besó en la mejilla - Yo te debo la vida.

-Minucias - rió ella.

-Siento estropearos el momento pero tenemos que irnos.

-Cuida de ellas, hijo - lo abrazó - Que no sepa que las haces sufrir.

-Tengo tu sangre en mis venas - le sonrió - No podría hacer otra cosa que no sea protegerlas.

-Ese es mi muchacho hecho todo un hombre - le palmeó el hombro, riendo.

Horas después, acostados en la confortable cama de su nueva casa, en la que estaban creando su propio hogar, Lía y él hablaban de cómo había ido el día. La tenía rodeada con sus brazos y le acariciaba distraídamente el vientre de vez en cuando. También dejaba besos en su pelo cada vez que sentía el impulso de hacerlo. Que era muy a menudo.

-Ya tengo un título para mi libro - le dijo Lía de repente.

Había empezado a escribirlo cuatro meses antes y estaba entusiasmada con la idea de terminarlo antes de que llegase Erin a sus vidas. Aprovechaba cada momento libre que tenía para avanzar en él.

-Sorpréndeme.

-El autobús - se mordió el labio pero la sonrisa apareció igualmente en su boca. La besó, incapaz de resistirse.

-¿El autobús?

-Después de todo es donde los protagonistas se conocieron.

-Y donde se enamoraron - le sonrió.

-Eso ocurrió mucho después - rió.

-No lo creo. Yo ya estaba enamorado de ti en cuanto te escuché cantar.

El tierno sonrojo en sus mejillas le hizo sonreír. Le gustaba que aquello no cambiase por más complicidad que tuviesen ahora. La besó una vez más, antes de continuar hablando.

-Tal vez no lo supiese, pero fue así.

-Yo creo que tardé un poquito más.

-¿Ah, sí? ¿Cuánto más? - sabía que estaba bromeando y le siguió la burla.

-Me enamoraste cuando titubeaste al pedirme el número de teléfono - rió - Parecías siempre tan seguro de ti mismo, que me pareció muy tierno.

-Yo soy todo ternura, cielo - la besó ruidosamente, provocando su risa.

-Entonces, ¿te parece bien el título? - le preguntó después.

-Me parece perfecto, cielo. El título perfecto para la historia de amor perfecta.

-La perfección no existe, Cailean.

-Nosotros somos la excepción que confirma la regla - la besó - Y lo demostraremos cada día, desde hoy hasta la eternidad.

-Que poético - rió - Me lo apunto para el epílogo del libro.

-Te quiero, Lía - la besó - Hoy y siempre.

-Te quiero, Cailean. Hoy y siempre, mi amor.

## 3 meses después

-Cailean - lo llamó en un susurro.

Habían estado paseando toda la tarde de tienda en tienda, en busca que un sofá nuevo para la casa. El médico había dicho que ese día nacería su hija y, por las contracciones que había estado sintiendo a lo largo del día, se diría que Erin estaba ansiosa por salir al mundo ya. Aún así, eran tan poco frecuentes y tan fáciles de soportar, que no se habían alarmado. Simplemente detenían sus pasos con cada una de ellas y luego continuaban su búsqueda del sofá perfecto.

Ya en casa, las contracciones se habían vuelto más constantes pero seguían siendo soportables. En las clases de preparto le habían dicho que las primerizas solían tardar más tiempo en dar a luz, así que deseaba quedarse en casa todo el tiempo que le fuese posible. Al menos allí podría moverse libremente, sin estar atada a tanta máquina. Sabía que sólo querían comprobar que su hija estaba bien, pero no le atraía la idea de verse postrada en una cama durante horas.

Cailean se había dormido ya, después de que ella le asegurase que todavía no era el momento. Parecía más preocupado que ella. Ansioso, seguramente. ¿Por conocer ya a su hija? También ella quería verla. Habían sido nueve meses de espera. Nueve maravillosos meses, eso sí.

Ella también había intentado dormir, pero cada vez que sentía sus músculos tensarse, un dolor en la parte baja de su espalda le impedía hacerlo. Se había levantado en varias ocasiones, no sólo por el malestar, sino porque su vejiga la reclamaba en el baño demasiadas veces. Había sido su rutina diaria los últimos meses, así como soportar los pies hinchados y los calambres en las piernas por la noche. Había cosas del embarazo que no eran tan maravillosas como sentir a tu bebé patalear, pero se soportaban por esa personita que se estaba formando dentro de ti. Después de todo era producto de su amor por Cailean. ¿Qué podía haber mejor que eso?

Una nueva contracción le hizo apretar los dientes e inspirar profundamente. Parecía que haciendo eso era más soportable el dolor en su espalda. Cuando se le pasó, miró de nuevo a Cailean y lo tocó suavemente en el hombro. Hubiese preferido dejarlo dormir más, pero tenía la impresión de que deberían irse ya al hospital.

-Cailean - lo llamó de nuevo.

-¿Qué? - se sentó de golpe - ¿Ya es la hora? ¿Ya viene? ¿Has roto aguas?

-Tranquilo - rió - Creo que no es para ahora todavía, pero mejor vámonos ya. Sólo para asegurarnos de que nace en un hospital y no en casa.

-Vale - se frotó los ojos y el cabello - De acuerdo. Déjame que me centre. ¿Seguro que no estás de parto? ¿Tenemos tiempo?

-Tenemos tiempo - le sonrió.

-En ese caso - se acercó a ella y la besó - Mmmm. Lo necesitaba. Ahora ya puedo pensar con claridad.

-Tonto - rió de nuevo y le sobrevino otra contracción - Oh, esta es fuerte.

-Se acabaron las bromas - se levantó - Vamos al hospital ya. Vístete mientras yo preparo la bolsa con todo lo que necesitas.

-Ya está lista. La he dejado junto a la puerta - Cailean la miró sorprendido - No podía dormir.

-Deberías haberme despertado, cielo - la abrazó.

-¿Para qué? Necesitabas descansar.

-Para hacerte compañía. Para apoyarte en cada contracción. Para...

-Lo capto - puso la mano en su boca - Pero eso puedes hacerlo ahora en el hospital.

En cuanto llegaron, tuvieron que esperar para ser atendidos. Al parecer no creían que fuese urgente. Claro que también eran las cinco de la mañana. En la sala donde esperaban, había una muchacha muy jovencita, no debía tener más de dieciocho años, que estaba con su madre. La pobrecilla gritaba con cada contracción y maldecía en alto pidiendo que le pusiesen la epidural. Su madre, con mucha paciencia, la sujetaba de la mano y le daba ánimos. Lía se sentía mal por ella, pero no habría podido hacer nada aunque quisiese.

Sus contracciones eran ahora más frecuentes, cada cinco minutos, pero aún así podía soportarlas sin problemas. Cailean apenas se enteraba de ello, si no se lo decía. Lo estaba llevando bien y se alegraba de no ser tan histérica como la otra parturienta. Se habría muerto de vergüenza, si sus gritos se oyesen en todo el hospital.

Un par de horas después, se la llevaron a una sala con varias camas, donde Cailean no pudo seguirla. Le pidió que llamase a su familia para que no estuviese solo, pero no supo si lo hizo porque las enfermeras se la llevaron en seguida. Le colocaron los cables que ella tanto temía y tuvo que permanecer recostada en la cama hasta las diez de la mañana, que le llevaron el desayuno. No tenía demasiada hambre, pero comió igualmente. Necesitaría fuerzas para lo que estaba por venir.

Cuando le permitieron levantarse, fue al baño y se duchó. En su regreso, sintió cómo su ropa interior se mojaba completamente. Había roto aguas. Avisó a las enfermeras, que la llevaron junto a la doctora. En cuanto determinaron que ya estaba de parto, la trasladaron a una de las habitaciones del paritorio.

-Cielo - Cailean apareció cuando le estaban poniendo la vía en el brazo - ¿estás bien?

-Perfectamente, amor - se besaron fugazmente.

-Ya estás muy dilatada - le informó la matrona en cuanto entró a supervisar cómo iba - Si quieres la epidural, ha de ser ahora. Más tarde ya no podremos ponerla.

Dudó por momento y al final, viendo la preocupación en el rostro de Cailean, accedió a ponérsela. Le asustaba sobremanera, después de oír tantas historias nada halagüeñas sobre ella, pero resultó menos temible de lo que esperaba. Ni siquiera sintió nada.

-¿Y ahora? - preguntó Cailean a la matrona en cuanto Lía regresó a la habitación.

-Ahora toca esperar - le sonrió ella.

Y la espera se alargó hasta bien entrada la tarde. Cailean fue el perfecto compañero y la entretuvo. Hablando, colocándole las almohadas, dándole la mano, besándola. Respondiendo a los incesantes mensajes de su impaciente familia. Lía no podía imaginarse a nadie mejor que él para estar a su lado en un momento así. Y no solo porque fuese el padre de su hija.

-Es hora de empujar, Lía - le informó a las cinco la matrona - Ya estás completamente dilatada. ¿Preparada?

-Preparada.

-¿Sientes las contracciones?

-Apenas - negó.

-Yo te aviso, entonces.

Cailean la tomó de la mano, mientras la matrona le iba diciendo cuándo empujar. Y por más que lo hacía, con todas sus fuerzas, Erin parecía no querer salir. Después de tres horas insistiendo, la matrona supo que no podían esperar más y avisó al ginecólogo.

-¿Pasa algo? - Cailean estaba nervioso - ¿Es normal que tarde tanto en salir?

-No te preocupes. Sólo necesita una pequeña ayuda - lo tranquilizó la matrona, aunque Lía sabía que no había surtido efecto. Cailean se había puesto todavía más nervioso.

-Todo saldrá bien - le dijo ella antes de que la sacasen de la habitación para llevarla al quirófano.

Que no dejasen pasar a Cailean empeoró la situación para él. Lía trató de permanecer tranquila por los dos, de nada serviría ponerse a llorar en ese momento. Erin la necesitaba serena y con fuerzas para sacarla fuera cuando tuviese que hacerlo. Debía ser fuerte por las dos.

El ginecólogo comenzó a dar órdenes con profesionalidad, sabiendo lo que hacer en todo momento. Seguramente no sería la primera vez que lo hacía ni sería la última. Para Lía sí era la primera y agradecía que él no dudase en ningún momento. Le daba confianza.

-Cuando te diga - le informó con calma - empuja. ¿De acuerdo?

-De acuerdo.

El ginecólogo dio la orden y ella empujó con todas sus fuerzas. Un segundo después sintió alivio en su pelvis y vio cómo su bebé era llevado hasta una mesa donde lo limpiaron y lo vistieron, después de hacerle las pruebas oportunas. En cuanto lo envolvieron bien en una manta, se lo enseñaron.

-Aquí está tu pequeña - le dijeron - Se encuentra perfectamente sana.

Aún así, no le permitieron cogerla en brazos, al estar ella todavía en la mesa del quirófano. Sí dejaron entrar a Cailean para que la sostuviera él, mientras terminaban de prepararla a ella. Podía verlo desde donde estaba, observando a la pequeña Erin embelesado. Una sonrisa surcaba su rostro y Lía se sintió feliz. Todo había salido bien, finalmente.

-Es perfecta - le dijo Cailean en cuanto quedaron solos en la habitación donde permanecería los siguientes días.

Su familia había estado con ellos hasta que finalizó la hora de visitas. Nadie había quedado sin cargar a la pequeña en brazos. Lía no había podido tenerla con ella salvo para darle el pecho cuando la pequeña lo reclamó, pero tampoco le había importado. Ver las caras de felicidad de su familia era suficiente para ella. Además, ella podría disfrutar mucho más de la pequeña que ellos. Al fin y al cabo, era su madre.

-Lo es.

Sostenerla en brazos se sentía maravillosamente bien. Había tenido que esperar nueve meses para verla, pero habían merecido la pena cada uno de los días pasados. Lo haría otra vez sin dudarlo, si el resultado era el mismo. Aquella pequeña y hermosa niña. La vieron bostezar y la sonrisa se amplió en sus rostros.

-Es adorable - dijo Cailean - Como la madre.

-Y será decidida - miró a Erin - Como el padre.

-Mamá y tú me habéis hecho un hombre feliz - acarició la mejilla de su hija mientras le hablaba - Ahora ya estoy completo.

-¿Eso quiere decir que ya no quieres más hijos? - se burló.

-Tendré contigo todos los hijos que tú quieras, cielo - la besó nuevamente sonriendo - De hecho, estoy dispuesto a sacrificarme e intentarlo tantas veces como sea necesario. Cuantas más veces, mejor. Sólo para asegurarnos de que hemos hecho otro bebé tan hermoso como Erin.

-Un gran sacrificio - rió contra sus labios.

-Un sacrificio que haré con gusto, cielo.

-No me cabe la menor duda.

-Sólo porque eres tú - le guiñó un ojo - Y porque te quiero.

-Yo también te quiero, Cailean.

-Y adoro a esta bolita que tienes en los brazos - besó su cabeza con cuidado - Lo más hermoso que hemos hecho juntos.

-Cierto. Hermosa como su padre.

-¿Hermoso yo? - alzó una ceja - Creía que lo habíamos aclarado en su día.

-Lo hicimos. Por eso te sigo llamando hermoso.

-Mmmm. Te estás volviendo muy graciosa, cielo. Tendré que hacer algo al respecto - bromeó - Y puede no ser agradable.

-Te quiero, mi amor - le sonrió fingiendo inocencia.

-Si me dices esas cosas tan bonitas - la besó riendo - No podré poner más objeciones.

-Bien - correspondió a su beso.

-Bien - repitió él, apoyando su mano en la cabeza de su hija mientras la miraba a ella a los ojos - Os quiero mucho. A las dos.

## 6 meses después

Robert sostenía a Erin en brazos. Fiona y Alpin estaban a su lado, pendientes de cada gesto de la pequeña. Duncan estaba con Cailean, intentando entretenerlo con una banal conversación. Todavía no había rastro de las chicas.

-Esto es desesperante - Cailean se removió inquieto por cuarta vez consecutiva - ¿Dónde diablos están?

-Tranquilo, hombre - rió Duncan, palmeando su hombro - Es normal que se retrasen.

-Me prometió que estaría aquí puntual - lo miró desesperado - He esperado demasiado para esto, Duncan.

Su cuñado simplemente rió más alto, ganándose una mirada de reproche de los demás. Se encogió de hombros e intentó sofocar la risa. Sabía que no era el lugar ni el momento para eso, pero no había podido evitarlo. Cailean parecía a punto de infartarse y eso no era normal en él. Siempre tan sereno, tan seguro de sí mismo, tan directo. Verlo nervioso hasta el punto de no poder dejar las manos quietas era digno de presenciar. Tomó su teléfono y lo grabó mientras se recolocaba el kilt por enésima vez.

-¿Qué haces?

-Documentarlo - rió bajito para no llevarse otra bronca - Para la posteridad.

-Vete al cuerno, Duncan.

-Al cuerno - se burló de él - ¿Te contienes por estar aquí?

-Tengo una hija, Duncan. Algún día entenderá lo que digo y no quiero que escuche palabras malsonantes de mi boca - entrecerró los ojos al ver que su cuñado contenía una nueva carcajada - Algún día te tocará a ti, cuñado. Y seré yo quien se ría.

-Pienso tardar unos cuantos años en tener hijos - le dijo - Me gusta decir palabrotas de vez en cuando.

Cailean no pudo responderle porque la música anunció la llegada de las mujeres. Miró hacia la entrada de la iglesia y en cuanto sus ojos descubrieron a Lía, ya no pudo apartar la mirada de ella. Le estaba sonriendo y estaba preciosa. Llevaba el vestido más hermoso que había visto nunca, claro que para él cualquiera que ella hubiese elegido sería perfecto. La parte de arriba, en palabra de honor y con gran cantidad de encaje, se ajustaba a su pecho, realzándolo; mientras que la parte de abajo, cargada de tela jaspeada de encaje, caía en hondas a lo largo de su cuerpo, ocultando sus curvas pero resaltando su belleza. Lía era la novia más bella de toda Escocia. Y pronto sería su esposa. Le sonrió de vuelta.

Kirsty y Helena venían detrás, pero apenas les prestó atención. Lía era todo cuanto quería ver. Todo cuanto ansiaba tener en esta vida. Y por fin iba a cumplir su mayor deseo. Hacerla su esposa. Quería acercarse a ella para recorrer juntos el último tramo de pasillo. Cogerla de la mano y no soltarla hasta que el párroco los declarase marido y mujer. Se contuvo porque sabía que no era correcto hacerlo y deseaba darle una boda perfecta a Lía. Ella se merecía lo mejor. Si había soportado nueve meses de compromiso, bien podría esperar unos pocos minutos más para casarse con ella.

Le ardían las manos por el deseo de tomar las suyas. Por estrecharla en sus brazos y besarla hasta haberse saciado de ella. Por culpa de su hermana y la estúpida idea de que no debería ver a la novia hasta el día de la boda, habían tenido que pasar la noche separados. La había extrañado mucho. ¿Qué es una noche?, había dicho Kirsty. Para él, una eternidad. Era adicto a Lía. No podía negarlo ya.

-Estás hermosa.

-Hermosísima - le sonrió.

-Yo siempre digo la verdad - le siguió la broma antes de besarle las manos. Los labios, por más apetecibles que le pareciesen en ese momento, tendrían que esperar al final de la ceremonia - Esposa mía.

-Todavía no.

-En mi corazón ya lo eres - le guiñó un ojo, antes de encarar al párroco con ella. Había llegado la hora.

Apenas atendió a la ceremonia, no por falta de interés, sino porque no podía dejar de mirar para Lía. Estaba a punto de convertirse en su esposa y casi no podía creerlo. Si le hubiesen dicho dos años antes que estaría frente al altar en tan poco tiempo, se habría reído en su cara. Odiaba la palabra compromiso. Huía de ella. Siempre había sido así, hasta que conoció a Lía. La mujer que lo completaba. El amor de su vida. Y muy pronto su esposa.

Repitió cada palabra que le requirió el cura en su momento y escuchó embelesado a Lía. Colocó el anillo en el dedo de Lía con devoción y le permitió hacer lo mismo a ella. Unos anillos que llevaban grabados en su interior la inscripción Tha gaol agam ort, que en gaélico escocés significaba te amo. Permitió que le atasen las manos a las de Lía con un lazo hecho de tela del tartán de su familia, en conmemoración a las viejas tradiciones. Y besó a su esposa, cuando se lo indicaron. Pero no fue un beso casto como era de esperar, sino un beso que hizo tambalearse el suelo bajo sus pies.

-Ya eres mía - le sonrió - Para siempre.

-Ya lo era - le sonrió de vuelta.

Salieron de la iglesia y el sonido de las gaitas los envolvió. Otra de las tradiciones que había querido incluir en su boda con Lía. Para que tuviese todo lo que Escocia le podía ofrecer. Pues su deseo de conocer sobre su tierra y sus costumbres, la había llevado hasta él. Algo de lo que estaría eternamente agradecido. La sonrisa de su esposa era recompensa suficiente para él. Su esposa.

-Suena bien - le susurró en el oído entre felicitaciones.

-¿Qué? - lo miró sin comprender.

-Mi esposa - le sonrió - Suena bien.

-Mi esposo - lo besó - Suena bien.

Robert apareció entonces, con una alborotada Erin en brazos. Cailean la tomó en los suyos y la niña se calmó al momento, mientras jugaba con la nariz de su padre. Robert aprovechó para abrazar a Lía.

-Ahora ya puedo considerarte oficialmente mi nieta, ruliña. No sabes qué alegría me da eso.

-Es evidente - rió - Despúes de todo, tu intención siempre fue casarme con Cailean.

-Yo solo quería presentaros. El resto ya era cosa vuestra - le guiñó un ojo - Pero tenía la esperanza de que llegásemos a este día.

-Pues aquí lo tienes - dijo Cailean entregándole la niña a Lía para abrazar a su abuelo - Me faltará el tiempo para agradecerte que la convencieses para venir, abuelo.

-Veros felices es suficiente para mí.

-Y a nosotros nos alegra que tú seas feliz también - le sonrió, mirando a Lorna, que aprovechó ese momento para ir a felicitarlos también.

Despúes de una intensa pero divertida sesión de fotos, regresaron todos a casa de Fiona y Alpin, donde se celebraría el convite. La comida transcurrió tranquila y relajada. Las bromas para los novios se sucedían, de la mano de los amigos de Cailean, pero todo el mundo disfrutaba. Erin durmió gran parte del día pero cuando no fue así, paseaba de brazo en brazo, haciendo las delicias de los invitados. Cuando llegó el momento de los discursos, Lía se levantó sorprendiendo a todos.

-Hola - dijo con voz firme y actitud decidida - ¿Qué tal lo estáis pasando? ¿Bien? Estupendo. Como todavía recuerdo la boda de Kirsty y Duncan, en esta ocasión he decidido adelantarme a Robert y seré la primera en hablar.

Las risas inundaron la carpa y en esta ocasión, Lía logró contener su sonrojo. Se había preparado durante días para ese momento. Su momento.

-Cailean - miró a su esposo - como ya sabes, cuando emprendí el viaje que me traería a Escocia, mi mayor miedo era enamorarme de esta tierra y no querer marcharme nunca de ella. Y resulta que al final terminé enamorada no sólo de la tierra, sino también de un escocés. Mi escocés. Han pasado dieciséis meses desde que nos conocimos en aquel autobús y aunque te lo puse difícil con mis inseguridades, supiste luchar por nuestro amor. Me enseñaste a confiar en mí, en ti, en lo que tenemos. Me hiciste sentir segura y querida a tu lado cada uno de los días que hemos pasado juntos. Yo también me siento completa ahora. Erin y tú llenáis mi vida. No necesito nada más para ser feliz. Te quiero mucho, mi amor.

Cailean subió a la plataforma con ella y la besó. Ni siquiera fueron conscientes de los vítores y los aplausos, hasta que se separaron. Lía lo tomó de la mano y se dirigió a todos de nuevo.

-Y ahora - sonrió - ya podéis hablar todo lo que queráis. Yo he cumplido, Robert.

-Has cumplido con creces, ruliña - rió él, guiñándole un ojo - O lo harás, esta noche.

El orgullo que había sentido al no sonrojarse, se evaporó en cuanto oyó sus palabras. Su rostro estaba ahora más rojo que la grana. Cailean rió pero pasó un brazo por sus hombros para atraerla hacia su pecho. Lía se escondió contra él, mientras bajaban de la plataforma.

-Hay cosas que no cambian, cielo - le susurró al oído una vez sentados - Pero me alegro de ello. Sin tus sonrojos, no serías tú. Mi pequeña y adorable gallega, de bonitos ojos y buen trasero.

-Tenías que decirlo, ¿verdad? - rió.

-No he podido resistirme - la besó, antes de prestar atención a los brindis, algo harto difícil teniendo entre sus brazos a su esposa.

Horas después, con los pies doloridos pero una gran sonrisa en los labios, Lía gritó cuando Cailean la tomó en brazos para atravesar el umbral de su hogar. Erin había quedado a cargo de Kirsty y Duncan. Para practicar había dicho ella, provocando una mueca de angustia en su esposo, que ya se veía teniendo un crío en breve. Cailean se había reído de él y de su conversación en la iglesia, antes de marcharse con Lía. Era su noche de bodas y tenía grandes planes para ellos.

-Por fin te tengo para mí solo - la besó, mientras la acorralaba contra la pared de su habitación - Y tengo muchas ganas de enseñarte algo.

-No sé si debo preguntar - rió contra su boca.

-No hace falta que lo hagas - tomó su mano y la llevó hasta su muslo - Esta vez voy a mostrarte las ventajas de que ambos tengamos falda y nadie nos detendrá.

Lía rió mientras él le iba subiendo la mano por el muslo, tal y como había hecho en la boda de su hermana. Su pícara sonrisa competía con la que había puesto en aquella ocasión. Cuando su mano llegó a su entrepierna, Lía abrió los ojos sorprendida.

-No llevas nada debajo - exclamó, poniéndose colorada al instante - Cailean, ¿has estado toda la boda sin ropa interior?

-Solo para ti, cielo - le guiñó un ojo antes de volver a hablar - Me la quité al llegar a casa.

-Eres un... - no pudo continuar porque Cailean la besó, mientras guiaba su mano hasta su excitado miembro.

El calor de sus mejillas se extendió a todo su cuerpo, esta vez provocado por el deseo. Amaba a su esposo y todo lo que le hacía sentir cuando la besaba y la tocaba. Notó que intentaba levantar los metros de tela que llevaba su vestido de novia y no pudo evitar reír cuando lo oyó maldecir.

-Espera - se apartó de él y sacó la falda, quedándose en ropa interior de cintura para abajo - ¿Mejor así?

-Mucho mejor.

La tomó en sus brazos de nuevo y comenzó a besarla con mayor fervor. Podía sentir la dureza de su excitación bajo el kilt y cuando Cailean la levantó, le rodeó la cintura con las piernas. Al parecer seguía queriendo demostrarle las ventajas de llevar falda. Y ella estaba deseando que lo hiciese.

-Lía - gimió contra su cuello, mientras dejaba pequeños besos en él - Mi esposa.

Se guió dentro de ella, entre jadeos, caricias y besos. Le hizo el amor con energía, embebidos de pasión, cegados por la lujuria. Sus gemidos llenaban la habitación, caldeada por el calor que emanaba de sus cuerpos. Cuando Lía alcanzó su liberación, Cailean se dejó llevar para llegar a la suya propia, segundos después.

Se dejó caer con ella en la cama, procurando no aplastarla con su peso, antes de que le fallasen las piernas por el esfuerzo de haberlo hecho de pie. La miró a los ojos y vio en ellos el amor que sentía por él. El mismo que sabía que se reflejaría en los suyos. Entre ellos sobraban las palabras.

-Te quiero, Lía - le dijo aún así.

-Y yo a ti, Cailean - lo besó, antes de reír - Me gusta que lleves falda.

-Cuando quieras repetimos - le guiñó un ojo.

-Te tomo la palabra, esposo.

-Esposo. Mmmm. Me gusta - la besó - Esposa.

La mecha prendió de nuevo en ellos. Sería una noche muy larga y llena de pasión. Así como sabían que sería su vida a partir de entonces. Larga, feliz, apasionada, divertida. Completa.

www.ingramcontent.com/pod-product-compliance
Lightning Source LLC
Chambersburg PA
CBHW062120170626
46813CB00002B/516